Passion à la cour d'Ecosse

BLYTHE GIFFORD

Passion à la cour d'Ecosse

Les Historiques

éditions HARLEQUIN

Collection : LES HISTORIQUES

Titre original : CAPTIVE OF THE BORDER LORD

Traduction française de HELENE ARNAUD

ÉDITIONS HARLEQUIN

83-85, boulevard Vincent Auriol, 75646 PARIS CEDEX 13.

Service Lectrices — Tél. : 01 45 82 47 47

www.harlequin.fr

ISBN 978-2-2803-1163-2 — ISSN 1159-5981

Les femmes chantent des ballades. Mais ces ballades ne parlent pas de femmes.

(Geordie Brunson)

Et la voix des femmes résonne haut et clair, assez haut pour faire vivre les histoires par-delà les âges.

Abandonné par son clan sur le champ de bataille, le premier des Brunson est laissé pour mort.

Chaque Brunson connaissait la *Ballade du premier des Brunson*. La chanson, cependant, gardait bien des secrets.

Des secrets que chaque membre du clan devait découvrir à sa manière…

Chapitre 1

Marches écossaises, frontière anglaise.
Novembre 1528.

Face aux marches qui menaient au sommet du mur d'enceinte, Bessie Brunson retroussa ses jupes et prit une profonde inspiration avant de s'engager dans l'escalier, son sac de gâteaux d'avoine à la main. Combien de marches avait-elle déjà gravies depuis l'aube ? Plusieurs centaines ! Et dire qu'il n'était pas encore midi… Ses frères montaient la garde en haut, et elle s'en félicitait car, ainsi, elle ne les avait pas constamment sur son chemin pendant qu'elle achevait les préparatifs du mariage. Mais il fallait bien les nourrir, tout de même…

Un grondement de tonnerre résonna soudain au-dessus de sa tête. Surprise, elle leva les yeux vers le ciel. Il était gris, comme souvent en novembre, et balayé par les vents…

Non, ce n'était pas le tonnerre, mais un galop de chevaux !

Elle grimpa en toute hâte les dernières marches pour atteindre le chemin de ronde et rejoignit ses frères qui regardaient vers l'ouest.

— Qui vient ? demanda-t-elle.

— Quelqu'un que je préférerais ne pas voir, répondit Rob le Noir, l'air tendu.

Elle plissa les yeux pour mieux voir et reconnut la

bannière des cavaliers : vert et or, les couleurs de lord Thomas Carwell, gouverneur des Marches écossaises.

Les derniers mots qu'elle lui avait adressés, juste avant que Willie Storwick ne s'échappe, lui revinrent tout à coup à la mémoire…

Je vous tiendrai pour responsable, si un malheur arrive.

Et responsable, Carwell l'était, sans le moindre doute, songea-t-elle.

Elle se tourna vers John.

— Nous ne l'avons pas invité à ton mariage, que je sache.

— Non, répondit-il avec ironie, mais il a eu la courtoisie d'envoyer un homme hier pour annoncer son arrivée.

— Il ne l'a fait que par peur d'être tiré comme un lapin s'il se présentait sans prévenir, répliqua Rob.

Bessie poussa un profond soupir. Evidemment, ni l'un ni l'autre n'avaient songé à lui dire que la liste de convives risquait de s'allonger !

— Vous allez le laisser entrer ? demanda-t-elle encore.

Rob, qui assumait à présent le rôle de maître des lieux, croisa nerveusement les bras.

— S'il ne tenait qu'à moi, je préférerais l'abattre…

Mais Johnnie se montra plus raisonnable.

— Nous avons assez fâché le roi… Attendons au moins de savoir ce que Carwell vient faire ici.

Rob se tourna vivement vers son frère. Bessie crut un instant qu'ils allaient se disputer, mais l'aîné finit par acquiescer.

— Je veux bien l'écouter, mais je n'ai rien à lui dire.

Les cavaliers ralentirent l'allure en approchant puis s'arrêtèrent. Carwell retira son heaume en signe de paix, et chassa de longues mèches brunes de son visage.

— Nous venons célébrer le mariage avec vous, lança-t-il aux trois Brunson qui l'observaient du haut des remparts.

— Cessez vos boniments, Carwell ! répliqua Rob. On ne vous a pas invité !

— Et je ne vous en veux pas de cet oubli. Je suis persuadé que le représentant du roi est le bienvenu en ces lieux.

Bessie sentit Johnnie se crisper derrière elle. Il était rentré chez lui en tant qu'homme du roi, mais il obéissait désormais avant tout aux intérêts du clan, une faute que tous les Brunson allaient devoir payer tôt ou tard…

— Notre hospitalité ne concerne pas ceux qui nous trahissent ! s'exclama Rob.

— Une fausse accusation, ne l'oubliez pas, répondit Carwell.

— Vous n'avez pas prouvé votre innocence ! s'exclama John à son tour.

— Vous vous êtes pourtant battus à mes côtés…

— En effet, convint Rob. Mais cela ne veut pas dire que nous avons confiance en vous.

Il était vrai que personne ne savait vraiment de quel bord était Carwell, sinon le sien…

Tout sourires, Carwell leva la main gauche.

— Je jure sur ma main baptisée que je viens ici en toute amitié.

— Et repartirez-vous de même ? demanda Johnnie.

Bessie laissa échapper un soupir de découragement. Elle pouvait bien sûr faire découper le bœuf en plus petits morceaux, cela nourrirait douze hommes de plus… mais où allaient-ils dormir ? Allons, elle trouverait bien une solution.

Coupant court aux négociations, elle se pencha par-dessus le mur.

— Si vous laissez vos armes à la porte et ne causez pas de problèmes, vous êtes les bienvenus !

Ignorant le regard furieux de Rob et l'air ahuri de Johnnie, elle se détourna pour redescendre puis, posant le pied sur la première marche, lança par-dessus son épaule :

— La viande ne cuit pas toute seule pendant que vous

vous lancez des invectives. Et je ne compte pas laisser vos rivalités imbéciles gâcher le mariage de Johnnie.

De toute manière, songea-t-elle, l'arrivée de Carwell suffisait amplement à assombrir les festivités…

Thomas se força à sourire tandis que ses hommes abandonnaient leurs lances, épées et arbalètes pour entrer dans la cour du fort.

Il ne prenait pas un grand risque ; un Brunson, tout le monde le savait, ne tuait jamais un homme désarmé… Et lui, Thomas Carwell, évaluait toujours soigneusement les risques avant d'agir. Ça le rendait peut-être impopulaire, mais au moins était-il toujours en vie. Il allait donc sourire à tous ces gens, et fêter avec eux ce mariage sans faire remarquer que l'union de John Brunson et de Cate Gilnock le plaçait, lui, dans une situation très difficile…

Lorsqu'il entra dans la cour, il se trouva face à Bessie Brunson qui arborait une expression peu avenante.

— Dites à vos hommes de ne pas manger plus que leur part.

Quel accueil peu aimable formulé par une si jolie bouche ! Ignorant l'attaque, il afficha un visage souriant.

— Ne vous en faites pas, nous ne serons pas trop gourmands.

Je vous tiendrai pour responsable, lui avait-elle dit. De toute évidence, elle lui en voulait toujours.

D'ailleurs, il s'en voulait lui-même pour beaucoup de choses, des choses qu'elle n'apprendrait jamais…

Il eut soudain un élan de pitié envers elle. Son propre château disposait de nombreuses pièces, et il aurait pu accueillir une armée d'invités inattendus.

Or, le fort des Brunson n'avait été bâti que pour la guerre, et Bessie Brunson, si délicate sous ses cheveux roux, semblait avoir grand besoin de la protection de ces solides murailles.

Elle le fixait de ses yeux noisette, l'air soupçonneux.

— Et le fait que vous n'ayez pas été invité n'était pas un oubli ! lança-t-elle enfin.

Une vraie Brunson ! Brute et têtue comme ses frères, malgré sa fragilité toute féminine ! Un tel comportement était le meilleur moyen de mourir avant l'heure…

— Mais je voulais célébrer ce mariage avec vous, répondit-il doucement, et féliciter Cate et John de vive voix.

Les féliciter, oui, mais aussi délivrer à la famille un message qui ne serait pas le bienvenu.

Apparemment, son explication n'avait pas convaincu Bessie, qui le dévisageait toujours, les sourcils froncés.

— Très bien. Célébrez donc le mariage avec nous, et uniquement ça !

Il acquiesça en signe de remerciement, comme s'il avait eu besoin de son autorisation. Inutile de la contrarier ; elle découvrirait bien assez tôt la raison de sa visite.

Elle jeta un coup d'œil vers son frère, et un sourire anima enfin son visage.

— Ils méritent une longue et heureuse vie ensemble, dit-elle, comme pour elle-même.

— Oui, répondit-il simplement.

Une longue et heureuse vie ensemble. Tout ce que son propre mariage ne lui avait pas offert…

En dépit de — ou plutôt à cause de — la présence d'invités supplémentaires, la fête, qui commença à midi, se prolongea jusque tard dans la nuit.

Ignorant son dos endolori, Bessie prit un instant pour observer avec satisfaction la grande salle où se tenait le banquet. Les boissons coulaient encore à flots et on avait commencé à chanter. La présence des hommes de Carwell avait justifié la mise en perce du dernier des tonneaux de vin rouge que son père avait pris à l'église pour les mettre à l'abri après la fuite du prêtre, parti se réfugier à Glasgow.

On avait fait de la place pour danser, et les jeunes mariés évoluaient ensemble au milieu des convives. Bien que Cate se sentît plus à son aise en braies que dans la jupe qu'elle portait, elle virevoltait au bras de John, imitant ses mouvements. Les hommes commencèrent à chanter la ballade qu'ils avaient composée pour elle.

On l'appelait la Belle Cate, Cate la Hardie...

Cate se prit alors les pieds dans sa jupe et s'affala en riant dans les bras de son époux.

Bessie se détourna, le cœur lourd.

La pièce regorgeait d'hommes qu'elle avait connus toute sa vie — Jock l'Etrange, Joe Sans-Doigts, les frères Tait — et aucun d'eux ne pourrait jamais la faire sourire comme Cate souriait à Johnnie...

— Une belle journée, n'est-ce pas ? murmura Rob, tout près d'elle.

Elle sursauta. Ce n'était pas uniquement sa chevelure sombre qui avait valu à son frère aîné son surnom de Rob le Noir, mais plutôt son caractère ombrageux. Pourtant, en cet instant, il souriait.

Se détournant légèrement, elle reporta son attention sur Thomas Carwell, qui affichait encore un demi-sourire, qu'elle perçut comme un masque plaqué sur son visage. Elle était bien placée pour savoir tout ce que l'on pouvait dissimuler d'émotions...

— Viens, Bessie ! lança soudain Johnnie. Danse avec moi !

— Les Brunson chantent, ils ne dansent pas, répondit-elle fermement.

C'était ce que son père avait l'habitude de répondre à sa mère, chaque fois qu'elle essayait de l'entraîner dans une danse.

Son frère se mit à rire de bon cœur, avec la joie facile d'un jeune marié.

— Mais non, regarde ! Je suis un Brunson et je danse ! s'exclama-t-il. Je vais te montrer comment on fait à la cour.

Soudain consciente du regard de Carwell sur elle, elle fit signe à son frère de retourner avec les autres. Tout comme Johnnie, leur « invité » avait acquis un certain raffinement en vivant aux côtés du roi, dans des châteaux lointains qu'elle n'avait jamais vus. Il était hors de question qu'elle se ridiculise devant lui !

— Va danser avec ta femme, Johnnie, insista-t-elle.

Soudain, avant même qu'elle n'ait pu réagir, Carwell posa la main sur sa taille et murmura :

— Je vais vous montrer comment on danse.

Puis, sans lui laisser le temps de protester, il l'emmena auprès des danseurs.

— Cela s'appelle la gaillarde, et il n'y a que cinq pas : droite, gauche, droite, gauche et…

Il lança alors une jambe en l'air et atterrit sur les deux pieds avec élégance.

— A vous, maintenant.

Elle suivit son pas, le regard rivé sur ses pieds. Oubliant son mal de dos, elle savoura l'instant, le simple plaisir de danser vêtue de sa plus belle robe et les cheveux fraîchement lavés. Ce devait être cela que ressentaient les dames de la cour quand elles dansaient, légères, devant le roi…

Elle leva les yeux vers son guide, cet homme au visage si détestable, si changeant. Il avait dû danser comme cela de nombreuses fois avec de nobles dames. Des partenaires qui, elles, connaissaient tous les pas.

Troublée, elle trébucha et lui marcha sur le pied. Son front heurta le menton de Carwell.

Les joues en feu, elle se libéra brutalement de son étreinte.

— Je ne danse pas ! s'écria-t-elle. Laissez-moi tranquille !

Quittant précipitamment le centre de la pièce, elle alla

s'adosser au mur, laissant Carwell inviter d'autres femmes à danser. Celles-ci, apparemment ravies, se succédaient à son bras, sautillant maladroitement à son côté en gloussant… Avait-elle vraiment ressemblé à cela en dansant ?

Elle se mordit rudement la lèvre et se détourna. Les femmes étaient si bêtes ! songea-t-elle.

Voyant que Jock l'Etrange venait d'engloutir le dernier gâteau d'avoine au miel, elle saisit le plateau pour descendre en chercher d'autres aux cuisines. Que les femmes présentes dansent ! Elle, elle se contenterait de remplir les chopes et les plats.

Carwell avait descendu l'escalier derrière elle. Sans doute avait-il assez bu pour éprouver le besoin de se soulager…

— Il y a des lieux d'aisances, par-là, lui dit-elle en indiquant le couloir. Vous n'avez pas besoin de sortir.

Lorsqu'elle entrouvrit la porte d'entrée, elle vit que l'air s'était empli d'une brume froide prête à se changer en pluie. Si seulement elle aussi pouvait rester à l'intérieur au lieu de devoir traverser la cour pour atteindre les cuisines !

Carwell la rejoignit sur le seuil.

— Vous ne vous sentez pas bien ?

— Mais si, bien sûr !

Quelle étrange question ! Elle était forte comme un petit cheval, ainsi que le disait toujours sa mère.

— Il me semble pourtant que vous auriez besoin d'un peu d'aide…

— D'aide ? répéta-t-elle, surprise.

Comment se pouvait-il qu'un homme, un étranger de surcroît, remarque ce que même ses frères ne voyaient pas ? Non, elle avait dû mal entendre.

Elle se tourna vers lui et le heurta presque, tant il se tenait près d'elle ; si près qu'elle pouvait sentir son odeur de cuir et d'air marin.

— Oui, de l'aide, murmura-t-il tout contre son oreille.

Si elle avait avancé juste un peu plus, leurs lèvres se seraient frôlées…

Puis il recula d'un pas, rétablissant entre eux une distance convenable. Cet instant d'intimité étrange avait passé si vite… Peut-être l'avait-elle seulement imaginé ?

Une bourrasque s'engouffra par l'entrebâillement de la porte, et Bessie resserra son châle autour de ses épaules. Thomas Carwell ne faisait jamais de proposition qui ne soit intéressée, songea-t-elle. Qu'est-ce que celle-ci pouvait bien cacher ?

Après tout, s'il tenait à espionner les cuisines, elle n'y voyait pas d'inconvénient.

— Venez, lança-t-elle en remontant son châle sur sa tête et en s'élançant dans l'obscurité humide sans un regard pour vérifier s'il la suivait.

Il n'y avait qu'une douzaine de pas de la porte d'entrée aux cuisines, mais cela suffit pour que le brouillard parsème son châle et les cheveux bruns de Carwell de gouttelettes luisantes. Profitant de la lumière du feu, elle guetta chez lui un signe d'inconfort, mais n'en vit pas.

Son sourire paraissait gravé dans ses traits. Seuls ses yeux restaient mobiles, changeant de nuance à chaque mouvement. Etaient-ils bruns, verts ou noisette ?

Quelle importance ? se dit-elle en lui tournant de nouveau le dos. Il aurait tout aussi bien pu avoir les yeux sombres d'un Brunson, cela n'aurait en rien changé son opinion à son sujet !

Elle avait confié la surveillance de feu à la plus jeune fille Tait, mais celle-ci s'était endormie sur les sacs de grain. Elle se trouvait donc pour ainsi dire seule avec Carwell…

Elle lui fit face d'un mouvement décidé.

— Vous n'avez pas vraiment l'intention de m'aider, commença-t-elle. Et vous n'êtes pas venu non plus pour fêter le mariage de John et Cate. Alors, avant que vous ne gâchiez le plus beau jour que les Brunson aient connu depuis des mois, vous feriez bien de me dire pourquoi vous êtes ici.

Dans un premier temps, Thomas se contenta de continuer à sourire. Il valait mieux ne pas sous-estimer Bessie Brunson. Mais qu'il était difficile de rester concentré sur sa mission face à elle ! Sa chevelure rousse coulait sur son épaule, ses yeux noisette le scrutaient, l'air soupçonneux, ses lèvres douces et charnues semblaient l'appeler…

Non ! Il ne fallait pas qu'il perde son objectif de vue.

— Allons, répondit-il enfin, laissons tout le monde se réjouir, ce soir. Je parlerai à vos frères demain.

— Demain ? Rob sera certainement affligé d'un bon mal de tête et Johnnie n'aura guère hâte de quitter son lit de jeune marié. Ils auront probablement encore moins envie de vous écouter que ce soir !

En effet, il n'avait pas pensé à cela ; elle n'avait pas vraiment tort.

— Quand ils sauront pourquoi je suis venu, répliqua-t-il en tentant de garder son assurance, ils seront prêts à m'écouter. C'est une affaire d'hommes.

Elle leva les yeux au ciel avant de le dévisager de nouveau froidement.

— Vous n'avez pas de femme dans votre maisonnée.

Le choc lui coupa le souffle. Non, il n'avait pas de femme. Pas depuis des années.

— Vous avez raison, dit-il en s'efforçant de paraître calme. Je n'en ai pas… actuellement.

Un flot de souvenirs le submergea. Jamais plus il ne serait certain de son bonheur lorsqu'il vivrait au côté d'une femme. Une petite douleur ou un soupir fatigué pouvaient annoncer le pire…

Mais ce n'était pas le moment de penser à cela. Ces élans d'émotion devaient rester secrets, encore plus vis-à-vis de Bessie Brunson. Pourtant, elle aurait sans doute pu comprendre.

— Si vous viviez avec une femme, reprit Bessie, vous sauriez qu'il ne sert à rien de nous protéger de la vérité.

Sa famille n'avait en effet pas dû la protéger de grand-chose, songea-t-il.

— Très bien, conclut-il. Dans ce cas, vous saurez la vérité en même temps que vos frères. Demain.

Un délai bien court, mais le seul que le roi avait consenti à lui accorder…

Pensif, il l'observa. Elle lui avait tourné le dos, furieuse. Malgré son offre de l'aider, elle ne lui demandait rien. Il la regarda mettre des gâteaux d'avoine sur un plat et en déposer une nouvelle fournée dans le foyer. Sans un regard pour lui, elle réveilla la jeune fille endormie et lui ordonna de surveiller la cuisson des gâteaux.

A la fin, cependant, elle vint le rejoindre, déposa le plat de gâteaux sur la table et alla remplir de bière deux cruches qu'elle lui tendit, en le fusillant du regard.

— Vous vouliez m'aider ? fit-elle. Eh bien, portez ça !

Il estima préférable de ne pas répliquer. Cette femme était aussi têtue que le reste de son clan. Peut-être même davantage… Il la suivit donc en silence dans le froid, très fier d'avoir réussi à traverser la cour sans renverser de bière.

En retournant vers la grande salle, il observa le balancement de ses jupes. Elle avait trébuché et s'était retrouvée contre lui en dansant, alors qu'il la guidait et lui apprenait les pas et, pendant quelques instants, tout avait disparu sauf la musique, et cette troublante proximité.

Hélas ! elle le haïrait d'autant plus, au matin, quand elle découvrirait qu'il était venu prendre son frère en otage.

Chapitre 2

Johnnie et Cate furent conduits dans leur chambre nuptiale, et les festivités se poursuivirent. Pour laisser aux époux un peu d'intimité, Bessie avait poussé les convives à retourner dans la grande salle en leur promettant de la bière fraîche. Une fois que tout le monde fut installé de nouveau, on abandonna la danse, et les chants commencèrent. Jock l'Etrange entreprit d'apprendre une mélodie à l'un des chiens du fort. Pari gagné : l'animal finit par « chanter » au moins aussi bien que son professeur, songea Bessie, amusée.

Les hommes de Carwell s'étaient mêlés au clan sans incident, et même Rob discutait aimablement avec eux lorsqu'elle décida de retraverser la cour pour s'assurer que tout allait bien dans les cuisines.

Carwell la vit partir mais ne la suivit pas.

Comme elle s'en était doutée, le brouillard avait fait place à une pluie battante et, quelques instants plus tard, elle s'immobilisa à l'entrée de la cuisine déserte. Les sœurs Tait et la servante l'aideraient à tout ranger le lendemain. Dans l'immédiat, elle devait trouver où loger les hommes de Carwell. Elle pouvait en faire dormir six dans le hall. Les cinq autres allaient devoir partager la grande pièce de l'étage supérieur, mais où allait-elle installer leur maître ?

Rob avait décidé de dormir avec ses hommes pour

laisser la chambre seigneuriale à Johnnie et Cate. Il ne restait donc plus qu'un lit disponible, le sien…

Elle soupira et jeta un coup d'œil vers les sacs de grain sur lesquels la benjamine des filles Tait dormait. Elle allait devoir s'en accommoder elle aussi, pour cette nuit.

La voix de Rob et les accords familiers de la *Ballade des Brunson*, là-bas, dans le fort, la tirèrent de ses pensées. Si son frère ne parlait que de manière concise et bourrue, dès qu'il chantait, sa voix s'illuminait…

Silencieux comme le lever de la lune,
sûr comme les étoiles,
Puissant comme le vent qui balaie le Carter Bar.
Déterminé et au pied sûr, ni débauché ni avare
C'est ce qu'on raconte du clan Brunson
Descendant d'un Viking aux yeux sombres
Descendant d'un Viking aux yeux sombres.

Peu à peu, dans la grande salle où Bessie était revenue, les rires et les chants cessèrent, et tout le monde s'apprêta à aller se coucher.

— J'ai une chambre pour vous, si vous voulez bien me suivre, dit-elle à Carwell.

Comme il se levait, une expression de fatigue passa sur son visage, et elle se sermonna intérieurement. Elle n'aurait pas dû être aussi sèche avec lui. Il venait de chevaucher pendant deux jours et était un invité dans cette demeure ; il ne fallait pas qu'il puisse se plaindre de l'hospitalité des Brunson.

En lui ouvrant la porte de sa chambre, elle ne put réprimer un frisson. Accaparée par ses hôtes, elle en avait oublié d'entretenir le feu.

— C'est une chambre très simple, mais j'espère qu'elle vous conviendra, s'excusa-t-elle en allant s'agenouiller devant la cheminée pour raviver les flammes mourantes.

Sans doute était-il habitué aux tapisseries, aux bougies

et au son du luth... Eh bien, les Brunson, eux, tiraient leur fierté de leurs prouesses et non de leurs possessions !

Il n'avait pas bougé du seuil, et examinait la pièce.

— C'est votre chambre, n'est-ce pas ? demanda-t-il.

— Oui.

Elle se redressa après avoir ajouté une bûche dans le foyer.

— Je ne veux pas vous chasser de votre lit.

— N'imaginez pas que nous allons le partager ! répliqua-t-elle en le fusillant du regard.

— Je ne vous ai pas fait l'insulte de suggérer une chose pareille. Et ne me faites pas l'insulte de croire que j'y ai pensé !

Son ton était sec et sans appel. Jamais encore elle ne l'avait entendu s'exprimer de la sorte. C'était bien un homme de caractère, finalement, et elle avait su le provoquer.

Elle baissa les yeux en guise d'excuse.

— Prenez ce lit, insista-t-elle. Vous êtes un invité, ici.

— Je me suis invité moi-même, et je redescends dormir avec mes hommes.

Là dessus, il recula dans le couloir, fit quelques pas et, avant qu'elle ne referme la porte, se retourna et lui sourit, comme pour adoucir ses précédentes paroles.

— Dormez bien.

Lorsqu'elle entreprit de se déshabiller quelques instants plus tard, elle constata que ses mains tremblaient et se demanda pourquoi.

Le lendemain matin, Bessie tira les jeunes mariés de leur lit pour qu'ils entendent ce que Carwell avait à leur dire. A la vue de leurs sourires ensommeillés, elle sentit son cœur se serrer. Pourvu qu'ils aient passé une nuit merveilleuse, songea-t-elle, car la journée ne s'annonçait pas bien.

Tous trois rejoignirent Rob et Carwell dans la petite salle privée derrière le grand hall. Au centre de la pièce, un brasero avait été installé, dans une vaine tentative de lutter contre le froid.

Carwell semblait aussi peu reposé que Bessie.

— Le roi Jacques, commença-t-il, a dû mettre fin à son siège contre le comte d'Angus.

Jusqu'à ces derniers mois, le comte, beau-père du roi, avait assuré le rôle de régent. A présent, il était devenu le pire ennemi de la couronne.

— Le roi, poursuivit Carwell, est persuadé que sa défaite est due à la défection des hommes du clan Brunson. Il les a appelés en renfort, mais ne les a jamais vus arriver.

Bessie échangea un coup d'œil nerveux avec John ; les Brunson avaient eu des choses bien plus importantes à faire…

— De plus, poursuivit Carwell, on a rapporté au roi que Willie Storwick le Balafré a disparu, et qu'il se pourrait qu'il soit mort.

Johnnie et Cate parurent mal à l'aise. Bessie elle-même dut se mordre la langue pour ne pas répliquer. Le roi ne pouvait être au courant de tout cela que parce que Carwell lui-même le lui avait dit !

Rob prit la parole.

— Sa mort ne serait pas une perte, ni d'un côté de la frontière ni de l'autre, même s'il était Anglais. Il aurait d'ailleurs été pendu depuis longtemps, si vous l'aviez conduit en justice comme vous l'auriez dû.

Alors que Bessie s'attendait à une dispute ou à tout le moins à une explication un peu vive, Carwell demeura silencieux, et soutint le regard de Rob. Ses yeux trahissaient sa fatigue, mais son expression demeurait impénétrable.

— Je suis certain que le roi comprendrait que quelqu'un, peut-être un Brunson, ait pu tuer Storwick en situation de légitime défense…, dit-il enfin.

John ne put contenir un frisson.

— La meilleure défense est l'attaque, répliqua Rob.

Tais-toi ! eut-elle envie de hurler à son frère, mais elle se tut. Il avait beau avoir raison, ce n'était pas ce que le roi — ou Carwell — voulait entendre.

Celui-ci s'engouffra dans la faille.

— L'avez-vous attaqué ?

Elle retint son souffle. Son frère en avait presque trop dit…

— Non, répondit Rob. Mais si je l'avais fait, je n'en serais pas désolé.

Carwell se tourna alors vers John.

— Et vous ?

Cate serra la main de son époux.

— Storwick n'est pas mort par mon épée.

Comme s'il avait compris qu'aucune explication ne lui serait fournie, Carwell hocha la tête.

— Dans ce cas, poursuivit-il, pouvez-vous me dire comment Dieu, dans son infinie sagesse, a bien pu réussir à tuer cet homme ?

Il fit une pause, espérant peut-être encore que l'un d'entre eux se décide à parler, songea Bessie. John se contenta de le dévisager, sans un regard pour elle ou Rob. Ni même pour Cate.

Personne ne répondit.

Finalement, John haussa les épaules.

— Qui peut se targuer de comprendre les voies du Seigneur ?

Bessie se sentit soudain plus légère. Une accusation que l'on ne pouvait prouver n'avait aucun poids. Carwell le savait tout comme eux ; peut-être plus encore.

— Sa mort demeure un mystère, dit enfin Rob, mais les chiens Anglais vont bientôt traverser la frontière pour demander justice. Quand cela arrivera, j'aurai besoin de tous les Brunson ici.

Pour une fois, l'émotion qui traversa le regard de Carwell n'avait rien de mystérieux. C'était de la colère.

— De ce côté de la frontière, la justice et les châtiments sont *ma* responsabilité, répliqua-t-il. Pas la leur.

— J'aurais aimé que vous vous en souveniez plus tôt, répliqua John. Quand vous aviez Storwick à votre merci.

De nouveau, une lueur de colère flamboya dans les yeux de Carwell. Il parvint tout de même à esquisser une sorte de sourire.

— Je connais mes devoirs. Comme vous le dites, cet homme était une menace pour les Anglais autant que pour les Scots. Et je suis sûr que le gouverneur des Marches anglaises a mêlé des prières de remerciement aux prières de deuil qui ont été dites pour Storwick.

Tous échangèrent des regards prudents, et Bessie se surprit à prier à son tour.

La justice et les châtiments sont ma *responsabilité...*

Il n'avait certainement pas voyagé pendant deux jours pour leur confirmer une chose qu'ils savaient déjà.

— Alors, pourquoi êtes-vous ici ? demanda-t-elle brusquement.

Carwell la dévisagea un instant. C'était comme s'il avait pu lire en elle...

Elle ferma les yeux. Il ne fallait pas qu'il puisse voir la vérité ! Lorsqu'elle les rouvrit, il s'était de nouveau tourné vers ses frères.

— Ceux d'entre nous qui vivent le long de la frontière comprennent peut-être — ou pas — les voies du Seigneur, dit-il. Mais le roi exige une explication concrète. Il veut un coupable et, pour l'instant, il vous considère tous comme responsables.

— Quelques Brunson de plus ne l'auraient pas aidé à gagner son siège, répondit John.

Il avait déjà confié au reste de la famille que le roi, du

haut de ses seize ans, ne savait que peu de chose de l'art de la guerre.

Carwell parut étonné d'une telle affirmation. De toute manière, que John ait raison ou non, le roi n'accepterait jamais d'entendre cela. Et quand bien même, il ne le croirait pas.

— Pourtant, poursuivit John, j'ai envoyé tous les hommes que je pouvais combattre au côté du roi.

Les autres s'étaient battus pour le clan lors de la poursuite de Willie Storwick. Bessie avait pu remarquer par le passé que Carwell faisait tout pour ménager à la fois les Brunson et le roi, mais ce n'était pas le cas cette fois.

— Peut-être, dit Carwell, mais vous êtes accusé d'avoir refusé d'envoyer des hommes au combat comme le roi le commandait, vous êtes suspecté d'avoir tué un Anglais et, maintenant, vous vous mariez sans daigner en informer votre souverain et encore moins lui en demander la permission.

Il poussa un profond soupir avant de poursuivre :

— Le seul homme que le roi déteste plus que vous en ce moment est le comte d'Angus.

John parut désarmé. Il avait été très proche du roi, naguère. Comme un frère… Et la famille entière avait su à quoi s'attendre lorsqu'il avait choisi le clan plutôt que la couronne.

Quoi qu'il en soit, aucun Brunson ne regrettait ce choix.

— Il vous reste une chance de vous racheter, annonça Carwell. Le roi demande à tous ceux qui lui sont loyaux de prêter serment.

— De lui jurer fidélité ? demanda John.

— Non. De jurer que vous ferez tout ce qui est en votre pouvoir pour détruire Angus.

Le roi voulait donc que les Brunson réussissent là où lui-même avait échoué.

Bessie guetta anxieusement la réaction de Rob. En tant que chef de famille, la décision lui revenait.

— Je n'ai aucune affection pour Angus et les siens, commença-t-il. Mais je ne prêterai aucun serment qui nuirait à un clan qui n'a jamais fait de tort au mien.

Il n'avait pas quitté Carwell des yeux.

— Nous avons déjà assez d'ennemis, ajouta-t-il.

Le calme de façade de leur hôte se volatilisa tout à coup. Il se passa la main dans les cheveux en poussant un soupir exaspéré.

— Pour l'amour de Dieu, prêtez serment ! Il sera déjà suffisamment furieux lorsqu'il apprendra le mariage de Johnnie…

Rob et John firent non de la tête avec un ensemble parfait, et Bessie dissimula un sourire. Un mouvement typique de leur père… comme si la famille était entière de nouveau.

— Un serment est sacré, répondit John. Nous ne nous engagerons pas pour le simple plaisir du roi.

Son retour à la maison lui avait au moins appris cela. Carwell se redressa alors comme si tout ce qui venait d'être dit n'avait été qu'un prologue. Bessie retint une fois encore son souffle : il allait enfin leur avouer les vraies raisons de sa venue.

— Vous ne me laissez pas le choix, soupira-t-il. En tant que gouverneur des Marches, mon devoir est d'obtenir un gage de paix de la part du clan Brunson. Quelque chose qui m'assurera de votre conduite future.

— Parce que notre conduite passée a été jugée répréhensible ? s'exclama Bessie, incapable de se retenir. Si nous refusons de prêter serment, pourquoi vous donnerions-nous un gage de paix ?

Qui était cet homme, pour venir réclamer de telles choses comme si elles lui étaient dues ?

John, qui connaissait bien le roi, avait immédiatement compris de quoi il s'agissait.

— Le roi n'attend pas de promesses, mais un otage, dit-il.

— « Otage » est un bien grand mot…

Un nouveau sourire s'épanouit alors sur le visage de Carwell. Comme elle détestait la courbe de ces lèvres !

— Et si nous déplaisons encore au roi, sa vengeance sera plus dure, reprit John.

Tous se dévisagèrent un instant, puis John prit une profonde inspiration.

— Je devrais y aller ; je suis celui qu'il connaît le mieux.

Oui. Et celui qui l'a trahi..., songea Bessie.

— Tes paroles risquent de lui déplaire, répondit Rob.

— Je m'en accommoderai, soupira son cadet.

En cet instant, Rob le Noir, le visage fermé, méritait son nom plus que jamais.

— T'accommoderas-tu aussi de te balancer au bout d'une corde, Johnnie ?

Non !

Bessie sentit son cœur s'emballer. Pas Johnnie ! Pas maintenant qu'il était enfin rentré à la maison, maintenant qu'il venait de se marier !

Cate serra entre les siennes la main de son mari.

— Si tu dois y aller, je viens avec toi.

Rob se leva alors, comme pour dominer la situation.

— Je refuse, dit-il fermement.

— Mais j'ai promis au roi…

Carwell se leva à son tour.

— Dans ce cas, ce sera vous ! lança-t-il en pointant Rob du doigt. Si le chef de famille vient à la cour pour prêter serment, le roi…

— Non, répliqua Rob. Je ne prêterai serment à personne si cela m'empêche de protéger ma famille.

L'angoisse gagna Bessie. Rob ne plierait jamais devant personne, pas même un roi. Il ne ferait qu'empirer les choses, et la famille entière en pâtirait.

Johnnie se leva lui aussi.

— Nous allons y réfléchir.

C'était tout lui ! Sauver la face, gagner du temps.

Malheureusement, le temps ne changerait rien au problème… Rob avait pris la tête du clan ; John était enfin rentré à la maison et goûtait au bonheur.

Ses frères, Cate, toute cette famille qu'elle aimait plus que tout méritait de vivre en paix, pas d'être dispersée au loin.

Carwell s'avança, sa grâce de courtisan jurant avec la sévérité de son regard.

— Ne réfléchissez pas trop longtemps, dit-il. Le roi n'est pas un homme patient.

Presque dans un état second, Bessie se mit debout et se dressa de toute sa hauteur. Non, elle ne laisserait pas cet homme détruire sa famille.

— Ce sera moi, dans ce cas, annonça-t-elle posément. Je serai la garantie du roi contre les Brunson.

Chapitre 3

Thomas dévisagea longuement Bessie Brunson.

Qu'est-ce que cette femme avait donc en tête ? Etait-elle stupide ?

Il finit par se tourner vers ses frères. Ils allaient forcément réagir, empêcher cette folie !

Mais, visiblement, ni l'un ni l'autre ne semblait vouloir agir.

Il se passa la main sur le front, couvrant ses yeux. Il fallait réfléchir vite, et sans trahir ses émotions. Bien sûr, le roi ne s'attendrait pas à la venue d'une femme, mais il avait un penchant marqué pour le sexe faible. Une excuse venant d'une jolie Brunson l'adoucirait sans doute plus qu'une dispute avec l'un de ses frères si peu coopératifs.

Mais comment se résoudre à faire prendre de tels risques à une femme ? Même aussi butée que Bessie Brunson…

— C'est impossible, trancha-t-il, comme si la décision lui appartenait.

Bessie l'ignora et se tourna vers ses frères.

— Je peux aller auprès du roi. Je peux expliquer…

— Expliquer ? s'écria Rob en levant les bras au ciel. Même si l'on passe sous silence la mort de Willie Storwick, nous avons pénétré en territoire neutre et incendié une tour ! Nous n'en avions aucun droit.

— C'est exact, soupira Thomas.

Après tout, il était bien placé pour le savoir, puisqu'il les avait aidés à faire tout cela.

— De plus, reprit-il, le roi n'attend pas d'explications. Il veut que vous prêtiez serment et que vous lui promettiez de mieux vous conduire.

— Le roi ne veut rien d'autre qu'appliquer son châtiment. Il te voudra prisonnière, Bessie, coupa John, le visage aussi sinistre que celui de Rob.

Pour avoir grandi près du roi, il le connaissait sans doute mieux qu'aucun d'entre eux.

— Ou pire, murmura Thomas en réprimant un frisson.

Depuis sa naissance, le roi avait obéi à des régents ; il avait des années de frustrations à effacer…

Quoi qu'il en soit, l'argument avait porté ses fruits. Bessie avait pâli. Peut-être même allait-elle s'évanouir, songea-t-il en se préparant à la rattraper. En tout cas, elle ne voudrait plus partir, maintenant qu'elle en comprenait les risques !

Or, elle ne trembla même pas.

— Ainsi soit-il, répondit-elle d'une voix calme.

— Vous ne savez pas ce que vous dites ! s'exclama-t-il.

La vie était peut-être difficile, ici, mais, au moins, on connaissait son ennemi. La cour, en revanche, regorgeait de dangers cachés, aussi trompeurs que les sables mouvants qu'il avait appris à éviter dès son enfance. Les sables doux pouvaient paraître sûrs, mais un seul pas de travers, et c'était la mort assurée.

Et Bessie Brunson ne savait même pas enchaîner deux pas de danse sans trébucher !

— Laissez-nous, ordonna Rob, le tirant de ses pensées. C'est une décision à prendre en famille.

Soulagé, il acquiesça. Il n'était pas là pour négocier avec Bessie Brunson ! C'était à ses frères de s'en occuper.

Il se dirigea vers la porte, s'arrêtant un court instant en passant près d'elle.

— Ils ne vous laisseront pas partir, murmura-t-il.

— Ils ne pourront pas m'en empêcher, répondit-elle avec un sourire.

Bessie ne le regarda pas sortir. Il y aurait forcément un prix à payer pour se mettre ainsi à sa merci, mais lequel ?

Dès que la porte fut refermée, les objections fusèrent.

— C'est trop dangereux !

— Ce n'est pas ta place !

— Tu n'iras pas, s'exclama Cate en lui prenant le bras. Je t'en empêcherai !

Il lui serait bien plus difficile de résister à la supplique de Cate qu'aux ordres de ses frères. Après tout, les secrets qu'elles partageaient étaient inavouables. Mais si Cate avait été comme une sœur depuis son arrivée au fort, deux ans plus tôt, elle était une épouse, à présent. Et elle, Bessie, dormirait de nouveau seule dans sa chambre…

Elle prit doucement la main de Cate.

— Il n'y a pas d'autre solution. Johnnie a déjà défié le roi, il l'enfermerait sans même l'écouter. Et toi, Rob, tu ne sais parler qu'avec ton épée. Mais si j'y vais, moi…

D'où venaient ces fourmillements soudains, au fond de son ventre ? De la peur ? De l'excitation ?

— Je suis une femme, reprit-elle fermement. Je ne peux pas prêter serment au nom du clan, le roi ne pourra donc pas nous y obliger. Mais peut-être que je pourrai l'amener à écouter mon explication.

— Que veux-tu expliquer ? demanda John en prenant le bras de sa femme. Comment Willie Storwick est mort ?

Bessie haussa les épaules ; ce ne serait pas difficile.

— Je n'ai pas à mentir. Aucun de nous ne l'a tué. Personne n'a besoin d'en savoir davantage.

Et encore moins laird Thomas Carwell…

— Je regrette de ne pas l'avoir tué moi-même, soupira Cate.

— Je suis sûre que je peux faire comprendre au roi…

Que voulait-elle lui dire, en réalité ? Voulait-elle lui parler de la voix du vent au sommet des collines ? De l'éclat violet du chardon dans le soleil couchant ? De la surveillance quotidienne du sud dans l'attente de cavaliers anglais à repousser ?

Comptait-elle lui expliquer à quel point ce foyer, cette vie et cette famille lui étaient précieux ?

— Nous faisons ce qu'il faut pour protéger la famille, grommela Rob, la ramenant brusquement à la réalité. Il n'y a rien d'autre à comprendre.

— Eh bien, Carwell en semble incapable, répondit-elle.

— Le roi ne s'intéresse pas à notre famille, intervint Johnnie. La seule chose qui compte, pour lui, c'est qu'il n'a pas eu ce qu'il voulait.

Et ce qu'il voulait, c'était que John se fasse son ambassadeur auprès du clan Brunson. Au lieu de cela, il était rentré chez lui et n'avait pas rempli sa mission. Parce que la famille passait avant tout, était tout.

— Si je n'y vais pas, insista-t-elle, si je n'essaie pas de le fléchir, il viendra pour nous détruire !

— Il viendra de toute manière, répliqua John sombrement. Un jour ou l'autre…

— Peut-être. Mais, si j'y vais, je peux le faire attendre jusqu'au printemps.

Elle pouvait leur faire gagner du temps.

John et Cate échangèrent un sourire rapide et Rob laissa courir son pouce sur la garde de son poignard.

Elle avait toujours été proche de Johnnie et, maintenant, il la dévisageait, l'air perplexe.

— Ne t'avais-je pas proposé de venir à la cour ? lui demanda-t-il.

— Oui.

Et elle avait refusé, alors, de crainte d'être ridicule avec ses toilettes simples et ses manières campagnardes. A présent, elle ne pouvait plus se permettre un tel égoïsme.

Il lui prit doucement les mains, et elle ne les retira pas.

— Tu as vraiment pris ta décision ? Tu veux rencontrer le roi ?

— Le roi ? Bien sûr ! Crois-tu que je veux seulement faire ce voyage pour danser à la cour, au son des ménestrels ?

Ce voyage était un devoir. Son père aurait eu honte si elle avait perdu un seul instant à se soucier de toilettes ou de musique. Ou de son bien-être.

John secoua cependant la tête, inquiet.

— Je ne lui fais pas assez confiance pour t'envoyer auprès de lui.

— Bessie n'est pas de celles qui se laissent aveugler par un roi, intervint Cate.

John jeta un coup d'œil à son épouse.

— Ce n'est ni Bessie ni le roi qui m'inquiètent. C'est Carwell.

Ils acquiescèrent tous en silence. C'était en effet un problème ; aucun d'eux ne lui faisait confiance.

— Oui, mais le roi se fie à Carwell, dit Bessie.

Ne me faites pas l'insulte…

Quels mots durs, tranchants ! Elle chassa bien vite ce souvenir de son esprit. Bien que ses frères aient chevauché aux côtés de cet homme, elle avait toujours refusé de s'en remettre à lui, avec ses semi-confidences et ses yeux changeants.

— Le roi se fie à lui, reprit-elle. Et c'est tout ce qui compte pour le moment. De plus, si je passe assez de temps auprès de lui, je pourrai sans doute trouver un moyen de prouver qu'il nous a trahis.

A partir du moment où ils s'étaient alliés à Carwell, Willie le Balafré s'était échappé deux fois. Il avait fallu qu'ils le pourchassent seuls pour que le fuyard soit enfin tué.

John soupira.

— Mais il a juré qu'il ne nous avait pas trahis…

— Et tu le crois ? coupa Rob avec une moue de mépris.

— On n'accuse pas un homme sans preuves !

— Peut-être. Mais on n'envoie pas non plus sa sœur à la cour avec lui !

Bessie soupira à son tour. Pourquoi fallait-il qu'ils haussent toujours le ton ?

— Je vous laisse vous disputer, lança-t-elle en se dirigeant vers la porte. Je vais faire mon sac.

Dès qu'elle sortit dans la cour, elle vit Thomas Carwell.

En apercevant l'éclat flamboyant de sa chevelure, Thomas s'éloigna de la porte de quelques pas.

N'osant poser la question ouvertement, il haussa les sourcils.

— Et… ?

Elle releva fièrement la tête, sans un sourire.

— Collé à la porte comme vous l'étiez, n'avez-vous rien entendu ?

Il avait bien sûr essayé, mais les murs étaient si épais !

— J'ai juste compris que quelqu'un allait faire son sac.

Derrière elle, la porte s'ouvrit brusquement et Rob apparut.

— Bessie, reviens ! Je ne peux pas te laisser partir avec ce traître de…

L'apercevant alors, il se figea.

— Allez-y, dites-le…, fit tranquillement Thomas.

— Renégat !

Un homme qui cache ses armoiries pour ne pas exposer son allégeance…

Prêt à répliquer vertement, il se ravisa. On ne lui faisait pas confiance ? Aucune importance.

Le visage sinistre de John apparut derrière l'épaule de son frère.

— Tu ne sais rien de la cour, Bessie, dit-il comme pour la retenir. Stirling est un nid de vipères ! Tu vas te faire dévorer toute crue !

Alors, calmement, elle se tourna vers ses frères.

— Vraiment ? Dans ce cas, prions pour que la vipère s'étouffe.

Quelle fille butée ! Ses frères n'avaient peut-être pas confiance en lui, mais ils étaient tout de même capables de comprendre qu'on ne pouvait pas envoyer une femme, même celle-ci, remplir une telle mission !

— Nous sommes donc d'accord ? intervint-il. Elle n'ira pas ?

— Je n'ai pas encore pris ma décision, répliqua Rob froidement en lui faisant de nouveau face.

Diable ! Un faux pas ! Rob allait-il finalement permettre à sa sœur de partir simplement parce que lui-même s'y opposait ?

— Moi, j'ai pris la mienne, répondit Bessie. C'est la seule solution possible.

Ses frères échangèrent un regard rapide, puis Rob se tourna vers elle, dans une dernière supplique.

— Tu en es sûre ?

— Je suis sûre que c'est mon devoir. Alors n'essaie pas de me retenir.

Puis, sans discuter davantage avec ses frères, elle s'adressa à lui d'un ton ferme.

— Aucun de vous ne me retiendra.

C'était de la folie ! songea Thomas. Il était hors de question qu'il se taise et la laisse faire.

— C'est à moi de choisir si je vous retiens ou pas !

Mais il se tut bien vite, face à la fratrie entière assortie de Cate, tous lui présentant un visage « buté comme un Brunson ».

Enfin, John soupira.

— Rob, tu sais qu'elle a raison…

— Oui, je le sais.

Aucun de vous ne me retiendra, venait-elle de dire. Comment avait-elle bien pu prédire une telle chose ?

Les deux frères le regardaient maintenant, l'air menaçant.

— S'il lui arrive quoi que ce soit, gronda Rob, vous en répondrez, je le jure !

— Elle sera l'otage du roi Jacques, et sa vie dépendra de *votre* comportement ! répliqua-t-il rageusement. Si vous brisez la paix, n'espérez pas me voir défier le roi pour vous !

Rob et John échangèrent des regards sceptiques. Ils savaient bien à quoi s'attendre… et ils le blâmaient encore pour ce qui était arrivé lors de la Journée de la Trêve.

Mais lui aussi s'en voulait.

— Sa vie, intervint John, lugubre. Jurez de protéger sa vie au prix de la vôtre.

Thomas jeta un regard à Bessie. Elle levait la tête d'un air de défi méprisant, les lèvres serrées. Comme il aurait voulu pouvoir refuser ! La dernière fois qu'il avait fait une telle promesse, il avait échoué. Mais cette fois…

Cette fois, il devait réussir.

— Je jure que je protégerai sa vie au prix de la mienne.

Pour sa liberté, en revanche, il ne pouvait rien promettre.

— Et sa réputation ? ajouta John.

Bessie parut s'étrangler de stupeur.

— Je n'ai pas besoin d'une telle…

— Oui, répondit Thomas. Je le promets.

Il ferait tout ce qu'il fallait pour qu'elle leur revienne intacte.

— S'il lui arrive quoi que ce soit…

— J'ai donné ma parole, répliqua-t-il, coupant court aux menaces de Rob.

Si quoi que ce soit lui arrivait, sa conscience le punirait bien plus que tout ce que les Brunson pourraient lui faire.

Pour clore la conversation, il se tourna vers Bessie.

— Nous partirons à l'aube.

Elle acquiesça, si calme que cela en devenait exaspérant. Décidément, cette femme était aussi solide et immuable qu'un roc. Et presque aussi dénuée d'émotions…

— Préparez-vous, conclut-il avant de tourner les talons.

Le lendemain matin, en descendant l'escalier en colimaçon de la tour, Bessie laissa doucement glisser ses doigts sur les pierres si familières, le même geste qu'elle faisait, enfant, lorsque sa mère la portait dans ses bras dans les couloirs du fort.

Ce jour-là, la descente lui parut bien courte, jusqu'au rez-de-chaussée.

Son père disait toujours qu'il fallait accomplir les tâches difficiles un pas après l'autre mais, à présent, chaque pas était un adieu. Chaque pierre, chaque planche, et chaque bougie étaient prétexte à un au revoir.

Cate, qui l'attendait au bas de l'escalier, la serra dans ses bras et ce fut côte à côte qu'elles passèrent la porte. Bessie lui énuméra une dernière fois les différentes choses qu'elle devait savoir.

— Il y a assez de farine pour tenir l'hiver, si tu ne fais pas trop de tartes. Rob n'aime pas les carottes ; il faut mettre sa part de ragoût de côté avant de les ajouter. Et la fille Tait peut t'aider à brasser la bière, elle est douée pour ça. En revanche, elle est assez fainéante et tu devras la surveiller…

Elles ouvrirent la porte donnant sur la cour remplie d'hommes montés. Son coffre de bois, ridiculement petit, avait été fixé sur des bras pour être tiré par un cheval.

Voilà. Il était temps de partir, et elle n'avait pas pu donner à Cate toutes ses informations.

— Tout se passera bien, assura celle-ci en lui posant une main sur l'épaule.

Bessie leva lentement les yeux, examinant une dernière fois les collines nimbées de brouillard. C'était la saison des attaques ; le pire pourrait arriver pendant son absence. Des images terribles lui vinrent à l'esprit, mais elle les repoussa. Il ne fallait pas y penser, ne pas être faible.

Chassant ses peurs, elle se redressa fièrement. Rob et John l'attendaient, ils ne devaient pas la voir effrayée. Il fallait qu'ils la laissent partir l'esprit en paix.

Son premier adieu fut pour Johnnie, qui n'avait jamais eu peur de montrer son affection et la serra dans ses bras.

— Fais attention à toi. Le roi n'est pas un homme mauvais, mais il est encore jeune et peu sage.

Elle acquiesça.

— Il ne me gardera pas longtemps là-bas, n'est-ce pas ?

Johnnie lui ébouriffa les cheveux comme lorsqu'elle était enfant.

— Une belle femme comme toi ? Il aura du mal à te laisser repartir !

S'il souriait, son regard en revanche lui fendait le cœur. Elle secoua la tête et tenta de le rassurer.

— S'il aime les belles femmes, tu n'as pas à t'inquiéter ; je serai de retour pour Noël !

Alors, dos à Rob pour l'empêcher de les voir, Johnnie lui glissa une pièce d'argent dans la main.

— Au cas où tu aurais besoin de… quoi que ce soit.

Surprise, elle ne sut que répondre.

— C'est le visage du roi qu'il y a dessus, ajouta-t-il.

Elle effleura du bout du doigt le profil couronné.

— Il a un grand nez…

— Et une volonté plus grande encore.

Après avoir glissé la pièce dans la bourse accrochée à sa ceinture, elle se tourna vers Rob.

Il n'avait jamais été très à l'aise avec ses sentiments,

et tendit les bras maladroitement. Il ne savait visiblement pas quoi faire d'autre.

Elle le serra contre elle, pressant furtivement sa joue sur son torse, puis se haussa sur la pointe des pieds pour lui caresser la joue. Il fit presque un bond en arrière.

Ah ! Rob… Il ressemblait tellement à leur père : incapable de s'adoucir, même vis-à-vis d'elle.

Elle lui serra fiévreusement la main. Il ne fallait surtout pas qu'elle pleure !

— Ne t'en fais pas, murmura-t-elle.

Mais au lieu de la regarder dans les yeux, il se tourna vers Carwell.

— Ramenez-la saine et sauve ou je vous le ferai regretter. S'il devait lui arriver quoi que ce soit, je vous retrouverai, où que vous soyez !

— Je le promets, répondit-il.

S'était-il réellement adressé à Rob ou son serment lui était-il destiné, à elle ?

Bessie secoua nerveusement la tête ; elle n'avait que faire de la parole de cet homme ! Elle ne lui ferait plus jamais confiance pour les choses importantes.

— Je peux m'occuper de moi toute seule.

Elle savait qui elle était, ce qu'elle s'apprêtait à faire, et pourquoi. Et elle était prête à le faire en compagnie de cet homme arrogant et indigne de sa confiance, puisqu'il le fallait.

Ils se mirent enfin en selle et passèrent la grande porte en direction de l'est, face au soleil levant. Derrière elle, elle entendit, portées par le vent, les voix de ses frères qui lui chantaient le chant des Brunson.

Silencieux comme un lever de lune, aussi éternel que les étoiles…

Elle avait grandi en sachant quels étaient sa place, son rôle. Servir en silence, tenir bon pour soutenir la famille. Elle était le centre de la maisonnée, calme, discrète, robuste… Et voilà qu'elle devait abandonner tout ce qu'elle connaissait et chérissait pour essayer de le sauvegarder.

Voyant que Carwell l'observait, elle se détourna.

Elle allait servir d'otage, mais une autre motivation l'avait aussi poussée à entreprendre ce voyage à la cour. Ce n'était ni pour les belles toilettes ni pour les bals, mais pour pouvoir rapporter à ses frères la tête du gouverneur des Marches sur un plateau.

Finalement, les échos de la chanson se perdirent et elle se tourna pour voir sa maison une dernière fois.

Derrière elle, il n'y avait plus qu'un épais brouillard…

Bessie avait espéré percer Carwell à jour pendant leur voyage, mais ils chevauchaient trop vite et un vent froid soufflait, empêchant toute tentative de bavardage. Elle connaissait toutes les terres des Brunson mais, dès la tombée du jour, elle se trouva entourée par des collines inconnues.

— Nous sommes à la frontière des terres de votre clan, expliqua Carwell tandis que la troupe s'arrêtait pour monter le campement pour la nuit. Au-delà de la prochaine crête commence le territoire des Robson.

Elle examina le décor dans l'obscurité naissante. La crête dont il parlait ne lui semblait pas différente de toutes les autres…

— Cette partie des Marches est-elle aussi sous votre juridiction ? demanda-t-elle.

— Juridiction ? Mais le gouverneur n'a aucun pouvoir !

— Pourtant, vous avez toujours insisté sur votre responsabilité de ce côté de la frontière.

— Responsable, oui. Mais le roi n'a pas grand pouvoir ici, comme votre clan se plaît à le démontrer. Je ne fais que tenter d'empêcher des rustres comme vos frères de s'entretuer. Et de me tuer aussi.

Il accompagna ces derniers mots d'un sourire. Comment pouvait-il sourire ? s'indigna Bessie. Les questions de vie et de mort n'avaient rien d'amusant !

— Nous qui vivons ici, nous ne rions pas de choses si graves, répliqua-t-elle sèchement.

— Mais je ne ris pas. Je cherchais simplement à briser la glace entre nous et à vous faire sourire.

Malgré elle, un sourire naquit sur son visage, comme pour lui obéir. En effet, Rob pouvait être un rustre par moments..., songea-t-elle.

— Si vous aviez à tenir votre place entre ces deux sots toute votre vie, vous seriez aussi sérieux et silencieux que moi, répondit-elle.

A la maison, elle n'avait que rarement l'occasion de parler, ce qui l'avait rendue un peu sauvage et dénuée de repartie. Incapable de défier Carwell, et encore moins le roi, à une joute verbale.

A cette pensée, son sourire s'évanouit.

— Sommes-nous loin de Stirling ? s'enquit-elle.

— Nous y serons dans cinq jours, si le temps se maintient.

Elle acquiesça d'un air entendu. On était déjà en novembre ; le temps ne se maintiendrait pas.

Autour d'eux, les hommes s'étaient dispersés et mis au travail. Certains allumaient des feux, d'autres établissaient les tours de garde ou construisaient les abris. Chacun semblait savoir parfaitement ce qu'il avait à faire, et elle, pour la première fois de sa vie, ne savait pas.

Elle tourna ses regards de tous côtés, cherchant une tâche à accomplir, et vit enfin un homme chauffant une plaque pour faire cuire des pains d'avoine.

— Je vais cuisiner, annonça-t-elle en s'apprêtant à le rejoindre.

Avant même qu'elle ait pu faire un pas, la main gantée de Carwell se referma sur son bras.

— J'ai promis à vos frères de prendre soin de vous.

Quel homme étrange ! N'avait-il donc jamais vu une femme préparer un repas ?

— Etant donné que je cuisine pour mes frères, à la maison, je ne pense pas qu'ils vous blâmeraient pour m'avoir laissée manipuler une plaque chaude.

Elle se débattit quelques secondes et il finit par lâcher prise.

— Pourtant, c'est ainsi que les choses se passeront avec moi, répliqua-t-il.

Comme elle s'apprêtait à protester, il tourna les talons et s'éloigna pour surveiller l'installation du camp, la laissant plantée là, bouche ouverte et poings sur les hanches, en plein vent.

N'étant pas habituée à l'oisiveté, elle laissa retomber ses bras le long de son corps, désorientée. La brise humide commençait à porter le parfum des pains en train de cuire.

Carwell pouvait bien tenter de la protéger tant qu'il le voulait, ses hommes ne refuseraient sans doute pas son aide. Elle le chercha des yeux pour s'assurer qu'il ne la surveillait pas, puis se dirigea d'un pas décidé vers le feu et s'agenouilla, accueillant avec reconnaissance sa chaleur sur ses joues.

L'homme qui tenait la plaque la salua de la tête, sans un mot.

— Je vais m'occuper de cela, dit-elle en se saisissant de la poignée sans attendre la permission.

L'acier brûlant lui arracha un petit cri de douleur, et elle rejeta la plaque dans le feu avant de porter ses doigts à sa bouche.

L'homme grimaça mais garda le silence, se contentant de plonger sa main gantée dans les charbons rougeoyants pour sauver ses pains. Elle murmura une excuse et s'éloigna.

Comment avait-elle pu être aussi stupide ? La brûlure l'élançait violemment, et elle dut lutter pour retenir ses larmes. Elle n'aurait jamais commis l'erreur de prendre la plaque sans gants chez elle, dans la cuisine dont elle connaissait chaque recoin… Mais ici, même le paysage semblait étranger et impitoyable. Elle était si loin de son foyer, à présent, à la merci d'un homme en qui elle n'avait aucune confiance et qu'elle ne comprenait pas !

— Tenez, fit soudain la voix de Carwell dans son dos.

Il était si près ! Elle ne l'avait pas entendu arriver. Décidément, cet homme l'effrayait. C'était comme s'il lisait ses pensées !

Elle se retourna pour le voir lui tendre un pain croustillant.

— Prenez.

Avait-il vu sa stupide conduite, près du feu ? Elle tenta de sonder son regard, mais la lumière de plus en plus faible rendait son expression plus énigmatique encore qu'à l'accoutumée. S'il l'avait quittée avec colère tout à l'heure, il semblait s'être apaisé. Ou feindre l'apaisement.

A la maison, au moins, elle savait interpréter les émotions de ses frères, même lorsqu'ils ne parlaient pas. Là-bas, elle était l'essieu de la roue qui les faisait tous avancer… Ici, elle n'avait pas de place, ni de rôle à elle ; et cet homme qui la dévisageait était aussi déroutant que les pas de cette danse idiote qu'il avait essayé de lui apprendre !

Il saisit sa main indemne et y plaça le pain.

— Il est tout chaud, dit-il.

Elle aurait voulu refuser, mais la faim la tenaillait. Elle accepta donc le pain avec un sourire crispé et mordit dedans à pleines dents. Qu'il était bon de manger quelque chose de chaud !

Au même instant, Carwell l'enveloppa d'une épaisse cape. Surprise, elle leva les yeux vers lui. Aucun homme de sa connaissance n'était ainsi capable de comprendre ses pensées inexprimées. D'ailleurs, ils ne comprenaient pas même celles qu'elle formulait à voix haute…

Quoi qu'il en soit, elle n'était pas le genre de femme

à accepter de se faire cajoler, même si elle avait en effet froid. Elle retira donc la cape et la lui tendit.

— Je n'en ai pas besoin, merci.

Il ne la reprit que pour la lui remettre sur les épaules, prouvant par là qu'il savait aussi ignorer ses souhaits, comme tous les autres hommes.

— Je ne veux pas que vous tombiez malade sur la route.

Il laissa ses mains reposer sur ses épaules et une rafale de vent, plus violente que les autres, souleva les pans de la cape pour les envelopper comme deux amants dans une couverture. Qu'est-ce que l'on pouvait bien éprouver lorsqu'un homme était là pour vous prendre dans ses bras et vous protéger ? se demanda soudain Bessie. Elle se sentit fléchir, et fut tentée de laisser sa tête reposer sur son torse.

Non ! Ce voyage ne concernait pas ses désirs ! Elle n'était là que par devoir envers sa famille. Par voie de conséquence, elle ne pouvait se permettre ni de succomber à une envie de protection ni de refuser nourriture et vêtements chauds par pure fierté.

— Dans ce cas, je dois vous remercier, dit-elle avec effort.

Ces paroles lui laissèrent un goût amer qui gâcha un peu la douceur du pain.

Il lâcha alors ses épaules, comme s'il avait percé à jour une nouvelle fois ses véritables sentiments.

— Ne vous forcez surtout pas, répondit-il froidement.

Et voilà qu'elle s'illustrait par sa maladresse ! Il devait avoir l'habitude des « s'il vous plaît », « merci », révérences et sourires. Toutes les finesses de la vie à la cour…

Eh bien, elle l'avait remercié, voilà tout ! Et c'était déjà un honneur, de la part d'un Brunson !

— Je vous ai préparé une place là-bas, près de l'eau, reprit-il en lui indiquant l'endroit du doigt.

En effet, une couverture avait été tendue entre un arbre et le sol pour créer un semblant de tente. Elle n'en revint pas. Aucun habitant de la zone frontalière ne s'encombrait d'un abri en voyageant dans ces collines. Tout le monde dormait à la belle étoile, pour mieux voir arriver l'ennemi.

Cependant, à la vue de sa petite tente de fortune, elle sentit toute la fatigue de la journée s'abattre sur elle. Il avait eu la bonté de lui offrir un espace privé, un abri près de l'eau pour qu'il lui soit plus aisé de boire et de se laver.

Une sincère gratitude l'envahit, mais il était hors de question de se répandre en remerciements une seconde fois. Pas après l'accueil moqueur qu'il avait réservé à sa dernière tentative.

— Les femmes que vous connaissez doivent être bien douillettes, dit-elle, trahissant peut-être un soupçon de jalousie.

Le sourire de Carwell fondit alors pour faire place à une expression peinée et douloureuse qu'il tenta de faire disparaître aussitôt.

— Je vois que… vous ne l'êtes pas, murmura-t-il.

Soudain, elle se rappela ce qu'il lui avait confié.

Pas de femme… actuellement. Il n'avait personne à ses côtés.

— Je suis désolée… Je ne voulais pas…

Ses excuses maladroites se perdirent dans le vent. Décidément, elle était aussi peu douée pour parler que pour danser ; elle marchait sur les pieds comme elle heurtait la sensibilité des gens !

Il n'attendit pas qu'elle s'embrouille davantage dans ses excuses et tourna les talons.

Chapitre 4

A son réveil, le lendemain matin, Thomas était dévoré de questions au sujet de Bessie Brunson, et il n'aimait pas cela.

Il aimait les problèmes clairs, car ceux-là pouvaient être résolus. Les Brunson, si belliqueux, pouvaient par exemple être persuadés d'observer une trêve. Le roi pouvait être finalement convaincu de rendre le poste de gouverneur à celui qui le méritait.

On pouvait même pousser les Anglais à négocier en secret le destin du comte d'Angus.

Oui, il savait résoudre ce genre de problèmes, même si la solution n'était pas toujours parfaite. Il suffisait de ne jamais révéler son but final, de rester flexible et circonspect, et de laisser chaque camp croire que la victoire était à portée de main.

Hélas ! on ne pouvait agir de cette manière avec les femmes, si fragiles, délicates, et parfois irrationnelles. Un homme n'avait d'autre choix que de les accepter telles qu'elles étaient, et de les protéger. A tout prix…

S'il ne le faisait pas, les conséquences pouvaient s'avérer graves…

Je vous tiendrai pour responsable, avait dit Bessie. Et il avait échoué ; trahi par le traître, il avait laissé un hors-la-loi lui échapper.

Et ce n'était là qu'un pâle écho de péchés tellement plus graves…

Mais qu'en était-il d'Elizabeth Brunson ? Il ne savait ni qui elle était ni comment s'y prendre avec elle. Elle était tellement silencieuse, et le dévisageait toujours avec un tel calme, qu'il éprouvait souvent une envie folle de la secouer.

Il savait comment agir face aux frontaliers caractériels au sang chaud — il en était un lui-même, bien qu'il fasse tout pour le cacher.

Il était habitué aux femmes qui cherchaient à plaire, à s'adapter et à répondre à ses désirs d'un sourire. Or, celle-ci entendait vos désirs, mais les ignorait, et agissait selon ses propres choix.

La chanson des Brunson disait : « aussi sûr que les étoiles… » Ils auraient mieux fait de chanter : « immuable comme le roc ! »

Quoi qu'il en soit, si une telle obstination pouvait être la bienvenue dans les Marches, il n'en irait pas de même à Stirling. Cela ne leur apporterait que des ennuis, à tous deux.

Il allait devoir la protéger, en effet, mais pas de la manière dont on protégeait ordinairement les femmes.

Chassant ces pensées, il se leva. Il était temps de repartir. Il lui fallait atteindre Stirling au plus tôt pour transmettre l'offre secrète des Anglais au roi avant que les négociations officielles du traité ne commencent. Quant à Elizabeth Brunson, il allait veiller sur elle jusqu'à ce qu'il puisse la ramener auprès de ses frères.

Ce qui pourrait bien lui arriver ensuite ne serait plus son affaire.

Bessie ouvrit les yeux et, pendant un instant, se demanda où elle était. Pourquoi les murs de sa chambre avaient-ils disparu ? Où était le plafond qui la protégeait depuis dix-huit ans ? Puis les événements de la veille lui revinrent à la mémoire.

Bien sûr, elle avait déjà voyagé. Depuis le décès de sa mère, elle s'était rendue dans toutes les demeures éparpillées des Brunson, mais jamais elle ne s'était trouvée si loin de chez elle.

Jamais encore elle n'avait perdu de vue les collines de Cheviot.

A présent, elle se trouvait face à un paysage étranger, en compagnie d'un homme qu'elle connaissait à peine, et en route pour un lieu qui lui semblait si lointain qu'elle aurait tout aussi bien pu traverser la mer…

Elle s'assit et secoua sa chevelure emmêlée pour la laisser couler le long de son dos et soupira. Sa situation avait beau l'inquiéter, elle ferait son devoir. Au moins, elle se sentait plus reposée que la veille.

Tout à côté, la petite rivière coulait paisiblement. Elle avait une certaine intimité, ce matin, hors de vue du reste du camp. Qui pouvait dire quand elle aurait de nouveau de l'eau et un tel isolement pour en profiter ?

Attrapant son châle en tartan aux couleurs du clan, elle ôta sa robe, ne gardant que sa chemise de lin. Le jour commençait à se lever, mais le soleil n'avait pas encore franchi le sommet des collines. Quelques nuages gris émaillaient le ciel, et il faisait froid. L'eau allait sans doute être glacée, trop froide pour se baigner, mais elle pourrait toujours se débarrasser de la poussière de la veille avant de repartir.

Elle se dirigea vers la berge et s'immobilisa soudain. Un peu en aval, nu comme la main, Thomas Carwell était en train d'entrer dans l'eau.

Quelles larges épaules il avait ! Et son torse musclé s'amincissait joliment vers le bas pour révéler…

Elle ferma rapidement les yeux.

Quelques secondes plus tard, un bruit d'éclaboussure se

fit entendre. Il avait dû plonger dans la rivière. Elle prit le risque de rouvrir les yeux et le vit se redresser et rejeter la tête en arrière, laissant l'eau dégouliner le long de ses cheveux bruns et de ses épaules sur son torse.

Espérant qu'il ne l'avait pas vue, elle battit en retraite, prête à regagner son abri de fortune. S'il l'apercevait, il saurait de quoi elle avait été témoin.

Puis elle se reprit. Après tout, elle avait autant le droit que lui de se laver ! Elle n'allait pas se laisser arrêter par sa présence. Il lui suffisait d'aller jusqu'après le coude de la rivière, là où il ne pourrait pas la voir, et…

— On m'espionne ? fit-il soudain.

Trop tard !

Un Brunson ne se laissant jamais impressionner, elle lui fit face et se redressa fièrement en réprimant un frisson. Comment cet homme pouvait-il rester si serein, plongé jusqu'à la taille dans une eau glaciale ?

— Vous m'avez installée près de la rivière, répondit-elle. J'ai supposé que c'était pour me permettre d'y accéder en toute liberté.

Durant un bref instant, elle put lire clairement son expression. Il l'observa, depuis ses cheveux décoiffés jusqu'à ses pieds nus, éveillant en elle une chaleur inexplicable dans le matin froid. Si l'eau le dissimulait à partir de la taille, le lin blanc qui la recouvrait des épaules aux genoux lui fit l'effet d'être devenu transparent.

Est-ce que sa poitrine se dessinait sous le tissu tendu ? Pouvait-il voir la forme de ses jambes au travers ?

Elle resserra vivement son châle autour d'elle et brisa le silence d'une voix hautaine :

— Il semblerait que ce soit vous qui m'espionnez, Thomas Carwell.

Elle avait conscience qu'il la voyait maintenant comme elle-même l'avait vu une minute plus tôt. Il n'avait plus devant lui l'otage qu'il était chargé d'emmener à Stirling, mais une femme, tout comme elle n'avait plus vu en lui le gouverneur des Marches, mais simplement un homme… Il n'avait peut-être pas les épaules aussi larges que Rob, et n'était peut-être pas aussi grand que Johnnie, mais elle se souvint de leur proximité lorsqu'il lui avait couvert les épaules d'un manteau, la veille. Comme leurs corps semblaient se répondre…

Chassant ce souvenir, elle leva ses yeux vers lui une nouvelle fois.

Il n'y avait plus aucune ambiguïté dans son regard, à présent. Seulement un appétit qu'il tentait vainement de dissimuler.

Il prit une profonde inspiration, mais ne parvint à parler que lentement, avec difficulté.

— Je ne crois pas que l'on puisse parler d'espionnage. Je pense que nous cherchions simplement à nous laver, tous les deux.

Incapable tout à coup de prononcer un mot, elle fit oui de la tête, stupidement. Comme si elle n'avait jamais vu d'homme torse nu ! Elle en avait vu tant qu'elle ne pouvait les compter, mais aucun qui lui avait paru si…

— Je vais vous laisser terminer, articula-t-elle enfin péniblement.

Elle se força à lui tourner le dos, à le quitter des yeux.

Il ne répondit pas mais, tandis qu'elle s'éloignait, elle entendit clapoter l'eau, comme s'il remontait sur la berge en hâte.

Quelques instants plus tard, il y eut derrière elle des bruits de pas qui s'approchaient.

Elle fit volte-face. Il était hors de question de le laisser s'approcher sans voir ce qu'il préparait !

Dès qu'elle se tourna, il s'immobilisa, à une distance convenable. Il avait remis ses braies et jeté sa chemise sur son épaule.

Malgré elle, elle ne put s'empêcher d'admirer son large

torse et les muscles de ses bras, entraînés au maniement de l'épée. Elle n'avait vu en lui qu'un simple courtisan, mais il était plus que cela : un guerrier, comme tous les hommes des Marches.

— Je ne voulais pas vous déranger, dit-il doucement.

Elle fit non de la tête — c'était elle qui l'avait interrompu dans sa toilette.

— L'eau est froide, poursuivit-il. Ne vous y engagez pas trop profondément.

— Vous l'avez bien fait, vous !

A aucun moment elle n'avait songé à faire une chose aussi stupide que s'immerger entièrement dans une eau si glacée, mais la décision lui revenait. Il n'avait pas son mot à dire !

— C'est bien pour ça que je sais qu'elle est froide, répliqua-t-il.

Il souriait, mais la chair de poule couvrait ses bras. Elle eut soudain envie de l'envelopper de son châle, de le réchauffer…

Elle se reprit.

— Eh bien, finissez de vous habiller et laissez-moi.

Il lui obéit et passa sa chemise, couvrant enfin son torse. Elle ne put retenir un soupir. Etait-ce du soulagement ou bien du regret ?

— Je vais faire le guet, sans regarder, proposa-t-il. Dites-moi quand vous aurez fini.

Elle acquiesça et descendit le long de la berge.

Allait-il malgré tout la regarder ? se demanda-t-elle. Ils semblaient être à égalité, sans avantage d'un côté ou de l'autre… Et si elle se retournait et le trouvait en train de l'observer, que ferait-elle ? Il valait sans doute mieux ne pas savoir et considérer qu'il était un homme de parole.

Cependant, alors qu'elle se lavait le visage et les bras, elle eut soudain la tentation de désobéir à ses conseils.

Après tout, s'il ne regardait pas, il ne pourrait pas savoir si elle s'était baignée entièrement ou non. Relevant le bas de sa chemise, elle s'avança dans l'eau. Les cailloux du fond s'enfonçaient douloureusement dans la plante de ses pieds, et elle trembla.

L'eau était aussi froide qu'il l'avait dit...

Thomas avait promis de ne pas regarder.

Il s'occupa donc à rentrer sa chemise dans ses braies, à remettre son gilet, à enfiler ses bas sur ses pieds glacés. Bessie était une femme. Avec ce froid, elle ne s'attarderait pas longtemps à sa toilette.

Il tendit l'oreille, tâchant d'entendre quelque chose par-dessus le clapotis du courant.

Tâchant de ne pas tourner la tête...

Le bruit de la rivière était très différent de celui du ressac de l'estuaire, chez lui, mais l'eau évoquait le mouvement, contrairement aux collines, immobiles pour l'éternité.

Lui et sa petite troupe allaient d'ailleurs devoir se mettre eux aussi en mouvement sans tarder, et avancer, aujourd'hui. S'il ne portait pas le message au roi avant que...

Un cri aigu le fit sursauter.

Il fit volte-face et courut à la rivière. Etait-elle entrée dans la rivière ? Tombée ? Se noyait-elle ?

Oui, elle était dans l'eau ! Quelle stupidité ! Mais, bien loin de se noyer, elle se tenait debout, dans le courant jusqu'aux cuisses, trempée de la tête aux pieds. Ses cheveux roux s'étaient collés à sa poitrine, dissimulant la courbe de ses seins et la forme de ses tétons, sous le lin fin qui collait à sa peau.

Elle avait dû glisser sur une pierre moussue.

Et elle semblait aussi furieuse que lui.

— Ne faites pas un pas de plus ! s'écria-t-elle.

— Je vous avais dit de ne pas vous baigner !

— Le fort des Brunson s'élève près de la rivière Liddel. Je sais comment me baigner dans un fort courant !

Malgré son attitude fière, elle tremblait. C'était certain, elle était plus forte que toutes les femmes qu'il avait rencontrées jusque-là, mais si jamais elle prenait froid et mourait…

— Sortez de là avant de…

Il détourna les yeux de sa poitrine.

— … avant de geler sur place !

— Allez-vous-en ! Vous aviez promis de ne pas regarder !

— Et vous de ne pas entrer dans l'eau !

Ils se défiaient du regard, et Thomas sentit une vague de chaleur l'envahir. De la colère ? Du désir ?

Il essaya de se concentrer sur son visage, mais le lin mouillé soulignait des courbes qu'il n'avait qu'entrevues jusque-là. Elle était fine, comme son frère Johnnie, mais là s'arrêtait la ressemblance. Ses formes étaient celles d'une femme faite. Ses seins perçaient à présent entre les mèches de ses cheveux, ronds et hauts, et ses longues jambes se dessinaient sous les plis plaqués de sa chemise…

Il s'efforça de se reprendre, mais elle avait eu le temps de suivre son regard.

Elle avait vu son désir ; elle l'avait compris. Ses lèvres s'entrouvrirent, et elle croisa vivement les bras sur sa poitrine pour la dissimuler. Puis, tout à coup, ses genoux semblèrent fléchir, comme ceux de quelqu'un affaibli par la faim, comme si elle allait retomber dans l'eau d'un instant à l'autre !

Il plongea dans la rivière et l'attrapa pour la porter sur la berge où il la déposa, laissant ses mains un instant sur ses épaules. Il la dévisagea. Décidément, que ses lèvres étaient pulpeuses et roses !

Elle le frappa brutalement au torse de ses poings et se libéra de son étreinte en se relevant.

— Est-ce ainsi que vous protégez ma réputation ?

Les pieds froids, il baissa les yeux et vit qu'il avait plongé avec ses bottes de cuir. Cette femme avait le don de lui faire perdre tout contrôle ! Il n'avait pensé qu'à la protéger, mais elle avait été trop près de lui, trop désirable...

— Votre réputation n'était pas en danger, répliqua-t-il sèchement. Votre vie, oui.

— Je n'ai jamais été malade de ma vie ! Maintenant, écartez-vous et retournez-vous.

— Hors de question. La dernière fois que je me suis retourné, vous avez sauté dans la rivière. Je vais donc vous raccompagner à votre tente et rester avec vous jusqu'à ce que vous soyez habillée et prête à partir. Nous avons beaucoup de chemin à faire, aujourd'hui.

Un chemin qui pour lui s'annonçait long et froid, songea-t-il en frissonnant dans ses vêtements à présent trempés jusqu'à la poitrine.

Les poings serrés, Bessie remonta jusqu'à sa tente. Non seulement elle se sentait embarrassée, mais une émotion bien plus dangereuse l'échauffait.

Quel traître !

Depuis le soir où il était arrivé au fort, elle avait tout fait pour ignorer les sentiments qu'il avait fait naître en elle, sa main dans la sienne, alors qu'il dansait trop près d'elle. Elle n'avait pas plus de temps que de désir pour de telles futilités, en particulier avec un homme qui avait déjà trahi sa famille une fois — c'était certain — et n'hésiterait pas à recommencer.

Elle préférait ne plus penser au fait qu'elle s'était plongée entièrement dans l'eau, seulement parce qu'il lui avait dit de ne pas le faire. Dieu sait qu'elle n'avait eu aucune intention de se baigner.

D'ailleurs, elle n'aimait même pas l'eau !

En sentant ses dents commencer à claquer, elle crispa

rageusement les mâchoires. Il avait suffi d'une nuit loin de sa vallée pour qu'elle ne soit plus elle-même ! Elle avait passé toute sa vie enveloppée dans des couvertures, superposant gants et bas. Pourquoi donc avait-elle couru se jeter dans une rivière glacée au milieu du mois de novembre ?

Ce Carwell avait bousculé sa façon d'être !

Elle était une femme sensée, stable, solide. Une personne sur qui l'on pouvait compter. Or, avec lui, ce qui devait être simple devenait étrange. Il y avait quelque chose en lui qui lui faisait perdre ses moyens…

Arrivée dans la tente, elle ôta sa chemise mouillée, essora ses cheveux et enfila en grelottant de nouveaux dessous. Un violent frisson la secoua et elle renifla bruyamment.

Bon sang ! Elle n'était jamais malade, et ne comptait pas l'être maintenant ! Elle ne lui donnerait pas cette satisfaction !

Elle allait faire son devoir, et non se pâmer dans les bras de cet homme, d'autant qu'il n'était pas digne de confiance. Elle avait promis à ses frères qu'elle découvrirait la preuve de sa trahison ; il était temps de s'y mettre.

Une fois habillée, elle roula en boule le reste de ses affaires et les fourra de nouveau dans son sac. Elle ferait en sorte d'interroger Carwell et découvrirait la vérité.

Lorsqu'elle sortit de sa tente, elle jeta un coup d'œil à Carwell qui l'attendait avec leurs montures. Seigneur ! Elle ne pouvait pas même le regarder sans que son cœur ne s'emballe ! Sans se souvenir de son corps nu, dans l'eau…

Eh bien, dans ce cas, il lui suffisait de ne pas le regarder. Dans quelques jours, elle redeviendrait elle-même, elle pourrait faire comme si leur rencontre, à la rivière, n'avait jamais eu lieu.

Du moins, devrait-elle pouvoir…

*
* *

Finalement, Thomas fut plutôt heureux de son plongeon tout habillé dans l'eau froide. Cela empêchait ses sens de s'échauffer chaque fois qu'il regardait Bessie et se rappelait son corps abandonné dans ses bras.

Cependant, malgré ses efforts, il ne parvenait pas à chasser ces images qui le hantaient. Oui, il y avait eu une raison au fait qu'il ne voulait pas faire ce voyage en compagnie de Bessie Brunson. Il avait des souvenirs à oublier, à cacher, et avoir cette femme à son côté rendait tout cela encore plus difficile.

Heureusement, bientôt, ils seraient au château de Stirling, où on la logerait bien loin de lui et où aucun loch ni aucune rivière ne provoquerait de nouvelle tentation.

Il devait fixer son attention sur les raisons de son voyage et sur ce à quoi il lui faudrait sans doute faire face. Le roi était très jeune. Adulte, certes, mais de plus de dix ans son cadet. Plus jeune encore que Bessie Brunson…

Pourvu que ce garçon, qu'il avait peu connu, s'avère un souverain sage ! L'Ecosse ne pouvait se permettre d'entrer en guerre avec l'Angleterre ; pas maintenant. Au moins, le roi et lui avaient-ils un but en commun.

Le comte d'Angus serait pris et puni. Il ne fallait pas qu'il leur glisse entre les doigts, sans quoi il traverserait la frontière et se réfugierait sous la protection de son allié et ami, le roi anglais Henri VIII, l'oncle du roi Jacques.

Chapitre 5

Rien n'aurait pu préparer Bessie au château de Stirling.

Les Brunson étaient le clan le plus puissant des Marches, et elle n'était pas habituée à rencontrer des personnes plus influentes. En grimpant le sentier abrupt et sinueux qui menait au château, perché sur une haute colline au-dessus d'eux, elle crut approcher du paradis.

Elle n'était pourtant pas au bout de ses surprises. Dès la porte franchie, elle découvrit tout un univers de bâtiments et de cours, grouillants de monde. Jamais elle n'avait vu autant de gens rassemblés en un même endroit, sauf peut-être lorsque les Brunson s'apprêtaient à mener une attaque.

Carwell l'abandonna quelques minutes en compagnie de ses hommes avant de revenir, escorté de l'intendant. Tandis que celui-ci s'occupait de leurs chevaux, Carwell le rejoignit.

— Après avoir levé le siège du château d'Angus, il semblerait que le roi ait ramené tous ses hommes ici pour organiser un tournoi, expliqua-t-il, comme pour répondre aux questions qu'elle se posait. Plusieurs jours de joutes et de fêtes.

Malgré ses paroles légères, il ne semblait pas se réjouir.

— Qu'est-ce qu'un tournoi ? demanda Bessie.

Elle avait déjà entendu ce mot ; on racontait qu'il y en avait beaucoup en France.

— C'est une occasion de porter nos armures et de combattre entre nous.

— Mais pourquoi ?

— Pour la gloire.

C'était la chose la plus absurde qu'elle ait jamais entendue !

— Apparemment, dit-elle, le roi semble ne pas avoir encore connu assez de batailles.

Il sembla d'accord avec elle et se pencha pour lui murmurer à l'oreille :

— Ou alors il cherche un combat qu'il puisse gagner. Il n'a toujours pas digéré sa défaite face à Angus.

Une défaite pour laquelle il blâmait les Brunson.

Elle leva les yeux vers le ciel menaçant : le roi ne se sentirait probablement pas mieux s'il devait être désarçonné et tombait dans la boue en pleine lice…

Après avoir fini de s'occuper des chevaux de la troupe, l'intendant s'approcha d'elle avec un jeune garçon, pour l'aider à mettre pied à terre. Carwell les devança. Il la guida jusqu'au sol et s'assura qu'elle ait bien retrouvé son équilibre avant de se tourner vers l'intendant.

— Cette jeune femme est Elizabeth Brunson.

Ces paroles surprirent Bessie. Elle n'avait jamais été Elizabeth, pour personne ; seulement la petite Bessie. Le nom Elizabeth ne semblait pas vraiment lui appartenir. C'était comme si l'on parlait d'une autre femme, une femme qui saurait danser à la cour, le pied léger.

L'intendant la salua très bas.

— Veuillez me suivre, madame.

Il appela un homme pour qu'il transporte sa malle. Soudain effrayée à l'idée de s'éloigner de lui, Bessie se tourna vers Carwell.

— Vais-je rencontrer le roi ?

Il sourit d'un air rassurant.

— Ce n'est pas le moment. Vous rejoindrez les autres dames après vous être changée.

Tout en suivant l'intendant à travers la vaste cour, elle baissa les yeux sur sa robe de laine fatiguée par le voyage.

Dès qu'elle se serait changée ?

L'intendant s'arrêta devant un bâtiment à l'extrémité du grand château de pierre et la présenta rapidement à une petite femme brune aux yeux sombres qui la conduisit à l'étage, en bavardant dans une langue inconnue.

— Veuillez m'excuser, mais je ne comprends pas, murmura Bessie avec hésitation.

— *Vous ne parlez pas français ?*

Elle fit non la tête.

— Je vois.

En arrivant au bout du couloir, et la femme ouvrit une porte.

— C'est vide, pour le moment, expliqua-t-elle alors en anglais, mais nous sommes déjà trois à partager cette chambre. Et nous nous appelons toutes Mary.

Bessie sentit une vague de soulagement l'envahir. Après tout, elle n'avait pas vu de femme depuis une semaine, depuis son départ de chez elle. Avoir de la compagnie féminine lui serait un réconfort.

— On m'appelle la Petite Mary, reprit la femme en souriant, ce qui révéla un espace entre ses dents de devant.

— Je suis… Elizabeth Brunson.

Après tout, c'était sous ce nom que Carwell l'avait présentée.

La femme sembla surprise et sourit de nouveau.

— Vous êtes la sœur de Johnnie ?

— Oui. Vous le connaissez ?

Dès son arrivée, elle croisait quelqu'un qui connaissait Johnnie ! C'était presque comme revenir à la maison !

Mary eut un bruyant éclat de rire ; un rire qui se passait d'explications.

— Oui, je le connais, répondit-elle avec un sourire qui

en disait long. Il nous manque, à toutes. Surtout à moi et à la Grande Mary !

Pendant toutes les années où son frère avait vécu à la cour, Bessie ne s'était jamais vraiment demandé de quoi était fait son quotidien. En tout cas, elle ne l'avait certainement jamais imaginé en compagnie de femmes.

En voyant le sourire de Mary, elle préféra ne pas mentionner que Johnnie était à présent un heureux jeune marié.

— La Grande Mary ? répéta-t-elle.

— Oui, c'est la plus grande. La Grosse Mary et moi servons la mère du roi.

— Et que fait la Grande Mary ?

— Ce qu'elle veut…

L'expression de la Petite Mary oscilla entre jalousie et colère.

— Pour le moment, ajouta-t-elle.

Qu'est-ce que cela voulait dire ? Pour Bessie, ça n'avait pas plus de sens que la langue française.

— Tout est tellement… différent, ici.

La Petite Mary l'examina rapidement de la tête aux pieds.

— Le roi vous a-t-il déjà vue ?

Bessie jeta un regard à leurs robes. Celle de Mary était noire et raide, avec des galons dorés et un décolleté carré qui exposait sa gorge bien plus que ce dont elle avait l'habitude.

C'était pire que ce qu'elle craignait… Incapable de parler, elle répondit à la question de Mary en secouant la tête.

— Vous êtes *très jolie*, dit celle-ci en français, avec un regard entendu. *Il va vous voir avec plaisir*.

Avant que Bessie n'ait pu demander le sens de ces paroles, on frappa à la porte. Une servante entra, déposa sa malle sur le sol puis s'éclipsa sans un mot.

— Vous n'avez pas beaucoup de temps, reprit Mary. Qu'allez-vous porter ?

Bessie poussa un profond soupir, souleva le couvercle et tira sa plus belle robe de la malle. A côté de la tenue de Mary, celle-ci paraissait terne et informe.

Mary jaugea la tenue d'un air peu convaincu.

— Je vois…

Elle se dirigea vers un coffre posé un peu plus loin et fouilla son contenu. Enfin, elle en tira une robe d'un noir profond, bien coupée, avec une incrustation de tissu bleu sur le devant de la jupe.

— C'est à la Grande Mary. Elle sera presque à votre taille.

Stupéfaite par les couleurs si profondes de la robe, Bessie caressa l'étoffe. Jamais elle n'avait vu de tissu semblable.

— Mais je ne peux pas porter les vêtements de quelqu'un d'autre !

La Petite Mary la lui donna en haussant les épaules.

— Elle ne lui va plus, de toute manière. Maintenant, dépêchez-vous !

A l'extrémité de la lice, Thomas vérifiait une dernière fois son armure et s'assurait que ses hommes portaient bien ses couleurs, vert et or.

Le roi, impatient, n'avait pas voulu attendre que les gradins soient construits. La plupart des spectateurs devaient donc se contenter de rester debout autour de la lice, dans la vallée qui s'étendait sous le château. Les femmes, qui se tenaient sur le rocher aux Dames, qui surplombait le terrain, auraient sans doute une meilleure vue. Il leva les yeux, cherchant Bessie dans la foule.

— Ah ! vous voilà !

Surpris, il se retourna et salua dans le même élan.

— Sire.

Dans le chaos qui entourait les préparatifs du tournoi, il n'avait pas eu le temps d'aller saluer le souverain selon les règles. Cela faisait plus d'un an qu'il n'avait pas vu le roi Jacques ; ils n'avaient communiqué que par le biais de messagers.

Il examina son roi. Il était encore si jeune… Roux, avec un long nez proéminent, et portant sur son poignet un oiseau aux couleurs vives.

Jacques ne perdit pas un instant en politesses.

— Vous avez des nouvelles ?

— Oui, Sire, bonnes et moins bonnes.

Le regard du roi changea du tout au tout. Le jeune homme excité de seize ans disparut pour faire place au monarque.

— Un danger nous guette ?

Carwell fit non de la tête, ce qui parut apaiser le roi.

— Dans ce cas, reprit celui-ci, profitons du tournoi. Les nouvelles attendront.

— Vous avez là un beau perroquet, Sire.

Thomas baissa les yeux sur son oiseau et sourit.

— C'est un cadeau.

Il se tourna alors vers la foule environnante et prit une profonde inspiration.

— Et qui est cette jolie alouette ?

Thomas suivit son regard et vit Elizabeth qui se promenait le long de la lice.

Seigneur ! Elle était méconnaissable !

Sa robe, d'un noir profond, mettait en valeur la pâleur de sa peau et l'éclat flamboyant de ses cheveux.

— C'est Elizabeth Brunson, Sire.

— Brunson ? répéta le roi d'une voix sèche.

— Oui, Sire, réussit à répondre Thomas d'une voix détachée. La sœur de John.

Heureusement qu'il avait suffisamment de contrôle pour ne pas trahir ses émotions !

— Bien sûr, je vois leur ressemblance, à présent. Ils ont la même silhouette fine.

Le roi jeta à Thomas un coup d'œil par-dessus son épaule.

— Ainsi donc, c'est la sœur de Johnnie…

Trop de choses traversaient les yeux du roi pour deviner ses pensées. Enfin, il poussa un long soupir.

— Amenez-la-moi.

— Maintenant, Sire ?

Jacques fronça les sourcils sévèrement.

— Maintenant.

Thomas salua rapidement et murmura quelque chose d'inintelligible qui aurait dû ressembler à : « Oui, Sire ».

Le visage de Bessie s'illumina lorsqu'il s'approcha d'elle. Sans doute se sentait-elle bien isolée, depuis leur arrivée, car elle n'avait jamais eu l'air si heureuse de le voir.

Il s'efforça de la regarder dans les yeux sans se laisser distraire par son corsage qui révélait la naissance de cette poitrine qu'il avait tenté d'oublier depuis leur mésaventure à la rivière.

Il se racla la gorge.

— Vous êtes charmante.

Elle baissa les yeux sur sa parure.

— Je ne me sens pas dans mon élément !

— Ce n'est pas l'avis du roi…

Un éclair de peur traversa son regard et elle chercha le souverain des yeux, derrière lui.

— Oui, c'est bien le roi, là-bas, l'homme avec un oiseau.

Elle parut surprise.

— Je n'ai jamais vu ce genre de faucon !

— Ce n'est pas un faucon.

Il lui prit le bras, comme pour affirmer une certaine appartenance.

— Venez. Il veut vous rencontrer.

Après avoir pris une profonde inspiration, elle acquiesça.

— Bien sûr, c'est pour ça que je suis là ; pour m'expliquer.

Elle redressa fièrement la tête, et il se surprit à regarder la courbe de son cou, sa gorge si fragile… et à penser au nœud de la potence.

— Pas aujourd'hui. Contentez-vous de saluer, de sourire et d'en dire le moins possible.

Elle se tenait bien droite, les lèvres serrées, mais la peur était revenue dans ses yeux.

— Je ne parle pas français, avoua-t-elle.

— Le roi non plus, répondit-il en souriant, pour la rassurer.

Elle parut alors se détendre et respirer plus librement.

— Va-t-il demander que nous prêtions serment ?

Thomas fit non de la tête. Mieux valait, pour le moment, ne pas rappeler au roi la mauvaise conduite des Brunson, songea-t-il. Pas avant d'avoir pu évaluer la situation.

— Il est de bonne humeur et prêt à profiter de la joute. Veillez à ne pas le contrarier. Venez.

Docilement, elle s'avança à son bras.

— Comment dois-je l'appeler ?

— Appelez-le « Sire », répondit-il.

Puis il resserra sa main sur son bras.

— Et ne dites rien de mal au sujet de l'oiseau.

Alors qu'ils s'approchaient du roi, debout devant sa tente et entouré de domestiques, le soleil commençait à percer à travers les nuages et à réchauffer l'air. C'était comme si Jacques lui avait ordonné d'apparaître pour illuminer la joute.

Thomas ne lâcha pas le bras de Bessie.

— Sire, permettez-moi de vous présenter Elizabeth Brunson.

Bessie salua, pliant le genou mais sans baisser les yeux. Chez les Brunson, même une femme refusait de ployer devant un homme.

Le regard du roi explora chaque courbe de son corps, et Thomas serra les dents pour ne pas trahir sa colère soudaine. Après tout, quel homme n'apprécierait pas de la regarder ? Lui, en tout cas, appréciait cela, peut-être même trop…

Souriant, le roi se mit à caresser le plumage vert émeraude de l'oiseau.

— Soyez la bienvenue au château de Stirling, et à mon tournoi.

— Je vous remercie, Sire.

— Et ceci, reprit le roi en levant solennellement son poignet, est Pierre. Saluez la dame, Pierre.

L'oiseau poussa un cri dissonant et battit des ailes. Bessie eut un mouvement de recul.

Machinalement, Thomas lui passa le bras autour de la taille pour l'empêcher de trébucher, mais elle se reprit rapidement et ne fit aucune remarque.

Le roi parut déçu.

— Il ne vous impressionne donc pas ?

Comme elle lui jetait un rapide regard semblant lui demander son accord avant de répondre, Thomas hocha légèrement la tête.

— Je n'ai encore jamais vu pareille créature..., dit-elle alors.

Le roi tendit son oiseau à un domestique et la dévisagea d'un air sévère.

— Johnnie n'est pas avec vous ?

— Non, il..., commença-t-elle.

Thomas décida d'intervenir.

— Sire, ce jour est réservé aux célébrations, l'interrompit-il. Voyez, le soleil lui-même émerge pour honorer votre gloire !

Jacques eut une grimace de colère, mais son visage se détendit à l'arrivée de deux écuyers portant son armure et son surcot rouge et or, orné des armoiries royales. Il leva les yeux vers le ciel incertain avant d'annoncer d'un ton ferme :

— Nous commençons dans l'heure.

Il reporta ensuite son attention sur Bessie.

— Qui porte votre faveur, demoiselle ?

— Ma… faveur, Sire ? demanda-t-elle avec hésitation.

— Oui, dans la lice… Qui porte votre mouchoir, votre écharpe, le gage de votre affection ?

Décidément, le sourire du roi était trop suffisant, empli d'un désir trop visible.

— C'est moi, dit Thomas en avançant d'un pas.

A son côté, Bessie parut décontenancée mais, Dieu merci, elle ne prononça pas un mot.

Au moins le roi tourna-t-il son agacement contre lui et non contre elle.

— Revêtez votre armure, Carwell, ordonna-t-il sèchement. Ainsi que vos hommes.

Sur ce, il fit volte-face et disparut dans sa tente.

Thomas salua et fit demi-tour, emmenant Bessie avec lui. Elle lui retira immédiatement son bras.

— Vous ne porterez pas ma faveur !

— Le roi était sur le point de la demander. Il peut faire collection de toutes les faveurs qu'il souhaite, et s'il gagne le tournoi, il ne se gênera pas pour vous en réclamer le prix.

— Le prix ? Mais je n'ai rien à lui donner !

Seigneur ! songea-t-il. Comment cette femme allait-elle pouvoir survivre ici ?

— Vous avez ce que toute femme possède et que tous les hommes veulent.

Son expression ne laissait aucun doute sur le sens de ses mots, et elle parut le comprendre, car le rouge lui monta aux joues. Il ne l'avait jamais encore vue embarrassée.

— Et que se passe-t-il, s'il ne gagne pas ?

— Le roi gagne toujours.

— Donc, vous pensez me sauver ?

Oui, il avait pensé la sauver. Mais, à présent, il ne pensait plus qu'à la posséder… Il avait ouvert la voie de la tentation et ne savait plus comment la refermer. Il ne voyait plus que ses lèvres, si douces et roses... qui ne savaient que dire la vérité ou se taire.

Chassant ces pensées, il parvint finalement à retrouver la parole.

— Je pense qu'il vaut mieux que vous ne le fâchiez pas si vous voulez aider votre famille.

— Oui, répondit-elle en laissant ses lèvres si belles se fendre d'un sourire, et lui refuser ce qu'il voit comme une récompense le fâcherait.

— Sans aucun doute.

— Et si je vous refuse votre récompense aussi ? Comment réagirez-vous ?

Bessie vit une ombre passer dans les yeux de Carwell. Etait-ce de la colère ? Non, quelque chose de plus profond... C'était le même appétit que celui qui avait animé son regard, quelques jours plus tôt, au bord de la rivière, lorsqu'il avait vu ses...

Pourquoi avait-elle donc posé une question aussi stupide ?

Heureusement, il parut reprendre rapidement le contrôle de ses émotions.

— Il me faudrait d'abord gagner le tournoi pour que vous puissiez me refuser quoi que ce soit. Attendons de voir, avant de nous poser ce genre de questions.

Il laissa son regard tomber sur ses lèvres, et elle sentit soudain son propre appétit naître, mais il recula brusquement d'un pas.

— Avant tout, reprit-il, vous devez me donner une faveur.

Une faveur ? Elle examina sa tenue. Où allait-elle trouver une faveur ? Elle portait une robe empruntée, sans même un mouchoir à elle, et il était hors de question qu'elle lui fasse l'honneur de lui permettre de porter le bleu et brun des Brunson !

— Revêtez votre armure, répondit-elle. Lorsque vous serez prêt, j'en aurai une à vous donner.

Maintenant, tout ce dont elle avait besoin était d'un peu de solitude et d'une paire de ciseaux…

Chapitre 6

Moins d'une demi-heure plus tard, Thomas la vit revenir avec un morceau de lin à la main ; l'étoffe était brute, simple et blanche. Il le prit sans mot dire. Sans doute ce morceau de tissu venait-il de la chemise qu'elle portait sous sa robe…

— C'est tout ce que j'ai, dit-elle. J'espère que ça ne vous gêne pas.

N'importe quelle autre femme aurait été plus qu'embarrassée de devoir couper une faveur dans ses sous-vêtements. Il l'avait vue rougir de honte lorsqu'elle avait trébuché en dansant, et pourtant elle lui offrait cette chose simple, ce « tout ce qu'elle avait » sans le moindre émoi.

Sans même hésiter.

Oui, là, il reconnaissait les Brunson en elle.

Il porta le morceau d'étoffe à ses lèvres avant de le nouer à sa lance. Dire qu'il avait été pressé contre son corps nu…

— Rien ne me conviendrait mieux, répondit-il. Il est de bonne facture, utile, et coupé dans quelque chose dont on peut difficilement se passer.

Elle sourit.

— Qu'il vous porte chance.

— Et ma récompense ?

Les mots lui avaient échappé. Il en avait tellement envie ! Qu'est-ce que ce serait, de sentir leurs lèvres se rencontrer ?

Le sourire de Bessie disparut d'un coup.

— Vous avez donné votre parole à mes frères !

— Votre innocence n'a rien à craindre, répondit-il, plus doucement qu'il ne l'aurait voulu. N'ayez aucun doute.

Oui, ses frères lui avaient confié sa vie et sa réputation. Mais, en cet instant, ce n'était pas la sauvegarde de la vie de Bessie qui l'inquiétait le plus.

Quelques minutes plus tard, hantée par les paroles de Carwell, Bessie remontait au sommet du rocher aux Dames, sa robe empruntée ramassant des brins d'herbe dans ses plis.

Ce que toute femme possède, et que tous les hommes veulent.

Oui, peut-être avait-il raison. Il y avait sans doute quelque chose, chez les femmes, qui, comme chez les juments en chaleur, envoyait des signaux aux hommes. Un regard, un mouvement de sourcils, le timbre d'un rire…

En arrivant au sommet, elle examina l'assemblée, à la recherche du visage amical de Mary. Il était facile, en effet, de voir ce que ces femmes avaient pour aiguiser le désir des hommes. Nombre d'entre elles avaient déjà dû connaître le lit royal.

Ou celui de Johnnie.

Sans doute aussi pouvaient-elles voir à quel point elle était ignorante. Elle ne savait rien de toutes ces choses… Pour preuve, Carwell l'avait appelée « innocente ».

Il avait parfaitement su lire son inexpérience !

Les femmes qui se tenaient sur le rocher devaient avoir l'habitude de se laisser courtiser par les hommes jusqu'à rencontrer celui qui leur convenait. Pas elle. Elle était fille de chef de clan. Les hommes qu'elle côtoyait étaient très prudents. Et si l'un d'eux se montrait trop entreprenant, Rob le remettait dans le droit chemin.

Rob… Johnnie… La pensée de ses frères la déchirait.

Elle n'était plus rien, si loin de chez elle, dans sa robe empruntée. A la maison, au moins, elle était une Brunson, et son nom lui valait le respect de tous.

Mais ici, qui était-elle ?

Dans un coin de la lice, en dessous, elle aperçut les couleurs vert et or de Carwell au milieu de ses hommes. Dans les Marches, au moins, les hommes combattaient en cottes de mailles, bottes et bonnets. On voyait clairement le regard de l'ennemi que l'on tuait.

Ces hommes, couverts de la tête aux pieds, n'avaient plus de visage, plus de chevelure, plus de regard. Ils n'étaient plus que des corps de métal. Ce Thomas Carwell, monté sur un destrier alezan et uniquement reconnaissable à ses armoiries, n'était plus l'homme au côté duquel elle avait chevauché.

Une grande femme s'approcha d'elle, la tirant de ses pensées. Elle semblait la connaître.

— Cette robe vous va très bien, Elizabeth Brunson.

Surprise, Bessie la dévisagea un instant. Ce devait être la Grande Mary.

— Permettez-moi de vous remercier pour le prêt, dit-elle poliment.

L'inconnue posa ses mains sur son ventre d'un air entendu.

— Le roi m'en achètera une nouvelle...

Avant que Bessie n'ait eu le temps de comprendre à quoi elle pouvait bien faire allusion, la Petite Mary les rejoignit, l'air curieux.

— Qui est cet homme ?

Bessie suivit son regard. Thomas Carwell avait retiré son heaume et le tendait à un écuyer. Sa chevelure brune ainsi libérée flottait dans le vent comme une bannière.

Il lui fallut un instant pour reprendre sa respiration.

— Vous parlez de l'homme aux armoiries vert et or ? demanda-t-elle.

— Je ne le connais pas, renchérit la Grande Mary, mais j'aimerais bien le rencontrer.

Bessie hésita à partager ses connaissances avec elles ; c'était son secret. Elle finit cependant par se raviser : quelle jalousie futile !

— Il s'agit de Thomas Carwell, gouverneur des Marches.

— Vous le connaissez bien ?

Que répondre ? En réalité, elle ne le connaissait pas du tout !

— Il porte ma faveur.

C'était vrai, mais ses compagnes allaient sans doute charger cet aveu simple d'une signification tout autre. Soudain, l'image de Thomas, nu dans le ruisseau, lui mit le feu aux joues.

La Petite Mary sourit, d'un air complice, et regarda de nouveau Carwell avec attention.

— Votre faveur, c'est ce morceau de lin blanc ?

Les joues plus brûlantes que jamais, elle bredouilla :

— Oui, il est utile et de bonne facture…

Tout comme elle, songea-t-elle. On l'utilise quand on en a besoin, et sinon, on l'ignore. Et on l'abandonne dans un coin quand elle a fait son temps. Elle était quelque chose d'utile, pas un trésor à chérir. Elle n'était pas faite pour apporter du plaisir.

— Il semblerait que le tissu soit un peu sale, dans les coins, remarqua la Grande Mary en gloussant.

Bessie ignora la moquerie et se tourna de nouveau vers la lice. Qu'elles pensent ce qu'elles veulent !

La Petite Mary posa alors sa main sur son bras, mais ses paroles ne lui étaient pas adressées.

— Il essaie peut-être de capturer sa licorne blanche.

Elle n'avait pas parlé en français, mais c'était tout comme. Les deux Mary se comprenaient, visiblement, alors que Bessie se sentait perdue.

Enfin, la Grande Mary se décida à changer de sujet et dit en souriant :

— Le roi porte ma faveur.

Comme s'il avait senti qu'elles avaient parlé de lui, Carwell s'approcha seul au galop et s'immobilisa devant le rocher aux Dames. Même monté, il se tenait douze pieds en dessous de Bessie, trop loin pour qu'elle puisse voir ce qu'exprimait son regard.

Il pointa alors sa lance vers, elle et les deux Mary, de part et d'autre, reculèrent d'un pas avec une sorte de respect.

Que devait-elle faire ? Sans doute cherchait-il à lui rendre hommage, mais il ne faisait qu'exposer plus encore son ignorance des usages de la cour.

— En ce jour, dit-il haut et fort, vous m'avez fait l'honneur de me confier votre faveur et je vous honorerai de ma victoire.

Que devait-elle dire ? Un Brunson ne chevauchait jamais en armure pour la gloire et encore moins pour divertir une foule d'étrangers ! Un Brunson chevauchait vite et en silence pour protéger et nourrir sa famille.

Pourquoi chevauchait donc Carwell ?

— Soyez fort et restez sauf, répondit-elle.

Il inclina la tête puis retourna à l'extrémité de la lice. Quelques minutes plus tard, la mêlée commença.

Lorsque le jour tira à sa fin, seuls les hommes de Carwell et ceux du roi demeuraient en lice. Au milieu des acclamations, Bessie était restée silencieuse. Elle avait regardé chaque charge le cœur battant, en se répétant sans cesse que la victoire ou la défaite de Thomas Carwell lui importaient peu…

Menteuse !

La petite bande de lin blanc, accrochée à sa lance, était à présent boueuse et défraîchie, mais elle flottait encore fièrement dans le vent, changeant de direction aussi soudainement que ses émotions.

A son côté, la Grande Mary avait perdu son entrain.

— Votre chevalier combat avec honneur pour vous, remarqua-t-elle.

— Il ne combat pas pour moi, répondit Bessie, surprise de retrouver sa voix, mais pour l'honneur des frontaliers.

La Petite Mary haussa les épaules.

— Des fripouilles sans foi ni loi ! Ils sont tout juste bons à être écrasés par les armées d'Henri !

Bessie frémit de rage. Elle savait différencier au premier regard un Brunson d'un Storwick, un Carwell d'un Robson mais, pour ces femmes, les frontaliers n'étaient que « ils ». Une masse indistincte d'étranges créatures barbares, à peine humaines…

Pourvu que Thomas leur prouve le contraire, là, dans la lice !

— Eh bien, Mary, reprit la plus petite des deux, je crains que le roi ne gagne pas tes faveurs, ce soir.

La Grande Mary posa ses mains sur son ventre et jeta sur la lice un regard confiant.

— Le roi vaincra.

Puis, elle se tourna vers Bessie, le regard froid, cette fois.

— Du moins, ajouta-t-elle, si votre gouverneur est un homme sage…

— De toute manière, reprit la Petite Mary, ça ne changera pas grand-chose pour toi, qu'il gagne ou qu'il perde !

Pour toute réponse, la Grande Mary grimaça et sa compagne éclata de rire.

Le roi gagne toujours.

C'était bien ce que Thomas lui avait confié — les règles de la cour. Sans doute s'y plierait-il aussi, en fin de compte.

Et pourtant…

Je vous honorerai de ma victoire.

Cet homme ne parlait jamais à la légère. Il ne promettrait jamais une chose qu'il ne tiendrait pas.

Elle tourna le dos au vent, heureuse que la robe qu'on lui avait prêtée ait un col haut qui protégeait la nuque du froid.

Qu'allait faire Thomas ?

Et pourquoi pensait-elle à tout cela, maintenant ?

Au bout de la lice, Thomas retira son heaume et attrapa le gobelet que son écuyer lui tendait.

Le roi gagne toujours.

Il but le vin d'un trait. Oui, le roi gagne, et lui le savait aussi bien que tout le monde.

L'herbe douce qui couvrait le terrain le matin même s'était muée en boue sous la charge des chevaux et les chutes des cavaliers. Le soir tombait et l'ombre s'étendait sur le paysage.

Il ne lui restait plus qu'une charge à mener et à concéder gracieusement au roi avant de pouvoir se retirer au coin du feu.

Il n'avait pas le choix. En tant qu'homme du roi, il mettrait en péril tout ce qu'il avait accompli jusqu'à présent s'il ne le laissait pas gagner. Malgré lui, il ne put s'empêcher de tourner son regard vers le rocher aux Dames et vit un rayon de soleil mourant illuminer la chevelure flamboyante de Bessie. Son désir s'éveilla de nouveau.

Il *voulait* gagner.

Il voulait obtenir le baiser qui lui revenait.

Sous lui, son cheval piétinait nerveusement. Il rendit le gobelet à son écuyer et dirigea sa monture vers le centre de la lice, en face du rocher, pour saluer le roi avant que tous deux ne retournent une dernière fois aux extrémités du terrain.

Lorsqu'il l'eut rejoint, Jacques jeta un coup d'œil aux femmes qui regardaient.

— Si nous augmentions nos mises ? Si je gagne, j'aurai droit aux faveurs de votre dame en plus de celles de la mienne.

Thomas leva les yeux à son tour. Bessie n'avait pas bougé, mais elle serrait les poings. Elle avait dû entendre… Sans pour autant douter de sa force de caractère, il était évident qu'elle ne saurait pas réagir face aux avances d'un roi.

Si quoi que ce soit lui arrive…

Thomas retourna à son point de départ. Il n'avait plus le choix ; il savait ce qu'il lui restait à faire.

Ayant entendu les paroles du roi, la Grande Mary baissa les yeux vers son ventre, puis les tourna vers Bessie, immobile à côté d'elle.

— Vous avez déjà retenu son attention…

Bessie la dévisagea avec stupeur. Qu'avait-elle bien pu faire pour retenir l'attention du roi ?

— Je vous assure que je n'en avais pas l'intention !

— C'est peut-être simplement pour ça, répondit la Petite Mary, avec votre air innocent…

Mais il ne me touchera pas ! s'apprêtait-elle à répliquer lorsque la charge fut lancée.

Tout se passa très vite et, quand la rage qui avait brouillé la vision de Thomas disparut, il vit que trois chevaux et deux hommes avaient été blessés dans l'assaut. Quant à Jacques, il était allongé de tout son long dans la boue…

Seigneur ! Maintenant, il allait être bien en peine de protéger Bessie — ou lui-même — de la colère du roi !

Il mit pied à terre et se précipita pour aider son souverain à se relever.

Une fois debout, Jacques le repoussa et le dévisagea avec insistance.

— Je vous avais demandé de me rapporter un gage de bonne conduite pour les Brunson, et voilà que Thomas le Solitaire revient avec une promise ?

Non, songea Thomas. *Non*, *non*, *et non !* Peu importe que, faute d'héritier, son domaine revienne à ses cousins ! Rien ne pourrait l'obliger à se remarier.

Et surtout pas avec Elizabeth Brunson !

— Elle… elle n'est pas familière des coutumes de la cour.

— Et vous non plus, s'écria Jacques.

C'était une accusation directe et méritée. Il connaissait les règles. Il avait pris bien soin de les expliquer à Bessie, et voilà qu'il avait laissé ses émotions balayer son bon sens !

Le valet du roi se précipita avec de l'eau, du vin et une couverture pour protéger son maître du vent glacial. Jacques fit quelques pas, vacilla et s'appuya sur l'épaule de son serviteur.

— Venez dans mes appartements dans une heure. Je veux savoir tout ce qui se passe à Liddesdale ! lança-t-il à Thomas, qui s'inclina en silence.

Puis il indiqua le rocher aux Dames du menton.

— Et allez embrasser cette fille. Vous l'avez bien mérité.

Thomas leva de nouveau les yeux vers le rocher. Il n'eut pas à la chercher, il savait exactement où elle se tenait et vit sa chevelure de feu qui coulait le long de cette robe qui soulignait si bien les courbes de son corps.

Le souvenir de ce que l'étoffe dissimulait lui revint, frappant.

Il avait espéré lui épargner cela… Un baiser en public. Une chose sans importance pour le roi et sa cour.

Quand donc avait-il embrassé une femme pour la dernière fois ?

Tu veux ce baiser. Tu la désires comme tu n'as jamais désiré aucune femme.

C'était bien vrai. Mais, bon sang, ce n'était pas la femme à choisir !

Il tendit son heaume et ses gantelets à un écuyer et entreprit de gravir le chemin pentu qui menait au sommet du rocher aux Dames, en serrant dans son poing la pièce de lin si précieuse. A son arrivée, les femmes cessèrent de bavarder et toutes s'écartèrent pour le laisser s'approcher de Bessie.

Parvenu devant elle, il ne sut que dire. Elle était réellement devenue Elizabeth, à présent, dans sa robe de cour, avec le col montant dans la nuque et le décolleté qui dévoilait sa gorge... Mais son regard direct et ses lèvres gourmandes n'avaient pas changé. C'était cela qu'il désirait.

Elle passa doucement le bout des doigts le long de la coupure qui traversait son sourcil. Elle était pâle comme son pauvre morceau de lin, avant la bataille.

— Vous êtes sauf.

Il commençait à ressentir les hématomes dus à sa selle, à l'intérieur de ses cuisses, mais il n'en laissa rien paraître.

— Oui, tant que je reste hors de la vue du roi.

— Je croyais que le roi gagnait toujours...

— Apparemment, il le croyait aussi.

— Et maintenant ? demanda-t-elle d'une voix moins assurée mais le regard toujours aussi direct. Vous êtes venu demander votre prix ?

Oh ! il aurait voulu bien plus que cela ! Mais il ne pouvait pas se le permettre. Pas après ses échecs du passé et la promesse faite aux frères Brunson.

Il se pencha, doucement.

— Ils ne comprendraient pas que je ne le fasse pas.

Elle se contenta d'acquiescer, sans se détourner, et lui offrit ses lèvres comme si ce baiser n'était rien de plus qu'un devoir, et sans plus de passion que si elle lui tendait une chope de bière.

Cela valait mieux ainsi, songea-t-il en s'avançant un peu plus. Il avait eu sa dose de passion pour la journée... S'il en était là, ce n'était que parce qu'il n'avait pas su contrôler un moment de passion stupide ! Il allait se contenter d'embrasser son front, et ce serait tout.

Mais ses lèvres étaient si près... Douces, veloutées, comme si elles ne devaient jamais prononcer que des mots tendres. Comme si elles n'étaient faites que pour le baiser.

Il embrassa ces lèvres et la sentit céder. Pendant un instant, les blessures, les soucis, tout ce qui lui pesait s'envola et il ne resta plus que Bessie...

Il avait imaginé son baiser aussi brut que ses paroles ; un baiser froid et efficace. Quelle folie ! Il était doux comme le miel, et l'embrasser le faisait plonger au plus profond d'elle, sans espoir de rejoindre la surface de nouveau.

Comme s'il plongeait dans des sables mouvants.

Elle se pressa contre lui, contre cette armure permanente qui le protégeait. Mais qui était vraiment cette femme ? Elle ne ressemblait en rien à ce qu'il croyait savoir d'elle. Sa rudesse n'était-elle qu'une apparence ?

Il posa les mains sur ses bras. Elle se tourna un peu plus vers lui, et quelque chose en lui le poussa vers elle, aussi inexorable que la marée qui recouvre la plage et court à la rencontre de la terre.

Puis ses mains, plus sages que ses lèvres, la repoussèrent doucement, et tout fut fini.

Elle rouvrit les yeux.

Il cligna des paupières, éperdu.

Elle l'imita.

Impossible de se détacher de ces yeux, aussi sombres que ceux du reste de son clan. Il l'avait bien sentie céder sous son baiser, mais à présent elle l'observait posément, sans qu'aucun élan de passion ne la trahisse.

Son regard ne s'était pas adouci, ne s'était pas embrumé, mais il n'était pas non plus dur et fermé, comme souvent...

Elle le regardait simplement. Ouvertement. Sans détour.

— C'est donc cela, un baiser, n'est-ce pas ?

Surpris, il ne comprit pas immédiatement.

— C'est la première fois que vous en recevez un ?

Elle se détourna. Le rocher aux Dames était désert, à présent. Tout le monde avait quitté les lieux, en quête de nourriture et d'un bon feu.

— Mon premier depuis très, très longtemps.

Il prit doucement son menton pour l'inciter à le regarder de nouveau. On pouvait lire de la douleur dans ses yeux, à présent, bien qu'elle luttât pour la dissimuler.

— Depuis combien de temps ?

Elle haussa les épaules et secoua la tête.

— Vous parlez librement de tout, alors pourquoi pas de cela ?

— Il ne faut pas parler de certaines choses.

Il comprit, soudain, qui était réellement Bessie. Comment n'avait-il rien vu plus tôt ? Sa franchise n'était qu'une armure... Elle dissimulait ses secrets dans ses silences.

Elle commença à redescendre en direction du château et il lui emboîta le pas.

— Le roi m'a convoqué, dit-il. Il voudra sans doute parler de John...

A ces mots, elle entreprit de frotter nerveusement sa robe comme si elle sortait tout juste des cuisines, couverte de farine. Puis elle prit une profonde inspiration, son armure de nouveau en place.

— Je viens avec vous.

— Pas encore. Il vaut mieux qu'il vous oublie, pour le moment.

— Mais je suis venue pour lui parler !

— Nous avons d'autres sujets à aborder, le roi et moi. Je vous retrouverai plus tard, dans la grande salle.

Bien plus tard, espérait-il. Pas avant que son cœur n'ait retrouvé son rythme normal.

Et pas avant qu'il ait transmis au roi la nouvelle offre de paix des Anglais.

Chapitre 7

Bessie resta silencieuse durant le reste du trajet. Parler ne ferait qu'empirer les choses.

Une fois dans la cour du château, elle le suivit des yeux tandis qu'il s'éloignait après l'avoir rapidement saluée. Il fallait oublier ce baiser : elle n'était pas venue pour ça !

Après tout, ce n'était qu'un baiser. Un rituel de tournoi, rien de plus. Mais cela avait semblé tellement plus, sur le moment… Plus que des lèvres et des mains qui se rencontrent. Quelque chose l'avait bouleversée ; des sentiments pour lui qu'elle ne voulait pas ressentir, dont elle n'avait pas besoin.

Des sentiments qui n'avaient aucun poids pour lui, et qui ne devaient pas en avoir davantage pour elle. Elle devait trouver un moyen de les écarter, de les enterrer…

Les baisers de cet homme étaient aussi traîtres que le reste de sa personne, sans aucun doute !

Mais comment pouvait-on feindre dans ce domaine ? C'était impossible !

La voix de la Petite Mary la tira de ses réflexions.

— Il est bel homme, n'est-ce pas ?

Elle détourna son regard de Carwell. Oui, ses yeux étaient toujours attirés par lui, mais seulement parce qu'elle tentait de le comprendre. Pas parce qu'elle le trouvait attirant. Bien sûr, il était grand, fort, avait une chevelure brillante, et il ne lui manquait aucune dent. Tout cela ne suffisait cependant pas pour en faire un homme qui lui convienne.

Elle avait besoin d'un homme d'honneur, intègre.

— Chacun de mes frères vaut mieux que lui, répondit-elle.

La Petite Mary acquiesça d'un air sérieux, comme si elle faisait elle-même la comparaison.

— Je le placerais au même rang que Johnnie, dit-elle finalement. Vous l'avez embrassé comme si vous vous connaissiez bien…

— Je le connais assez pour savoir que je ne peux pas me fier à lui.

— Alors, vous pouvez aussi dire cela de n'importe qui à la cour, répliqua Mary en riant.

N'importe qui ? Même vous ? faillit demander Bessie. Elle s'en abstint. Elle savait parfaitement que l'on ne pouvait se fier à personne, en dehors de la famille !

Elles traversèrent la cour côte à côte puis entrèrent dans la bâtisse et montèrent l'escalier menant à la chambre.

Bessie décida alors d'oublier un instant sa fierté, et de poser à Mary quelques questions au sujet de Carwell. Après tout, si elle devait prouver sa traîtrise, il faudrait bien qu'elle en sache un peu plus sur lui.

— Et vous, qu'est-ce que vous savez de lui ?

— Eh bien, il n'est pas revenu à la cour depuis que j'y suis arrivée. Sous le gouvernement d'Angus, sa famille n'était pas en odeur de sainteté… Le comte a repris le titre de gouverneur des Marches au père de Carwell et l'a gardé pour lui.

Le seul homme d'Ecosse que le roi déteste plus, aujourd'hui, est le comte d'Angus.

Le roi n'était apparemment pas le seul à détester Angus… Il n'y avait rien d'étonnant à ce que Carwell ait tellement insisté auprès de Rob pour obtenir le serment des Brunson. Il ne cherchait pas simplement à apaiser le roi ; il cherchait la vengeance, comme tout bon frontalier !

— Donc, lorsque Jacques est devenu roi de plein droit…

— Il a restitué aux Carwell leur rang et le titre de gouverneur.

Lorsqu'elles furent dans la chambre, Mary aida Bessie à s'installer, tout en lui expliquant certaines habitudes de la cour. Heureusement ! Comment aurait-elle pu, sinon, espérer s'y retrouver dans cet univers inconnu ? Elle n'avait pas confiance en Carwell, et il lui fallait un guide, sans quoi elle risquait de faire plus de tort que de bien à sa famille.

Elle avait aussi besoin de quelqu'un à qui parler, et les femmes se montraient souvent prêtes à aider, du moins était-ce ce qu'elle avait retiré de son expérience. De toute évidence, la Petite Mary connaissait chaque détail de cette cour comme un Brunson connaissait chaque buisson des collines de Liddesdale. Et, sans aide, elle avait bien peur de se perdre dans un bourbier aussi dangereux que ceux des collines.

Une femme qui avait connu Johnnie… Elle ne pourrait sans doute trouver personne qui se rapprochât plus de sa famille, ici.

Décidée, elle prit une profonde inspiration.

— J'ai besoin de votre aide.

Le sourire de sa compagne se teinta de soupçon.

— Comment cela ?

— Je ne sais rien de la cour, et vous la connaissez bien.

Mary la dévisagea.

— Et qu'est-ce que j'y gagnerai ?

Ainsi, c'était comme cela que les choses fonctionnaient, ici, songea Bessie. Il n'y avait pas que la danse qui serait difficile à comprendre. Elle évoluait déjà en terrain glissant.

— Vous pourriez m'aider en souvenir de Johnnie, peut-être ?

Johnnie nous manque, à toutes, avait dit Mary en riant. A quel point avaient-ils été proches ?

— Est-ce qu'il reviendra ? demanda-t-elle, d'un ton mélancolique.

Il ne servait à rien de mentir. Bessie fit non de la tête.

— Il est marié, à présent.

Mary poussa un profond soupir, mais ne se départit pas de son sourire.

— J'espère qu'il est heureux. C'était un amour, Johnnie, pour sûr. Vous lui ressemblez beaucoup, même si vous n'avez pas les mêmes yeux… Je n'ai jamais vu d'yeux aussi bleus que les siens.

Elle soupira de nouveau.

Johnnie, Rob, Cate… Bessie sentit son regard s'embuer. Tout ce qu'elle aimait était si loin d'elle, à présent, et cette femme ne cherchait peut-être qu'à la laisser dans l'ignorance pour que tous puissent se gausser de sa maladresse !

Mais la Petite Mary lui tapota doucement la main.

— Votre maison vous manque à ce point-là ?

Elle refoula ses larmes et fit non de la tête. Bessie Brunson ne pleurait jamais !

— C'est moi qui ai demandé à venir. Tout cela est simplement si… étrange. Je n'étais jamais partie de chez moi, auparavant.

— Eh bien, je parie que, quand vous aurez passé quelque temps ici, vous ne voudrez plus repartir. Allez, venez. Je vais vous aider, ne vous en faites pas. Débrouillons-nous pour que vous appréciiez votre séjour.

De nouveau, les larmes lui piquèrent les yeux. Elle n'avait jamais été reconnaissante de rien à personne, en dehors de sa famille.

— J'ai une pièce, ici…

Qu'est-ce que cela pouvait bien valoir ?

Sa compagne refusa.

— Vous me devrez un service, voilà tout.

Elle acquiesça, bien que ce marché sans termes précis la mît légèrement mal à l'aise. La plupart des choses ici étaient de toute évidence dissimulées, y compris les affaires qui occupaient le gouverneur des Marches. Allait-il parler des Brunson avec le roi ou sa traîtrise allait-elle plus loin encore ?

C'était cela qu'elle devait découvrir. Pas les sentiments cachés derrière un baiser...

Thomas se tenait au milieu de la chambre royale, attendant que Jacques ait fini de faire les cent pas dans la pièce.

La bonne humeur du souverain s'évanouissait avec l'apparition de ses hématomes. Son tournoi ne s'était pas mieux terminé que son siège. Il en avait seulement tiré un œil au beurre noir et une lèvre fendue.

Pour lui rendre le sourire, Thomas allait devoir doser avec prudence les bonnes nouvelles d'Angleterre et les mauvaises nouvelles du clan Brunson.

La première question du roi ne l'aida pas.

— Où est John Brunson ? J'ai appelé ses hommes, et ils ne sont pas venus. J'ai ordonné la cessation des raids à la frontière pour négocier avec les Anglais, et j'entends dire qu'ils ont redoublé et qu'il y a eu des morts. La rumeur dit même que vous les auriez aidés !

Il fit une pause, dans l'attente d'explications. Ainsi, ils allaient commencer par les mauvaises nouvelles, songea Thomas. Ce n'était pas plus mal, tout compte fait. Autant finir avec les bonnes...

— Sire, on doit toujours se méfier des rumeurs.

Mieux valait ne pas trop en dire tant que le roi n'aurait pas montré tout ce qu'il savait.

— Et ensuite, poursuivit Jacques comme si de rien n'était, je demande à mes loyaux serviteurs de prêter serment pour m'aider à détruire ce traître d'Angus qui m'a retenu prisonnier pendant deux ans ! Est-ce une requête déraisonnable, de la part d'un roi ?

— Non.

Thomas avait fait plus de dix fois ce serment par-devers lui, mais pas pour satisfaire le roi…

— Nous sommes donc bien d'accord ! s'exclama Jacques. Ce ne sont que de simples requêtes ! Johnnie aurait dû s'y plier et revenir parmi nous il y a des semaines ! Pourquoi n'est-il pas là ?

Thomas se racla la gorge. Par où commencer ?

— Eh bien… Il vient de se marier.

Le roi eut un instant de stupeur puis éclata de rire.

— Johnnie, marié ? Maintenant, je n'ai plus de doute. Il est vraiment devenu stupide ! C'est lui qui m'a tout appris des femmes !

Au moins, le roi riait. C'était rassurant.

— Apparemment, répondit Thomas, il en a trouvé une qui a su lui faire oublier les autres.

— Oui, et vous devriez vous y mettre, vous aussi !

Puis, brusquement, il redevint grave.

— Et, donc, il a osé envoyer sa sœur, comme maigre substitut !

— Beaucoup de choses sont arrivées, Sire.

Jacques prit un air hautain.

— Je n'ai pas non plus été oisif, ces derniers mois. J'ai pourchassé un traître, formé un conseil, engagé des gens de maison, et négocié un traité de paix avec les Anglais ! Qu'est-ce que John a bien pu faire de plus difficile que cela ?

— Lorsqu'il est rentré chez lui, il y a trouvé son père mort.

Le roi tressaillit. Il n'avait jamais connu son propre père, mort alors qu'il n'était encore qu'un bébé. Mais tout cela s'était passé il y avait longtemps, et il devait assumer sa couronne à présent.

Il finit par hausser les épaules.

— Cela arrive à tous les hommes.

Thomas soupira ; il aurait espéré un peu plus d'empathie de la part du souverain.

— Après cela, reprit-il doucement, il a découvert que son père était mort avant d'avoir pu rendre justice pour un crime ancien. Il a commencé à…

— Les problèmes familiaux de John Brunson ne se mesurent pas aux besoins de la couronne ! Quand compte-t-il revenir ?

Le moment de vérité était arrivé. Thomas prit une profonde inspiration.

— Il restera à Liddesdale.

— Il ne m'a pas demandé la permission !

Si le roi pensait qu'un Brunson pouvait demander la permission pour quoi que ce soit, il avait encore beaucoup à apprendre des frontaliers.

— Sire, puis-je vous rappeler que la présence des Brunson à la frontière est un rempart contre toute invasion anglaise ? Ils renforcent vos positions en restant là-bas.

L'argument n'atteignit pas Jacques.

— Ils ne m'ont pas envoyé d'hommes ! Ils refusent de prêter serment ! Et ils ignorent sans aucune gêne mes ordres de maintien de la paix !

Il semblait furieux, à présent. Il devenait difficile de contrôler la discussion.

— Mais John a envoyé sa sœur ici, comme gage de bonne conduite.

— Pense-t-il que je me laisserai séduire et que cela m'assouplira ?

Malgré ses efforts pour rester impassible, Thomas serra les poings. Le roi s'en aperçut.

— Oh ! j'oubliais ! C'est vos faveurs qu'elle recherche par la séduction en ce moment, et non les miennes…

Leur conversation devenait dangereuse. Pour tous les deux. Il fallait à tout prix changer de sujet, en venir à la vraie raison de son retour.

— Pas du tout ! s'exclama Thomas. Mais, Sire, je vous apporte des nouvelles bien plus importantes. Des nouvelles des Anglais.

Aussi brusquement que le vent tourne, le roi se concentra sur ce nouveau point.

— Qu'avez-vous appris ?

— Eh bien, que vos craintes étaient justifiées, Sire. Il y avait bien un complot visant à vous enlever.

— Mon oncle ?

Bien que le roi ait eu des soupçons, cette confirmation avait creusé ses traits.

— Pas directement. Le roi Henri s'est tenu à distance de tout cela.

Une expression d'horreur passa dans les yeux de Jacques.

— Ma mère ?

Sa mère était la sœur du roi Henri VIII.

— Non. Seulement quelques seigneurs frontaliers anglais. On raconte qu'Angus y a aussi joué un rôle.

— Est-il toujours une menace ?

Thomas secoua la tête.

— J'ai fait en sorte de… perturber leurs plans.

La mort du meneur du complot avait été reliée à un petit raid sans importance ; personne ne l'avait soupçonné. Si seulement il avait pu toucher Angus par la même occasion…

Au lieu de le remercier de lui avoir sauvé la vie, le roi lui lança un regard noir.

— En faisant cela, vous avez créé de nouveaux problèmes ! Les négociations du traité ont été interrompues parce que mon oncle, le roi d'Angleterre, a dit à ses ambassadeurs de Berwick qu'il voulait punir les outrages faits à son pays par les frontaliers. Ils sont venus se plaindre de la mort d'un homme nommé Willie Storwick.

Jacques fit une courte pause, dans l'attente d'une réponse qui ne vint pas.

— Qui est cet homme ? reprit-il. Etait-ce lui qui complotait de m'enlever ?

— Non, Sire.

Seigneur ! Comme il aurait été plus simple de dire « oui » !

— Alors, qui est-ce ?

— Un Anglais belliqueux qui méritait son sort.

— Et qui l'a tué ?

— Ce n'est pas très clair. Pour tout dire, nous ne sommes même pas certains de sa mort. Personne ne l'a vu depuis des semaines, mais son corps n'a pas été retrouvé non plus.

Et, s'il ne se trompait pas sur le compte des Brunson, on ne le retrouverait pas.

— Voilà ! Voilà exactement le problème ! s'écria alors le roi. Je vous demande d'assurer l'ordre, et voilà ce qui arrive ! Que dois-je dire aux négociateurs, selon vous ? Dois-je leur dire que ces terres se rebellent contre moi, et que je ne peux donc punir personne pour ce crime ?

Les griefs du roi étaient clairs. Il le blâmait, ainsi que les Brunson, de donner de lui l'image d'un souverain faible, incapable de diriger son pays.

— A présent, poursuivit-il, je risque de perdre à la fois Angus et la paix, parce qu'une poignée de frontaliers me tiennent tête. Et vous les y avez aidés !

Bon sang ! Il avait sauvé le roi d'un complot contre lui, et on le lui reprochait ! Il se fit violence pour répondre d'une voix calme et posée.

— On ne peut pas permettre à Angus de s'échapper.

C'était bien pour cela qu'il faisait… tout ce qu'il devait faire.

— Mais j'ai besoin de temps ! ajouta-t-il plus sèchement.

Pendant une seconde, les yeux de Jacques s'emplirent de… peur.

— Et moi, je ne peux pas risquer une guerre avec l'Angleterre maintenant, répondit-il.

Thomas le dévisagea. Il avait failli oublier qu'il n'avait,

après tout, que seize ans, et qu'il ne gouvernait réellement que depuis six mois.

— Sire, j'apporte de meilleures nouvelles ; une proposition secrète des Anglais.

— Pourquoi ne me l'avez-vous pas dit tout de suite ? Est-ce qu'ils nous rendront Angus, s'il parvient à passer la frontière ?

Thomas retint un soupir.

— C'est un peu plus difficile que cela…

Il n'avait pas attendu que le roi demande à ses fidèles de prêter serment pour vouloir détruire l'ancien régent. Il se l'était promis depuis longtemps.

— Le roi Henri, dit-il, veut toujours voir Angus sain et sauf.

L'ancien régent, beau-père et ravisseur de Jacques, demeurait l'un des favoris de la couronne anglaise, et empêchait l'ancienne amitié franco-écossaise de renaître.

— Jamais ! s'écria le roi. Il sera détruit, je l'ai juré !

Cet éclat trahissait toute la haine qu'il ressentait pour son ennemi. Haine qui animait aussi Thomas. Sur ce point, au moins, ils s'entendaient ; ils voulaient tous deux se venger de lui, Jacques parce qu'il avait été retenu prisonnier pendant deux ans, et lui-même parce qu'Angus était en quelque sorte responsable de la mort de son père.

— Je leur ai dit que vous n'accepteriez pas, répondit Thomas, et ils ont retiré leur demande.

— Et j'exige, moi, qu'on me rende ce traître, s'il part se cacher en Angleterre !

Les projets d'Angus ne faisaient aucun doute. Il tenterait de passer la frontière un jour ou l'autre, pour demander asile à la cour d'Henri.

Thomas avait tenté d'obtenir ce que son roi voulait, sans succès.

— Ils ont proposé quelque chose de légèrement différent, Sire. Ils ne nous le renverront pas mais, si vous envoyez des hommes en Angleterre pour le ramener afin de le juger, ils ne considéreront pas cela comme une déclaration de guerre.

Le visage du roi s'illumina d'un large sourire.

— Parfait. Je peux donc renvoyer les négociateurs à Berwick sans inquiétude. Nous en reparlerons plus en détail demain, ajouta-t-il dans un bâillement.

— Bien, Sire, répondit Thomas en saluant.

Il allait enfin pouvoir s'occuper de ses blessures...

— Amenez-moi Elizabeth Brunson, quand vous viendrez, demain, dit encore le roi.

Thomas, qui se dirigeait vers la porte, s'immobilisa.

— Sire, les Brunson ne savent rien de mes contacts avec les Anglais.

— Et ils n'en apprendront rien de moi.

Ils furent interrompus par l'arrivée d'une grande femme en robe rouge, qui adressa au roi de gracieux sourires, pendant que Thomas s'éclipsait discrètement.

Johnnie Brunson n'avait pas dû s'ennuyer, à la cour, songea-t-il.

Pour sa part, tout ce qu'il désirait, c'était un verre de vin et un bain bien chaud. Mais, avant cela, il allait devoir faire face à Bessie Brunson une nouvelle fois. Le gouverneur anglais s'était montré ouvert aux négociations, mais il avait dû offrir quelque chose, en échange des informations recueillies.

Et les Brunson ne devaient jamais découvrir quoi.

Chapitre 8

Dans la grande salle, Thomas vit Bessie debout, près de l'une des cinq cheminées dans lesquelles des feux ronflaient.

On avait prévu un bal, après le tournoi, mais comme le roi s'était retiré dans ses appartements, la salle était à moitié vide. Çà et là, cependant, quelques couples de danseurs attendaient que les musiciens commencent.

Il se dirigea vers elle et demanda en chemin à un serviteur de leur apporter deux verres de vin chaud.

En le voyant approcher, Bessie l'interrogea du regard.

— Les nouvelles que j'ai apportées au sujet de votre famille ne l'ont pas mis de bonne humeur, annonça-t-il en la rejoignant. Et il a demandé à vous voir dès demain.

S'il avait pensé la voir pâlir et trahir une certaine nervosité, il fut bien déçu.

— Pourquoi pas ce soir ? demanda-t-elle seulement.

Parce qu'il est déjà occupé avec une autre femme.

— Parce que, ce soir, il est de mauvaise humeur, étant donné que j'ai dû le désarçonner pour protéger votre fichue innocence ! Mais demain, lorsqu'il vous recevra, je ne pourrai sans doute pas intervenir si quoi que ce soit arrive.

Elle le dévisagea, l'air aussi choqué que lui d'entendre cette vérité si crue sortir de sa bouche.

— Je ne vous demande que de veiller à ma sécurité, répliqua-t-elle.

— Vos frères m'en ont demandé plus.

— Ma vertu est ma responsabilité !

En effet, songea-t-il, et s'il ne faisait pas attention elle aurait sans doute à se protéger de lui aussi bien que du roi.

— A la cour, reprit-il, sécurité et vertu vont souvent de pair.

Elle but une gorgée du vin chaud qu'on venait de leur apporter et observa la foule rassemblée, cherchant sans doute une preuve de ce qu'il venait de dire.

— Je veux le voir sur-le-champ !

— C'est peut-être difficile à croire pour vous, mais le roi a pour le moment des problèmes plus importants que ceux de la famille Brunson.

Elle lui jeta un regard assassin qui n'était pas sans rappeler ceux de son frère Rob.

— Et vous aussi, je suppose, répliqua-t-elle sèchement.

Les contusions dues au tournoi et la fatigue de la journée eurent soudain raison de son calme habituel.

— J'ai dû passer bien plus de temps que je ne l'aurais voulu à m'occuper de la famille Brunson pour aujourd'hui ! répondit-il d'une voix cinglante. J'ai risqué ma vie, ma santé, et ma réputation auprès du roi pour honorer la promesse faite à vos frères !

C'était bien la seule raison qui l'avait poussé à défier Jacques, en effet. Il n'y avait rien eu d'autre.

— Et je vous en remercie, dit-elle comme à contrecœur. Avez-vous parlé de mes frères au roi ?

— Ce n'était pas la raison de notre entretien.

Ce n'était que partiellement vrai. Elle ne le croirait sans doute pas, mais il en avait beaucoup plus fait pour ses frères si obstinés qu'ils ne le méritaient.

— Alors pour quelle raison l'avez-vous vu ?

Derrière lui, les musiciens commencèrent à jouer une pavane. Mieux valait danser que tenter de détourner ses soupçons verbalement. Il lui tendit la main.

— M'accorderez-vous cette danse ?

La tête inclinée sur l'épaule, elle hésita. Avait-elle deviné sa petite ruse ou était-elle seulement inquiète à l'idée de danser ? Sans doute un peu des deux…

— C'est une pavane, c'est beaucoup plus simple à apprendre que la gaillarde, dit-il d'un ton encourageant en se rapprochant d'elle. Placez votre main dans la mienne, puis suivez-moi. Un pas en avant, un autre, pause, un pas, pause, un pas, un pas, un pas. Et c'est tout ! Vous voyez, ce n'est pas plus compliqué que de marcher.

L'air sceptique, elle déposa son gobelet de vin et lui prit la main. Ses doigts étaient calleux et froids malgré le vin chaud.

Il sourit, tentant de la rassurer.

— Un pas après l'autre. Vous ne pouvez pas vous tromper…

Ce n'était pas certain, mais elle le suivit et ils se placèrent côte à côte à l'extrémité du rang de danseurs, juste à temps pour le début de la danse.

— Pied droit, expliqua-t-il au fur et à mesure, puis le gauche le rejoint. Pied gauche, et le droit le rejoint. Voilà. Lentement et majestueusement.

Elle se mordilla la lèvre et regarda ses pieds pour l'imiter.

— Relevez la tête. Vous devez baisser les yeux, mais maintenir le menton haut. Vos pieds dansent sans que vous les regardiez.

Au lieu de baisser modestement les yeux, elle les leva vers lui.

— Si je ne dois regarder ni mes pieds, ni mon partenaire, alors qu'est-ce que je regarde ?

Il se tourna vers elle, prêt à répondre. Oh ! ce visage, ces lèvres pleines, ces yeux d'un brun si doux, cet angle du nez et cette courbe du sourcil ! Elle laissait ses doigts reposer légèrement dans sa paume, ce n'était pas plus intime qu'une poignée de main, mais il n'avait jamais eu de contact aussi long avec elle, jusqu'à présent, et le souvenir brûlant de leur baiser l'envahit de nouveau.

— Vous devez regarder les pieds de la femme qui vous précède, répondit-il enfin. Imitez-la. Et maintenant, un pas, un pas, un pas.

Heureusement, la concentration nécessaire pour expliquer la danse occupait son esprit. Cela lui évitait de trop penser au matin où il l'avait tirée du torrent, simplement vêtue de lin mouillé qui révélait tout ce que sa robe avait caché.

Elle se détourna, obéissante, la tête haute et les yeux fixés sur les autres couples.

Habituée aux pas, à présent, elle imitait la femme qui la précédait sans hésitation et paradait le long de la salle. Un sourire naquit peu à peu sur ses lèvres.

— Vous dansez bien, lui glissa-t-il.

— Vous aviez raison ; c'est facile, répondit-elle, les yeux scintillants, comme si ses soucis s'étaient noyés dans le plaisir de la danse et de la musique.

— C'est plus une procession qu'une danse, en fait — la meilleure façon de faire admirer votre parure par la foule.

Elle baissa alors les yeux, comme gênée.

— Ce n'est pas ma robe, on me l'a prêtée.

Il aurait dû s'en douter... Ici, même une servante n'aurait pas voulu des robes qu'il l'avait vue porter jusqu'alors. La coupe de son corsage lui offrait une vue privilégiée sur des courbes qu'il n'avait encore fait que deviner.

— Ne vous en faites pas, répondit-il doucement. Personne ne s'en souciera.

En tout cas, certainement pas les hommes. Tout ce qu'ils verraient, ce serait sa chevelure flamboyante, sa poitrine généreuse et sa bouche pulpeuse et colorée. A la fin de la danse, elle serait assaillie de demandes pour la prochaine.

Cette pensée lui fit froncer les sourcils.

***

Personne ne s'en souciera...

Bessie, elle, se souciait de sa toilette. A présent qu'elle voyait les couples parader en rond le long de la salle, elle comprenait. Cela permettait à chacun de voir les vêtements des autres.

Tout le monde pouvait la détailler des pieds à la tête. On verrait que sa robe était trop longue et le corsage trop serré. Qu'elle avait été cousue pour une autre femme, qui avait l'habitude d'exposer sa gorge et la naissance de ses seins.

Elle garda néanmoins la tête haute. Thomas la guidait, et elle parvenait à danser. Elle était en train de faire un tour complet de la salle sans un seul faux pas, et se sentait enfin devenir Elizabeth Brunson, qui n'avait pas peur de danser à la cour du roi.

Mais elle devait lutter contre l'étrange sensation de plaisir qui l'envahissait peu à peu. Son père n'aurait pas approuvé. Pourtant, quelle confiance en soi cela donnait, d'évoluer ainsi, d'un pas à l'autre ! Elle avait la force de tenir tête à Thomas Carwell et se découvrait la grâce nécessaire pour danser à ses côtés.

Gardant soigneusement le regard baissé, elle dit :

— Est-il permis de parler à son partenaire pendant la danse ?

Bien qu'elle ne le vît pas, elle le sentit sourire.

— Quelques mots, oui..., murmura-t-il.

Comme si la parole devenait aussi intime que la danse.

Peut-être était-il temps d'essayer de le faire parler une nouvelle fois...

— Vous avez parlé au roi, ce soir ?

— Oui.

— Au sujet de problèmes d'Etat pressants ?

Il se tourna vers elle, mais elle garda ses yeux baissés.

— Oui, comme je l'ai déjà dit.

— Donc, je peux en conclure que vous avez parlé de problèmes urgents concernant la frontière.

— Peut-être.
— Oui ou non ?
— Il voulait mon avis au sujet du traité avec l'Angleterre. Notre conversation n'aurait eu aucun intérêt pour vous, répondit-il plus sèchement.
— Ma famille vit à moins de cinq miles de la frontière anglaise. Je doute que quoi que ce soit puisse m'intéresser plus que cela !
— Vos frères sont suffisamment clairs sur le fait qu'ils se considèrent comme seuls maîtres de leurs guerres et de leurs trêves.
— Malgré cela, le roi et vous attendez d'eux qu'ils respectent un traité pour lequel on ne les a pas consultés. En quoi votre avis sur ce sujet doit-il être un secret ?
Emportée par ses questions, elle leva les yeux sur lui. Quelle erreur ! Elle le vit scruter son regard comme s'il pouvait lire en elle tout ce qu'elle tentait de dissimuler.
— Vous aussi avez des secrets dont vous ne me parlez pas, Elizabeth Brunson !
Une sensation de chaleur gagna ses joues, et elle pria pour que sa rougeur ne la trahisse pas. Avait-il compris qu'elle l'espionnait ? Comment savoir ? Ah ! ces fichus yeux, vert-brun, dont les cils épais camouflaient les changements !
— J'avais pensé, reprit-il, discuter de ces problèmes d'Etat avec votre frère, en chemin.
— Et pourtant, vous ne lui avez pas dit un mot de vos projets, tout comme à moi. Et vous vous étonnez encore que nous n'ayons pas confiance en vous ? Vous n'avez jamais dit la vérité — pleine et entière — une seule fois dans votre vie, Thomas Carwell !
Le cercle des danseurs se transforma en ligne et ils arrivèrent au bout de la salle, face au mur.
— Nous allons faire demi-tour. Je vais vous guider, dit-il comme s'ils n'avaient fait que parler de la danse. Je vais reculer, vous avancez, et nous finissons face au mur ouest.

Il serra doucement sa main dans la sienne, l'incitant à faire un pas supplémentaire.

Il lui fut tout à coup impossible de se concentrer à la fois sur la conversation, sur lui et sur ses pieds. Elle eut l'impression que sa main devenait brûlante…

Un malaise l'envahit et, soudain, elle fut assaillie par l'image de Thomas dans la rivière. Mouillé. Nu.

Elle se prit alors les pieds dans sa jupe, et tenta de dégager sa main de celle de Thomas, mais il ne la lâcha pas.

Le couple qui les suivait les heurta et un pied vint lui cogner douloureusement le talon.

Voilà. Son instant de grâce s'était envolé !

Elle garda le silence pendant le reste de la danse et ignora le regard assassin de la femme qui les suivait au moment de quitter la piste.

Thomas la reconduisit jusqu'au feu pendant que les joueurs de luth réaccordaient leurs instruments.

Elle toussota pour chasser son embarras.

— Il semblerait que je sois un peu meilleure à la pavane qu'à la gaillarde, dit-elle d'un ton faussement léger.

En tout cas, elle était encore moins bonne à lui faire avouer ses secrets qu'à danser sans faux pas.

— Toute danse est difficile tant qu'on ne s'est pas suffisamment entraîné, répondit-il. La gaillarde est l'une des plus complexes.

Mais les pas n'étaient pas plus difficiles à déchiffrer que ses regards…, songea-t-elle.

Lorsqu'il l'avait embrassée, après le tournoi, il avait été protégé par son armure. A présent, il était penché vers elle pour lui parler. Presque assez près pour…

Troublée, elle examina la grande salle, à la recherche de la Petite Mary, mais il n'y avait là que des visages étrangers. Les premières notes de la danse suivante se firent entendre. N'y avait-il pas un autre homme, n'importe qui, qui souhaitait la faire danser ? Peu importait si elle s'humiliait sur la piste, elle était prête à tout pour fuir le regard de Carwell !

A son grand soulagement, deux courtisans s'approchèrent, lui demandant chacun sa main pour la prochaine danse.

Carwell intervint, posant sa main sur son bras, comme pour l'en empêcher.

— Elizabeth, je ne pense pas que…

Plus que reconnaissante de cette échappatoire, elle prit la main de l'un des jeunes hommes, et le suivit sur la piste. Après tout, elle n'avait trébuché qu'en songeant à Carwell… Il serait plus facile de danser avec un étranger.

La main qui la guidait était étrangement moite, pour une nuit si froide. Son nouveau cavalier avait une chevelure brune, bouclée, des yeux rieurs et il lui souriait. S'était-il présenté ?

— Je suis Elizabeth Brunson, dit-elle à tout hasard.

Elizabeth. Une femme différente de Bessie…

Il avança un pied et la salua avec élégance.

— Oliver Sinclair. Vous êtes la sœur de Johnnie ?

Elle acquiesça. Comme il était étrange de croiser tant de gens qui lui rappelaient que Johnnie avait vécu ici une vie si différente de celle qu'elle connaissait !

L'idée que cet homme avait connu son frère la mit en confiance ; en tout cas plus qu'elle ne l'était avec Carwell.

— Je ne sais pas danser…

Voilà, elle l'avait dit.

— C'est ma danse préférée, répondit l'homme comme la musique reprenait. La gaillarde !

A ces mots, tout son soulagement d'avoir échappé à Carwell s'évanouit.

— Vous préféreriez peut-être changer de partenaire… Je ne suis pas…

Mais l'homme se mit à danser, trop vite pour qu'elle parvienne à le suivre. Il n'était plus question d'enchaîner quelques pas majestueusement. Les pieds de son cavalier glissaient en avant et en arrière, bondissaient par à-coups… Tout autour d'elle, les danseurs tournoyaient si rapidement qu'il lui était impossible de choisir une personne qu'elle pourrait imiter. Dans un tel chaos, sans savoir ce que l'on faisait, on avait vite fait de recevoir un coup ou d'en donner un.

Soudain, son partenaire s'éloigna, la laissant seule au milieu de la piste. Tout le monde changea de partenaire en même temps. Où aller ? Vers qui devait-elle se diriger ?

Elle n'avait désiré qu'une échappatoire, un instant de gloire… Elle avait seulement voulu voir ce que cela faisait, de briller au milieu des autres. Goûter un peu de douceur avant que vienne le moment de retourner chez elle, dans sa maison, froide et pleine de courants d'air…

Cet envol de jupes bigarrées qui dévoilaient par intervalles les jambes des femmes, tout autour d'elle, se transforma en un tourbillon coloré qui lui donna tout à coup le tournis.

La gaillarde est l'une des danses les plus complexes.

Brusquement, elle s'immobilisa au milieu de cette foule qui virevoltait et bondissait en rythme.

Une femme lui lança un regard méprisant en passant devant elle.

Puis Thomas Carwell fut là, et lui prit le bras.

— Votre blessure au pied doit vous faire souffrir, Elizabeth, dit-il assez fort pour être entendu par ceux qui les entouraient. Vous n'auriez pas dû vous risquer de nouveau à la gaillarde si vite !

Ce disant, il la conduisit en lieu sûr, loin des danseurs.

Un pied blessé ? Quel beau mensonge !

Durant la première danse, elle avait été Elizabeth un instant. Puis elle avait trébuché, une nouvelle fois, devant tous ces inconnus qui la jugeaient. Et le rêve avait pris fin ; elle était redevenue Bessie, la petite campagnarde sans intérêt, vêtue d'une robe empruntée. Elle avait autant sa place ici qu'un dindon au milieu de paons !

Baissant la tête pour dissimuler ses joues en feu, elle s'appuya sur le bras de Carwell.

— C'est ma fierté qui est blessée, et non mon pied, murmura-t-elle.

Alors qu'elle se tenait là, perdue, au milieu des danseurs, il était venu sauver cette fierté avec le même empressement que s'il s'était agi de sa vie ! Comme si cela faisait aussi partie de sa promesse à ses frères.

S'il s'était montré gracieux et poli devant la foule, il la dévisageait à présent avec un regard glacial.

— J'ai tenté de vous arrêter. La gaillarde suit toujours la pavane !

Et voilà ! Encore une de ces choses qu'elle ignorait. Quelle bêtise d'avoir pu penser un instant qu'elle se sentirait bien à la cour, même pour une nuit !

— Pavane, gaillarde, basse danse, tordion…, marmonna-t-elle. Donnez-moi plutôt un bon vieux *reel*[1], et laissez ces pas compliqués de côté !

— Les *reels* sont joués en fin de soirée, lança-t-il d'un ton cinglant. Avec les danses populaires.

— Les Brunson ne dansent pas.

Tandis qu'ils se disputaient, Thomas l'avait guidée hors de la grande salle, loin des regards, et lui faisait monter un escalier en colimaçon qui s'ouvrait au sommet d'une petite tour.

Préférant ne pas remarquer ses attentions, elle se raccrocha à sa colère.

— Pensez-vous que le roi me demandera de danser un *reel* avec lui ?

— S'il ne le fait pas, moi, je le ferai, répondit-il d'une voix radoucie.

Il devait certainement plaisanter ! Ou alors il ne disait cela que par pitié… Quoi qu'il en soit, cela ne changeait

1. Danse traditionnelle populaire écossaise et irlandaise (NdT).

rien au fait qu'il avait probablement trahi les Brunson. Mais, d'un autre côté, il était pour elle le dernier lien avec sa maison ; il venait lui aussi de la frontière, et connaissait sa vie, sa famille.

Et, pour quelque raison que ce soit, il avait chevauché aux côtés des siens.

Alors qu'ils atteignaient le sommet de la tour, un sentiment de gratitude l'envahit.

— J'apprécierais de danser avec vous, dit-elle en souriant.

Monter cet escalier lui avait rappelé tout ce qui l'attendait chez elle et, avant d'y retourner, elle voulait savourer une fois de plus cet instant de légèreté qui lui donnait l'impression de voler.

Il lui prit la main et lui fit face. Il ne semblait plus fâché, mais son expression était toujours sérieuse.

— Pour survivre à la cour, vous devez à la fois apprendre les règles et savoir rester flexible.

— Flexible ? Vous voulez dire que l'on peut changer les pas d'une danse ?

— Je ne parle pas que de la danse.

Non, bien sûr. Il parlait d'ombres, de secrets, d'intentions dissimulées sous des sourires polis… Il parlait d'une capacité à s'adapter et à ployer que les Brunson, les pieds fermement plantés dans la terre de leur vallée, n'avaient non seulement jamais apprise, mais toujours rejetée.

Pourtant, elle était là pour que sa famille retrouve grâce aux yeux du roi. Elle devait donc apprendre tout cela, et vite, pour accomplir sa tâche et pouvoir rentrer chez elle, là où était sa place…

— Pouvez-vous m'apprendre à danser ?

Il hocha la tête.

— Nous allons commencer par maîtriser la pavane.

Avec un soupir de soulagement, elle laissa reposer ses doigts dans sa paume. Cet apprentissage-là, au moins, était à sa portée.

*
* *

La soirée tirait à sa fin, mais la musique assourdie atteignait encore le sommet de la tour. Se laissant guider par Thomas, elle apprit peu à peu à faire attention aux mouvements de son corps, de ses pieds, sans les regarder, et à anticiper le pas suivant.

C'était bien de cela dont il parlait, songea-t-elle. Ployer et s'adapter… Comprendre son partenaire et lui répondre.

Et il était troublant de voir à quel point il savait faire de même avec elle.

Perdue dans ses réflexions, elle trébucha, et la main de Thomas se resserra sur la sienne pour l'empêcher de tomber.

— Toujours ce pied blessé qui vous fait souffrir ?

Quelle bêtise de s'inquiéter ainsi d'une blessure qu'il avait inventée !

— Non, ce sont mes doutes qui me gênent.

— Le corps ne sait pas mentir, vous savez. Il entend vos doutes. Mettez-les donc de côté. Vous dansez de mieux en mieux !

Elle débordait de reconnaissance envers lui.

— Vous avez été très patient avec moi.

Et gentil… Quand donc quelqu'un avait-il déjà perdu tant de temps à se soucier de son confort ?

— Très bien, dit-il soudain. Maintenant, nous allons passer à la gaillarde.

Elle sentit l'appréhension l'envahir de nouveau, mais acquiesça tout de même.

Mettez vos doutes de côté.

— Un pas après l'autre, conseilla-t-il d'un ton rassurant. La première chose à savoir, sur la gaillarde, c'est qu'il s'agit d'une danse d'hommes, créée pour les mettre en valeur.

Sous le coup de la surprise, elle le dévisagea. C'était un aveu bien abrupt, de la part d'un homme qui parlait si peu !

— Vous avez l'air surprise, reprit-il, mais pensez-y ; tous

ces sauts, ces demi-tours et ces envolées de jambes, cela met bien plus en valeur des jambes en chausses qu'en jupe.

En y repensant, il était vrai qu'elle n'avait pas regardé les femmes, pendant qu'elle cherchait désespérément à suivre les pas, mais les hommes. Ainsi, elle n'aurait pas à être parfaite !

— Donc, répondit-elle avec soulagement, si je me contente de bondir au bon moment, cela suffira ?

— Personne ne peut voir ce que font vos jambes sous votre jupe. Vous n'avez qu'à bouger et sauter en rythme et vous créerez l'illusion de la danse.

Créer l'illusion. Etait-ce l'une des leçons à retenir pour survivre à la cour ?

— Et, surtout, poursuivit-il, regardez bien votre partenaire en tentant d'avoir l'air admirative.

Qu'avait-il dit ?

— Vous espérez que je vais vous regarder avec admiration ?

Elle le dévisagea de l'air qui réussissait à remettre même Rob à sa place lorsqu'il agissait avec égoïsme.

Mais lorsque leurs yeux se rencontrèrent, son regard s'adoucit. C'était bien vrai, pourtant, qu'elle admirait certaines de ses facettes. Elle admirait la patience avec laquelle il lui enseignait les pas, la manière dont il avait risqué la colère du roi pour la protéger. Elle admirait sa chevelure soyeuse qui s'envolait au rythme de la danse, ses jambes robustes qui ne savaient pas seulement monter, mais aussi bondir avec grâce, ses yeux changeants qui gardaient si bien leurs secrets…

Elle sentit une douce chaleur l'envahir au son de la musique et sourit, soulagée à l'idée de ne pas s'humilier en public, la prochaine fois. Et leurs corps, s'écoutant l'un l'autre, se rapprochaient un peu plus à chaque mesure…

*
* *

Avant même de comprendre ce qui se passait, Thomas avait pris Bessie dans ses bras. La dernière fois, il avait été protégé par son armure et par la foule qui les entourait. Tous deux avaient été protégés. A présent, les vêtements qui les séparaient semblaient bien légers… A travers ses jupes, elle sentirait sans aucun doute son désir qui s'éveillait.

Cette fois, ils étaient seuls, sans personne pour voir ce qu'ils faisaient. Elle semblait enfin heureuse, à son aise avec lui. Combien de fois avait-il rêvé de ces lèvres, ces derniers jours ? Et voilà qu'elles s'offraient à lui, si proches, si tentantes…

Mais elle se raidit soudain et le repoussa.

— Non ! fit-elle. Je ne joue pas à cela ! Les baisers ne sont pas des futilités que l'on peut distribuer à tout-va et oublier !

Il se reprit rapidement, mais le mal était fait. Toute trace de légèreté et de rire avait disparu du visage de Bessie et la colère était revenue y prendre sa place.

On y lisait même un peu de regret.

Il n'y avait plus de doute, songea-t-il. Elle avait été blessée par un homme, auparavant.

— Qui était-ce ? demanda-t-il doucement. Dites-moi.

Le choc qui se peignit sur son visage lui confirma ce qu'il craignait. Elle n'eut pas même la présence d'esprit de nier.

— Pourquoi devrais-je vous raconter cela ?

Parce que je me soucie de vous.

Comment n'avait-il pas encore compris ses propres sentiments ?

Pourquoi avait-il tenté de les enterrer ?

Elle n'attendit pas sa réponse ; sans doute pensait-elle qu'il n'avait pas l'intention de se justifier. Son moment de faiblesse passé, elle reprit le contrôle de ses émotions et redevint Bessie, forte et butée.

Elle plongea son regard dans le sien.

— Alors, c'est comme ça que vous faites pour protéger vos secrets et obliger les autres à vous avouer les leurs ? demanda-t-elle. Mais cela ne concerne en rien la politique, je vous assure ! Il n'y a rien que je puisse dire qui bénéficierait au roi ! Tout cela ne concerne que moi.

— Cet homme vous a traitée à la légère, n'est-ce pas ?

Elle pâlit et entrouvrit les lèvres, comme pour protester, mais demeura muette.

C'était clair, pourtant !

— Il vous a embrassée dans la nuit, reprit-il. Il vous a conduite jusqu'aux étables. Il a même peut-être fait plus. Il a peut-être…

Il ne pouvait pas le dire. La colère qui l'envahissait à cette pensée l'étouffait.

— Et puis il a épousé une autre femme en espérant vous voir danser à son mariage, c'est bien cela ?

Elle croisa les bras et se détourna de lui, pour faire face à la nuit. Le son assourdi du luth montait encore jusqu'à eux. S'il n'avait pas touché juste, il n'en était pas loin.

— Et je ne l'ai pas fait. Je n'ai pas dansé.

Sa voix, faible, semblait venir de très loin.

Elle n'avait sans doute dansé avec personne depuis. Jusqu'à ce soir.

— Qui était-ce ? demanda-t-il encore.

— C'est sans importance, répondit-elle sans se retourner. C'était un garçon inexpérimenté et insensible. Et moi, je n'étais qu'une fillette naïve qui pensait que le premier homme qui vous embrassait serait le seul. Je me souviens à peine de son visage.

— Mais vous vous rappelez ce qu'il vous a fait, murmura-t-il, comme si sa voix pouvait apaiser sa douleur. Vous vous rappelez la manière dont il vous a blessée.

Les yeux scintillants de rage, elle se tourna brusquement vers lui.

— Avez-vous oublié, vous ? N'avez-vous donc pas aussi

une cicatrice du passé qui vous fait souffrir ? Quelqu'un dont vous vous souvenez ?

Elle sourit triomphalement. Visiblement, il n'avait pas mieux réussi qu'elle à camoufler son tourment.

— Oui, je vois bien que vous avez aussi été blessé. Tout le monde l'a été. Et qui était cette femme ?

Il tressaillit mais reprit vite son sang-froid.

— Comme vous le dites, nous avons tous été blessés.

— Vous étiez si pressé de disséquer mes secrets ! Qu'en est-il des vôtres ? Peut-être que si je joue aux devinettes, comme vous, je toucherai juste ! Voyons voir…

Seigneur ! Elle allait commencer à lui poser des questions. Elle allait déterrer la douleur qu'il avait mis tant d'années à faire taire. Il fallait à tout prix lui dire quelque chose qu'elle savait déjà. N'importe quoi pour la détourner de son objectif !

— Vous n'avez pas à jouer aux devinettes, vous savez déjà tout. Angus a privé mon père de sa position de gouverneur des Marches, et ça l'a détruit.

Ses yeux s'emplirent de compassion. La compassion d'une femme dont le père était mort quelques mois plus tôt.

— Et c'est pour cela que vous devez détruire Angus, répondit-elle.

Il frémit. Il ne fallait pas qu'il en dise plus. Son père avait été aussi fort, fier et têtu qu'un Brunson. S'il s'était montré plus ouvert aux concessions, il aurait sans doute gardé son poste.

En tout cas, c'était ce dont lui, son fils, était persuadé.

Malheureusement, Bessie commençait à lire ce qui se cachait derrière son silence.

— Mais le tort que l'on a causé à votre père n'est pas la raison pour laquelle vous vivez seul dans votre grand château au bord de la mer, n'est-ce pas ?

Toute compassion avait disparu de ses yeux, à présent.

Il se trouvait face à un animal blessé, menacé, et prêt à détruire son attaquant.

— Vous avez dit qu'il n'y a pas de femme qui vous attend chez vous. Alors qui était-elle, cette femme qui vous a fait souffrir ?

Oui, il avait des secrets, mais celui-ci ne la regardait pas. Il ne regardait personne d'autre que lui.

— J'ai été marié, et elle est morte.

C'était la vérité, même s'il n'avait pas tout dit. Pourvu que cela lui suffise…

Elle recula d'un pas, avec hésitation.

— Ce n'était pas facile à dire, n'est-ce pas ?

— Non, en effet, fit-il, contrarié d'avoir parlé de tout cela.

Peu à peu, le regard de Bessie s'était adouci.

— Je suis désolée. Vous avez le droit d'avoir vos secrets. Tout comme moi.

Des excuses, peut-être, mais aussi un avertissement…

Elle se détourna enfin et entreprit de redescendre, le laissant seul avec son passé.

Il soupira et scruta l'obscurité qui l'environnait. Si seulement il pouvait entendre les vagues qui se fracassaient sur la côte, si loin de Stirling ! La première fois qu'il avait dû quitter sa maison pour se trouver dans une demeure enclavée dans les terres, il s'était remémoré le chant de la mer pour s'endormir.

Cela lui manquait toujours autant lorsqu'il s'en éloignait. C'était comme si son sang en avait pris le rythme avant même sa naissance. Si constante dans ses variations rythmiques, la mer semblait l'avoir préparé à la vie. Très tôt, il avait appris que la lune, les marées, les hommes, les femmes, les rois, les alliances, tout était changeant. Un homme ne pouvait jamais être sûr de rien, dans sa vie ; il ne pouvait se raccrocher à aucune certitude, à part le fait que tout se transformait sans cesse.

Et il devait se tenir prêt à se transformer en même

temps, à ne pas lutter contre la vague s'il voulait survivre. La vie était aussi incertaine que les sables mouvants de la plage. On faisait un mouvement de travers, et on se perdait à jamais.

C'était ainsi, et il fallait s'en contenter et s'en accommoder.

Lentement, il commença à redescendre l'escalier. Se contenter de cela, et du souvenir d'un baiser…

Chapitre 9

Sans attendre Carwell, Bessie redescendit l'escalier de la tour. Pourquoi avoir parlé de tout cela à cet homme ?

Pourquoi se rappeler ce baiser dans la grange, qui datait de si longtemps ? Ce qui s'était passé alors n'avait aucune importance. En tout cas, pas pour le garçon qui l'avait embrassée. Mais elle n'avait connu aucune amourette depuis, et ce souvenir avait peu à peu pris l'amertume d'un rêve perdu.

Elle avait pourtant dit la vérité à Carwell ; elle ne savait plus vraiment à quoi il ressemblait. Mais sa femme, oui. Elle s'en souvenait très clairement. Elle venait des Marches de l'est, portait une chaîne d'or, et des volants blancs au bas de ses manches tombaient sur ses doigts fins, sans cals — contrairement aux siens, songea-t-elle en regardant ses mains.

Quoi qu'il en soit, Carwell n'avait pas à savoir tout cela, même si elle n'avait aucun talent pour la tromperie et le mensonge. Non, la meilleure façon de garder un secret était encore de se taire.

Arrivée au bas de l'escalier, elle alla jeter un coup d'œil dans la grande salle, mais n'entra pas. Des couples de danseurs évoluaient toujours, scintillants de bijoux, leurs mouvements parfaitement calés sur les notes de ces musiciens que l'on payait pour jouer.

Elle avait tellement rêvé de toutes ces choses, sans même pouvoir les imaginer vraiment !

Oui, elle ne se souvenait pas du garçon de la grange, mais de sa femme. C'était comme si sans en avoir conscience elle avait espéré que le fait de venir à la cour la changerait… Qu'il se produirait un miracle qui la transformerait en quelqu'un digne d'un homme.

Bien sûr, elle aimait tendrement sa famille et sa maison, mais elle avait toujours eu ce sentiment trouble qu'il devait y avoir autre chose à vivre. Quelque chose qu'elle avait encore à découvrir. Et, pendant un instant, alors qu'elle était nichée dans les bras de Thomas Carwell, elle avait cru l'avoir trouvé.

Et qu'avait-elle fait alors ? Elle s'en était prise à lui, comme la plus aigrie des mégères ! Seigneur… Sa femme était morte ; il n'y avait rien d'étonnant à ce qu'il soit triste. Pourquoi donc était-elle allée imaginer que quelque chose d'autre avait pu causer sa douleur ?

Avant qu'il ne la rejoigne, elle quitta la tour, traversa la cour et se rendit dans sa chambre, soulagée de la trouver vide. Très vite, elle se mit au lit et s'enveloppa dans sa couverture.

Mais le sommeil ne vint pas. Les questions qui la hantaient en profitèrent pour envahir tout l'espace, l'étouffant dans le noir. Avait-elle découvert le secret de Carwell ? Ou bien ses galantes manières et ses mensonges au sujet de son père défunt l'avaient-ils trompée ? Avait-il tout dit ? Et cela était-il suffisant pour en faire l'homme qu'il était devenu ?

Quelle était, vraiment, la vérité de Carwell ?

Et pourquoi au juste s'en souciait-elle ?

Elle s'en souciait uniquement parce qu'elle était chargée de découvrir cette vérité ! Uniquement parce que cela pouvait être lié au fait qu'il les ait trahis ou non, dans les Marches. Qui était sa femme ? Comment le découvrir, si ce n'était en le lui demandant ?

La porte s'entrouvrit tout à coup et elle ferma les yeux. Elle n'avait pas vraiment envie de parler aux Mary, ce soir.

— Chut ! fit-on. Il y a quelqu'un, ici…

La porte se referma. Bessie entendit encore un gloussement suivi d'un bruit de baiser, puis le bruit de pas qui s'éloignaient, sans doute à la recherche d'un endroit plus tranquille.

Laquelle des Mary cela avait-il bien pu être ? Et avec qui était-elle ?

Elle garda les yeux fermés. Sans doute valait-il mieux ne pas savoir. Alors qu'elle sombrait dans le sommeil, son esprit lui montra une pièce remplie de danseurs au pied sûr, tournoyant au son de la musique. Et elle, si éloignée des solides fondations de sa maison, tentait de se joindre à eux, chacun de ses pas plus maladroit que le précédent…

Et dans ce palais, au milieu de tous ces gens, Carwell, bien que trouble et trompeur, était probablement la seule personne à qui elle pouvait se fier.

La matinée du lendemain était déjà bien avancée lorsqu'on la conduisit aux appartements du roi pour lui être officiellement présentée. Bien que le roi eût demandé à la voir seule, Carwell avait tout de même pris le temps de la prévenir : elle ne devrait parler que si on l'interrogeait, et en dire le moins possible aussi longtemps qu'elle le pourrait.

De toute manière, il ne serait pas avec elle, songea Bessie. Elle pourrait bien parler au roi comme ça lui chantait !

On lui ouvrit une porte et elle se trouva face au roi. Attendant qu'il lui adresse la parole, elle l'étudia en détail. Ainsi, c'était là l'homme qui avait adoubé Johnnie. Celui qu'il avait voulu satisfaire en dépit des intérêts de sa famille.

Celui que Johnnie considérait comme un frère…

Le roi était jeune et beau, avec une chevelure de la

même teinte auburn que John et elle. Oui, elle comprenait, à présent, pourquoi ils passaient souvent pour frères.

Elle s'inclina en ployant les deux jambes ; c'était sa meilleure révérence.

— Ainsi, vous êtes la sœur de John Brunson ? dit le roi.

Que lui avait conseillé Carwell, déjà ? Devait-elle le regarder dans les yeux ou non ? Après tout, on ne peut pas jauger un homme sans l'avoir regardé dans les yeux… Ils étaient couleur noisette.

— Oui, répondit-elle.

— Vous lui ressemblez beaucoup, sauf en ce qui concerne vos yeux.

— Oui, les miens sont marron.

Comme ceux de tous les Brunson, à l'exception de Johnnie.

Le roi sourit vaguement, comme en proie à un lointain souvenir. C'était étrange, de voir une telle expression sur un visage si jeune.

— Nous avons passé de bons moments, lui et moi.

— Oui, Sire, il dit la même chose.

Son air songeur disparut aussi rapidement qu'il était venu.

— Mais à présent, reprit-il, je suis mécontent. Il vous a envoyée à sa place. Pensait-il donc qu'un joli visage me rendrait plus souple ?

Voilà… Il était temps pour elle d'apprendre que tout devait être considéré comme suspect, à la cour, et surtout l'attendrissement du roi !

— Il serait venu lui-même, mais il vient de se marier.

C'était vrai, après tout, bien que ce ne soit pas la seule raison pour laquelle Johnnie n'était pas venu. Quand donc avait-elle appris à maquiller la vérité de la sorte ?

Le sourire du roi se fit rusé.

— Et il ne veut plus quitter son lit, c'est cela ?

Les joues soudain brûlantes, elle se retrouva sans voix, pour une fois.

Mais le roi n'en avait pas fini.

— Il préfère se cacher derrière une femme plutôt que d'affronter ma colère ?

Comment pouvait-il penser une telle chose ? Ou, plutôt, comment n'avait-elle pas pensé que son insistance à venir à la cour donnerait cette impression ?

— Mes frères ne se cachent pas, répondit-elle fermement. Mais chacun d'eux a ses propres devoirs et responsabilités, et les femmes de ma famille sont aussi fortes que les hommes.

Fortes, oui... Même si ce n'était pas vraiment ce qu'elle ressentait en cet instant.

— Des femmes à la fois belles et fortes ? s'exclama le roi d'un air railleur. Je n'en ai jamais rencontré de telles ! Ma mère est forte, mais hélas ! versatile. Elle aima mon père, mais il mourut ; alors elle aima Angus, puis ne l'aima plus. Moi, je ne l'aimais pas, donc il m'a gardé prisonnier. Mais ma mère aime maintenant son nouvel époux, Hamilton. Ou plutôt, elle l'aimait ; il paraît qu'hier elle avait de nouveau des sentiments pour Angus.

Tout en parlant, il avait lentement tourné autour d'elle, comme s'il jaugeait une œuvre d'art. Cet homme devait réfléchir à la manière de Carwell, envisageant toutes les options et possibilités, décrivant des cercles autour de sa proie, hors de vue, comme un faucon qui choisit le moment de frapper.

Et elle n'était que le pigeon, qui attend que le faucon fonde sur lui.

— Ainsi, vous voyez mon dilemme, Elizabeth Brunson, dit-il comme si sa pensée était une évidence.

— Non, Sire, je ne comprends pas. Jouez-vous aux devinettes avec moi ?

Il fronça les sourcils d'un air contrarié.

— Ce que je demande à votre famille est simple : sa loyauté, des hommes, et le respect de la loi.

En effet, les choses étaient simples, à la frontière, mais pas de la façon dont le roi les envisageait.

— J'ai confié une mission à John, poursuivit-il. Non seulement il a échoué…

— Il n'a pas échoué !

Le roi la dévisagea. Elle l'avait interrompu ; était-elle folle ?

— Il n'a envoyé aucun homme, répliqua-t-il sèchement. Il n'a pas prêté serment. Et au lieu de la paix, on me rapporte des nouvelles d'un Storwick que l'on aurait tué de sang-froid !

— Pas tout à fait, Sire. Il a été…

— Il est pourtant mort, n'est-ce pas ?

Apparemment, on ne pouvait pas débattre avec un roi, même lorsqu'il avait tort.

— A ma connaissance, oui. Et le monde s'en porte mieux.

— Et aucun homme du clan Brunson n'est venu se battre sous mes ordres lorsque j'ai tenté de défaire Angus, le traître !

— Non, Sire. Ils avaient quelque chose de plus important à faire.

Poursuivre Willie Storwick le Balafré…

— Ainsi, vous me dites qu'il ne s'agissait pas d'une erreur, mais d'une désobéissance volontaire !

Il éleva la voix, menaçant, comme s'il s'apprêtait à porter un coup fatal.

— Vous vous êtes rebellés contre votre roi ! Je ne m'attendais pas à cela de la part d'un homme à qui j'avais accordé toute ma confiance !

Bessie comprit alors, dans cette rage pleurnicharde, qu'elle n'avait plus devant elle le roi, mais un garçon à peine adulte qui avait considéré son « grand frère » comme son seul soutien — parce que Johnnie se souciait de Jacques et non seulement du roi. Sa désertion prenait donc des allures de trahison personnelle…

Elle hésita avant de répondre ; il allait falloir se montrer prudente.

Mais le roi n'attendit pas.

— Et maintenant, alors que je lui demande simplement de venir pour promettre de m'aider à détruire Angus, mon ennemi, que fait-il ? Il envoie une femme, versatile, en qui on ne peut avoir confiance ! A votre avis, que dois-je en penser ?

C'était donc pour cela que Carwell avait appris à toujours peser ses mots. Stirling était peut-être bâti sur un rocher solide, il n'y avait que terrain glissant en ces murs… Et elle n'était pas Elizabeth, seulement la petite Bessie, simple et campagnarde, qui ne savait pas mentir et devait faire son devoir.

— Sire, laissez-moi tout vous dire au sujet de ma famille. Ensuite, vous prendrez la décision qui vous paraîtra juste.

— Je sais déjà tout de vos vallées frontalières. Johnnie m'en a parlé.

— Alors, il ne vous en a pas raconté suffisamment.

Le roi avait beau froncer les sourcils, il n'avait rien d'effrayant, quand on songeait aux regards colériques de Rob le Noir.

— Etes-vous tous aussi bornés, dans votre famille ?

— Je ne suis pas la pire, Sire, répondit-elle avec un petit sourire.

— Très bien, fit-il avec un vague geste de la main. Racontez-moi ce que vous voulez.

Cela ferait-il vraiment une différence ? Au moins, il ne lui coûtait rien d'essayer…

— Je suppose, Sire, que lorsque deux chemins s'offrent à vous et que vous ne savez lequel prendre, la seule possibilité que vous avez est de faire ce qu'il y a de mieux pour l'Ecosse.

— C'est certain.

— Eh bien, il en va un peu de même pour un Brunson,

sauf que notre devoir à nous est de protéger et préserver notre famille. C'est ce choix que Johnnie a fait ; il ne pouvait en faire d'autre.

— Dans ce cas, j'en déduis que les Brunson sont des traîtres !

Bessie sentit toute chaleur quitter son corps.

— Vous savez pourquoi vous êtes là, n'est-ce pas ? demanda le roi.

Pour vous convaincre de pardonner à mes frères. Mais mieux valait ne pas dire une telle chose à voix haute, pour le moment.

— Je suis là pour vous assurer de la bonne conduite de mes frères.

En tout cas, c'était ce que le roi pensait. Il était hors de question qu'elle parle de ses efforts pour prouver la trahison de Carwell.

— Je dois donc vous garder auprès de moi, sans quoi vos frères n'auraient plus aucune raison de m'obéir.

Elle aurait voulu répondre quelque chose, mais elle ne sut que dire.

— Et savez-vous ce qui se passera, si vos frères continuent à mener des actions belliqueuses à la frontière ? demanda encore le roi.

Elle n'avait jamais réfléchi à cela. Elle avait seulement pensé rencontrer le roi, lui expliquer les faits pour qu'il comprenne ce qui s'était passé, puis rentrer au fort.

— Que se passera-t-il, Sire ?

— Vous ne reverrez plus jamais votre foyer.

Il aurait tout aussi bien pu la condamner à mort.

— Voulez-vous revoir votre foyer ?

Bien sûr ! Elle ne rêvait que de cela ! Même le grand escalier en colimaçon de la tour, qu'elle avait maudit de si nombreuses fois, lui paraissait accueillant, vu d'ici… Et le vert profond de l'herbe d'été… Le hurlement du vent d'hiver… Tout ce qui faisait sa maison.

Elle pourrait ne jamais rentrer chez elle ? Il valait peut-être mieux mourir, finalement.

— Oui, murmura-t-elle, d'une voix étranglée par la peur. Oui, je veux rentrer…

— Dans ce cas, vous feriez bien de prier pour que vos frères maintiennent la paix. Et vous devriez vous préparer à rester ici un long moment.

Rester ? Elle ne s'était pas demandé ce que ses frères feraient si le roi la gardait à la cour. Mais elle n'avait aucun doute sur ce qu'elle attendait d'eux : qu'ils fassent le nécessaire pour protéger la famille.

Et ce ne serait pas nécessairement ce qui pourrait sauver la petite Bessie Brunson…

En attendant qu'Elizabeth ressorte des appartements du roi, Thomas n'avait pu s'empêcher de faire les cent pas. Le garde lui avait interdit de s'approcher de la porte pour l'empêcher d'entendre ce qui se disait mais, à un moment, le roi haussa la voix.

C'était mauvais signe.

Finalement, elle sortit, pâle, si pâle qu'il craignit le pire…

— Qu'a-t-il dit ?

Elle hésita avant de répondre, comme s'il lui pesait d'admettre son échec.

— Il ne m'a pas écoutée.

— Il est le roi, il n'a pas à écouter.

Ce disant, il la conduisit jusqu'à la promenade du chemin de ronde, où ils pourraient parler sans souci des oreilles indiscrètes. Bien qu'il fût déjà midi, le soleil de novembre demeurait pâle, et la température ne ferait plus que descendre jusqu'au soir.

Ils s'immobilisèrent sur le rempart, le regard perdu dans la vallée qui s'étendait devant eux.

— La maison se trouve-t-elle par là ? demanda Bessie, la voix pleine d'espoir.

— Non, par-là, répondit-il en lui indiquant une direction vers laquelle elle se tourna immédiatement.

— Et c'est loin ?

Elle semblait perdue dans ses pensées, comme si elle ne l'écoutait que d'une oreille.

— Dites-moi ce qui s'est passé, Bessie ! Qu'avez-vous dit au roi ?

— La vérité.

Il ferma les yeux avec un soupir de découragement. Comment allait-il pouvoir démêler ce sac de nœuds ?

Sans doute trahit-il son angoisse, car elle lui demanda :

— Auriez-vous préféré que je mente ?

— Il y a une différence entre mentir et lancer au roi des vérités qu'il ne veut pas entendre ! Qu'est-ce que vous lui avez dit, exactement ?

— Seulement que Johnnie avait pris la décision que tout frontalier aurait prise, répondit-elle avec une moue bornée. Il a fait passer sa famille en premier.

Se sentant vaciller un instant, Thomas déglutit. Oui, bien sûr ; il aurait agi exactement comme John dans une telle situation.

— Et qu'a répondu le roi ?

— Que Johnnie était entré en rébellion.

Elle conservait tant de calme en disant tout cela. Peut-être ne comprenait-elle pas tout le sens de ces paroles. Lui, en revanche, ne les comprenait que trop bien.

— Et qu'a-t-il dit de plus ?

— Il a dit que si mes frères ne cessaient pas leurs raids contre les Anglais, je ne reverrai plus jamais ma maison.

Un otage à vie… Cela s'était déjà vu ; et les Brunson auraient de la chance si ça s'arrêtait là… Depuis le début de l'année, Jacques avait déjà ordonné la destruction complète de deux familles dont seuls les femmes et les enfants avaient été épargnés.

— Ne vous avais-je pas prévenue dès le début ? reprit-il avec amertume.

Mais ni elle, ni ses idiots de frères n'avaient jugé bon de l'écouter.

— Même s'il me retient prisonnière, cela n'empêchera pas Rob et Johnnie de faire ce qu'ils doivent ! Mes frères doivent protéger toute notre famille, pas seulement moi.

— Je n'en suis pas si sûr, soupira Thomas.

Après tout, ses frères avaient été très clairs ; il ne devait être fait aucun mal à Bessie. Et la tâche allait devenir de plus en plus difficile...

— Johnnie m'avait dit que le roi risquait de ne pas se montrer sage, dit-elle en souriant soudain. Tout ce que je peux dire, c'est qu'il ne sait pas grand-chose des femmes !

Surpris, Thomas la dévisagea. Le roi, au contraire, semblait même en savoir un peu trop à ce sujet...

— Que voulez-vous dire ?

— Il nous croit faibles et peu fiables !

Et vous l'êtes ! songea-t-il sans pour autant oser le dire.

— Beaucoup d'hommes le pensent, répondit-il seulement.

— Dont vous ?

Heureusement pour lui, il fut assez sage pour ne pas chercher à lui démontrer la vérité de cette affirmation. Il se racla la gorge et choisit ses mots avec prudence.

— J'ai connu certaines femmes qui avaient besoin que l'on... prenne soin d'elles.

Leurs yeux se rencontrèrent. Elle n'était plus la petite Bessie qui avait trébuché en dansant à la cour, mais celle du fort Brunson qui avait insisté pour être envoyée à Stirling.

— Dans ce cas, répliqua-t-elle, ni le roi ni vous n'avez rencontré de femme Brunson.

Oui, elle avait sans doute raison, finalement : elle était différente...

— Toutes les femmes de votre famille sont-elles aussi têtues que vous ?

— Connaissez-vous l'histoire du premier des Brunson ? demanda-t-elle avec une expression enfantine, comme si elle s'apprêtait à lui faire découvrir un conte merveilleux.

Il sonda sa mémoire. Oui, c'était bien cela…

— L'homme que l'on a laissé pour mort dans une vallée après la bataille ?

Elle acquiesça et chantonna quelques vers de la chanson, d'une voix douce et rauque.

— *Abandonné par son clan sur le champ de bataille, le premier des Brunson est laissé pour mort.*

Dès qu'elle eut fini, elle croisa les bras et crispa légèrement ses épaules pour se prémunir du froid.

— Mais savez-vous qui a provoqué cette bataille qui a laissé le premier des Brunson si proche de la mort ?

Il fit non de la tête. De toute manière, elle semblait décidée à lui raconter toute l'histoire.

— Je ne sais pas.

— Le clan tentait de prendre son ennemi à revers et le premier des Brunson marcha sur un chardon. Il parvint à étouffer son cri de douleur, mais son voisin qui avait lui aussi marché dessus n'y parvint pas et hurla, donnant l'alerte.

Thomas l'observa avec étonnement. Il avait déjà entendu cette histoire, mais au sujet d'un autre homme, dans une autre partie du pays.

— Et ensuite ?

— Eh bien, à cause du cri, la plupart des guerriers furent tués.

Guerre. Bataille. Mort. Tous les enfants des Marches connaissaient ce genre d'histoires.

— Mais il survécut, dit Thomas.

— Son clan le laissa pour mort. Les survivants qui pouvaient encore courir s'enfuirent. Il était si gravement blessé que l'ennemi lui enleva seulement ses armes et rentra chez lui à son tour.

Thomas ne put s'empêcher de frémir : un homme blessé et sans armes, seul dans la lande, était un homme mort.

— Comment s'en est-il sorti ?

Bessie haussa les épaules.

— Les Brunson sont obstinés. Puisque la terre de la vallée n'avait pas voulu de son corps, il a décidé de rester, de s'y attacher et de ne plus jamais en partir. Et sa famille après lui honora ce vœu.

Oui, obstiné, tout comme ses descendants... Il n'était pas étonnant, finalement, de penser qu'un tel homme ait réussi à survivre. Son entêtement coulait encore dans les veines de sa famille. Leur vallée nourrissait leur caractère comme la terre donne naissance au chardon.

Mais qu'arrivait-il au chardon que l'on arrachait à sa terre natale ?

Il songea à la manière dont Bessie avait été déroutée en découvrant la cour. Elle avait été arrachée du territoire dans lequel elle s'était épanouie, à l'image d'un pied de chardon. Serait-elle capable de s'adapter à ce nouveau sol ?

Lui aussi était un frontalier, un guerrier aussi féroce que ceux des collines, mais sa famille avait toujours vécu près de la mer. Il connaissait les marées, les sables traîtres et le danger des courants, toutes choses qui apprennent à un homme que rien n'est jamais certain ou définitif. Une ligne dessinée dans le sable ne durerait jamais que jusqu'à ce que la prochaine vague l'efface.

Il y avait cependant un détail qui manquait à l'histoire des Brunson.

— D'où venaient-ils, le premier des Brunson et ses hommes ?

Bessie fit un vague mouvement de la main en direction du nord-est.

— De la mer.

Vraiment ? Cette femme, dont la famille était connue pour être la plus solidement enracinée sur ses terres du pays, avait donc un ancêtre venu de la mer ?

Elle se tourna de nouveau vers lui, le regard franc et direct, mais animé d'un doute qui n'y avait jamais encore brillé.

— Que dois-je faire, maintenant, Thomas Carwell, si je veux revoir ma maison un jour ?

Bessie l'observa avec attention. Elle pouvait lire ses émotions, à présent. Du moins, elle voyait bien qu'elle l'avait surpris, et qu'il savait que cette dernière question lui avait coûté.

— Me faites-vous suffisamment confiance pour faire ce que je vous dirai ? demanda-t-il.

Depuis leur arrivée au château, elle en avait assez appris pour savoir taire la première réponse qui lui venait à l'esprit. Mais de toute évidence, pas encore assez pour dissimuler ses pensées…

— Je vois bien que vous n'avez pas confiance, ajouta-t-il.

C'était bien vrai, mais à qui d'autre pouvait-elle se fier ici ?

— Que me conseilleriez-vous, si vous saviez que je vous obéirais ?

— Je vous demanderais de parler avec plus de prudence, de faire un pas après l'autre en attendant une ouverture, répondit-il avec un sourire. C'est comme pour la gaillarde. Lorsque tous les danseurs changent de partenaire, il peut y avoir des… occasions.

Cette suggestion était loin de la satisfaire !

— Ce n'est pas ce que je vous demande. Je veux savoir ce que je peux faire.

— Rien, à part prendre votre mal en patience et garder vos yeux ouverts.

Attendre sans rien faire ne la ramènerait certainement pas chez elle…

— Et danser ?

Il sourit de nouveau.

— Oui. Et danser.

Il prit son bras pour la reconduire à l'intérieur. Elle lutta contre le sourire qui lui monta aux lèvres, et contre la tentation. Après tout, il devait bien y avoir autre chose à faire qu'attendre, tant qu'elle demeurait ici.

Peut-être qu'une femme la conseillerait mieux. Sans doute allait-elle être redevable aux trois Mary d'un peu plus que d'une robe avant de pouvoir rentrer chez elle.

Chapitre 10

Après une semaine passée à Stirling, Bessie commençait à se couler dans la routine du château. Elle n'y avait pourtant pas vraiment sa place. Trop bien née pour aider aux cuisines, elle ne se sentait pas pour autant semblable aux courtisans qui cherchaient sans cesse à s'attirer les faveurs royales. Elle se contentait d'aider les Mary dans leurs tâches, prenant des messages, retrouvant des babioles perdues, apprenant par cœur les escaliers du bâtiment principal et des quartiers royaux.

Au moins, gravir sans cesse des marches lui rappelait sa maison.

Elle saisissait chaque occasion de poser des questions, et d'écouter ce que ses compagnes de chambre racontaient.

Un soir, alors qu'elle et la Grosse Mary cousaient aux chandelles, elle demanda :

— Comment se fait-il que le roi déteste Angus à ce point ?

Elle était très fière des moyens détournés qu'elle découvrait pour parvenir à ses fins, en l'occurrence, découvrir la cause de la haine de Carwell pour Angus, et non celle du roi.

La Grosse Mary jeta un regard par-dessus son épaule vers l'entrée de la chambre, bien que la porte fût fermée, avant de répondre.

— Eh bien, sa mère, la reine Margaret, a été veuve à

la naissance du roi ou presque, confia-t-elle. Je la servais déjà, à l'époque. Je me souviens bien de tout cela. C'était une époque troublée… La pauvre femme devait s'occuper de son fils, différentes factions luttaient pour la prise de pouvoir, et le poids du gouvernement entier pesait sur ses épaules.

Bessie acquiesça pour l'encourager à parler. Tout cela allait-il la conduire au problème d'Angus ? Pour le savoir, il fallait se montrer patiente. La Grosse Mary semblait tout savoir sur le château, et elle était toujours prête à le raconter à un public attentif, mais elle aimait prendre son temps.

— Vous aurez peut-être du mal à l'imaginer, poursuivit la conteuse, mais la reine était jeune et belle, à l'époque…

Bessie se mordit la lèvre pour ne pas glousser. Elle avait vu la reine de loin, un jour, et en avait déduit que Mary n'était pas la seule qu'on pouvait qualifier de « grosse » au château.

La Grosse Mary soupira et se racla la gorge d'un air sévère. Cela indiquait toujours que le cœur de son récit arrivait. Attentive, Bessie tendit l'oreille.

— C'est alors qu'elle se laissa séduire par un homme…

Sous le choc, Bessie reposa son aiguille. Un frisson lui parcourant l'échine.

— Le comte d'Angus ?

Sa compagne acquiesça, de l'air bienveillant du professeur devant un bon élève.

— Une femme, même la plus vertueuse, peut connaître la tentation, voyez-vous. Elle perdit toute raison et l'épousa en secret, persuadée qu'il l'aimait vraiment.

Persuadée qu'il l'aimait vraiment…

Bessie déglutit avec peine et demanda :

— Qu'est-il arrivé ?

— Cela fait bien trop d'histoires à raconter en une fois, répondit la Grosse Mary avec un geste las de la main. Elle nomma Angus régent. Les autres lords protestèrent et s'arrachèrent l'enfant. Elle chercha de l'aide en France et en Angleterre…

Ma mère est forte, mais, hélas ! versatile, avait dit le roi. Dans une telle situation, ce n'était pas étonnant qu'il ait tant tenu à l'amitié de Johnnie.

Et les avertissements de Carwell commençaient à prendre tout leur sens. Alliée à la France un jour et à l'Angleterre le lendemain, la cour ne pouvait jamais rien considérer comme acquis.

La Grosse Mary fit alors une pause dans son récit pour dévisager Bessie d'un air soupçonneux.

— Vous n'étiez pas au courant de toutes ces choses, à la frontière ?

— Mes frères savaient peut-être, mais la cour est bien loin de chez moi.

Trop occupée en cuisine ou au lavoir, elle ne s'était pas montrée curieuse des problèmes de succession. De toute manière, rien de ce que pouvait faire un roi ne changerait jamais la vie de la vallée des Brunson.

— Qu'est-il arrivé après qu'Angus a été fait régent ?

— Eh bien, dit Mary, visiblement ravie de trouver quelqu'un qui ne connaisse pas encore cette histoire, la pauvre reine se rendit bien vite compte qu'Angus aimait le pouvoir et l'argent de la couronne bien plus qu'il ne l'aimait, elle.

Bien plus qu'il ne l'aimait, elle. Angus n'avait que faire de Margaret. Tout comme Thomas Carwell n'avait que faire de Bessie Brunson. Mais alors, pourquoi…

— Cet homme était bien cruel, poursuivit Mary. Il retrouva les bras de sa maîtresse et garda l'argent de la reine pour lui seul.

Elle secoua la tête, comme attristée par son propre récit.

— Finalement, le comte enleva le prince et le garda prisonnier tandis qu'il gouvernait le pays en son nom.

Deux ans plus tard, le roi Jacques finit par s'échapper, au milieu de la nuit, pour reprendre les rênes de son pays.

Oui, elle connaissait cette partie de l'histoire. Cela s'était passé juste avant que Johnnie ne rentre à la maison.

— Mais la reine est débarrassée de lui, à présent, conclut Mary d'une voix satisfaite. Le pape a enfin accepté de prononcer leur divorce.

Troublée par cette histoire, Bessie laissa son ouvrage retomber sur ses genoux. De toute évidence, les familles royales n'avaient rien de commun avec les familles de la frontière.

— Et c'est pour cela que le roi déteste Angus ? demanda-t-elle.

— Le roi, et beaucoup d'autres lords.

Voilà ! C'était le moment ou jamais de poser la question qui lui brûlait les lèvres. Avait-elle suffisamment attendu ? Cela ne paraîtrait-il pas prémédité ?

— Thomas Carwell fait partie de ceux qui le haïssent, si j'ai bien compris. A cause de son père.

— Il a plus de raisons de le haïr que beaucoup d'autres. Les Carwell sont gouverneurs des Marches écossaises de droit. Cela a toujours été ainsi. Mais Angus ne s'est pas contenté de défaire le père de Thomas de sa position : il lui a pris la vie.

— Il l'a tué ?

Aucun homme n'aurait jamais de meilleure raison de chercher vengeance.

Mary secoua la tête.

— On raconte qu'il est mort de cause naturelle. Mais moi, je pense que le pauvre homme en a eu le cœur brisé.

— Contrairement à son fils.

Carwell n'écoutait que sa raison, pas son cœur ! Elle ferait mieux de ne pas l'oublier, à l'avenir. Sauf peut-être lorsqu'il parlait de sa femme.

Avant qu'elle n'ait eu le temps de regretter d'avoir parlé

trop vite, la Grande Mary fit irruption dans la pièce, interrompant leur discussion, l'air visiblement contrarié.

— Il est encore occupé ! s'exclama-t-elle. Cela fait une semaine, maintenant, qu'il ne quitte plus ses négociateurs !

Bessie jeta un rapide coup d'œil à la Grosse Mary qui lui fit un signe d'avertissement.

« Il ». Le roi…

Mais la Grande Mary voulait se plaindre, et ne se souciait pas vraiment de leurs regards en coin.

— Il a des conseils le matin, et encore le soir ! Il n'a plus le temps pour rien d'autre !

Etait-ce réellement ses conseils qui le tenaient éloigné de la Grande Mary ? Ou son ventre qui grossissait de plus en plus ? Bientôt, on aurait deux « grosses » Mary dans le château. En attendant, Bessie avait hérité d'une autre robe devenue trop étroite.

Profitant d'un instant de silence, elle risqua une question.

— Les négociateurs ?

— Oui, répondit la Grande Mary, ils sont allés voir les Anglais, pour essayer de trouver un nouvel accord de paix. Mais, il y a quelques semaines, alors qu'ils n'arrivaient à rien, le roi les a rappelés.

— Et il ne se satisfaisait pas de ce qu'ils avaient à lui dire, fit la Grosse Mary.

— Non, c'est certain, poursuivit la première avec un sourire qui laissait supposer qu'elle s'était alors occupée de le satisfaire. Mais, depuis une semaine, il recommence à enchaîner ses conseils sans s'arrêter.

Depuis une semaine, songea Bessie. Cela coïncidait avec son arrivée à la cour.

— Et Thomas Carwell assiste à ces conseils ?

La Grande Mary haussa les épaules.

— Sans doute. Je n'ai pas cherché à le savoir.

— Allons, allons, fit la Grosse Mary d'une voix apaisante. Ils repartiront bientôt tous à Berwick, et tu l'auras de nouveau pour toi seule.

Repartir à Berwick pour négocier avec les Anglais. Qu'était-il donc arrivé, depuis une semaine, qui ait apporté ainsi un nouvel espoir de négociation ?

Thomas Carwell était rentré à la cour.

Il voulait mon avis au sujet du traité de paix, lui avait confié Carwell.

Prendre son mal en patience et garder les yeux ouverts... C'était ce qu'il avait lui-même conseillé. Et elle comptait bien le surveiller, lui.

De très près.

Thomas quitta le conseil du roi très satisfait. Le dernier entretien avec les négociateurs était fini. Avec l'aide de Dieu, le traité de paix serait signé avant la Noël.

Peut-être même Angus serait-il déjà pris à ce moment-là.

Soudain, il vit Bessie, qui faisait les cent pas dans le hall. Il ralentit le pas et vérifia autour de lui qu'aucun des participants au conseil ne s'attardait à bavarder dans le couloir. Ils auraient pu laisser échapper des informations qu'elle n'avait pas à connaître.

Enfin, il arriva à sa hauteur.

— Vous rencontrez le roi bien souvent, en ce moment, dit-elle.

— Oui, il me demande mon avis sur diverses affaires.

— Un Brunson lui donnerait sans doute un avis plus éclairé.

La voilà qui revenait à la charge ! Il imaginait sans peine quel genre d'avis ils pourraient donner. Ces Brunson si rigides n'avaient jamais été capables de lâcher un peu de lest d'un côté pour agir plus librement de l'autre !

— Peut-être, répondit-il sèchement. Mais vos frères ont préféré rester chez eux au lieu de répondre à l'appel du roi. Alors, ne venez pas vous plaindre maintenant du fait qu'il ne se soucie pas de ce qu'ils pourraient avoir à dire.

Voilà qu'il commençait à parler aussi brutalement qu'elle ! Sans doute était-ce la seule manière pour qu'elle le comprenne enfin.

Une hésitation traversa le regard de Bessie ; il avait marqué un point.

— Il me semble avoir entendu dire que les négociations arrivaient à leur fin, dit-elle encore.

Il l'observa un instant avec méfiance. Après tout, cette nouvelle n'était un secret pour personne. Peu de choses parvenaient à rester dissimulées, à la cour.

— Les négociateurs retournent à Berwick dès demain.

— Pourtant, j'ai entendu dire que les négociations avaient cessé il y a quelques semaines et que tout semblait perdu.

Elle devenait de plus en plus douée pour soutirer des informations, constata Thomas. Il fallait se méfier.

— C'est ainsi que les négociations fonctionnent. On propose et on exige. C'est un va-et-vient entre offres et demandes.

— Et offres secrètes ?

Comment diable avait-elle deviné ? Il allait devoir jouer serré.

— Si c'était le cas, ce ne serait certainement pas moi qui éventerais ce secret.

— Si c'était le cas, je suppose que c'est vous qui auriez servi de messager. Peut-être même de médiateur.

— Moi ?

Peut-être devrait-il hausser les sourcils, pour paraître plus surpris…

— Mais je suis gouverneur des Marches, pas ambassadeur !

— Et en tant que gouverneur, vous rencontrez plus souvent le gouverneur anglais que la plupart de nos diplomates.

Savait-elle donc tout ? Non, sans quoi elle serait en

train de l'accuser, pas de l'interroger. Ni ses frères ni elle ne comprendraient jamais pourquoi il avait passé la plus grande partie de l'automne à faire des allers et retours en territoire anglais pour des négociations secrètes avec son homologue.

Finalement, ils étaient parvenus à l'accord qu'il avait soumis au roi à son arrivée. Angus ne recevrait pas d'asile au-delà de la frontière. Ils seraient autorisés à le ramener en Ecosse s'il fuyait ; autorisés à le juger pour trahison et à le pendre si c'était là le souhait du roi.

Et quel en avait été le prix ? Un sursis temporaire accordé à un Anglais sans morale.

Mais elle l'accuserait sans aucune hésitation : *Je vous tiendrai pour responsable…* Pour honorer ce pacte, il avait laissé échapper Storwick et même les forces combinées des Carwell et des Brunson n'avaient pas suffi à le rattraper.

— Oui, répondit-il avec une pointe de condescendance — cela suffirait-il à empêcher sa voix de trembler ? C'est bien le travail des gouverneurs : s'assurer que la loi soit la même des deux côtés de la frontière. Et, pour cela, nous avons évidemment besoin de nous rencontrer.

Voilà. Il avait satisfait à sa curiosité et n'en dirait pas plus.

— Si vous voulez bien m'excuser, poursuivit-il en saluant, on m'attend à l'armurerie.

Il s'éloigna en s'efforçant de ne pas se laisser envahir par la culpabilité de la laisser seule. Vraiment, il n'aurait pas pu supporter son regard soupçonneux plus longtemps ! Après une telle débâcle, le gouverneur anglais lui était bien redevable…

Quoi qu'il en soit, il avait hâte que le traité soit signé et que sa culpabilité dans l'affaire Storwick puisse être enterrée.

Le lendemain, alors que les négociateurs repartaient vers Berwick, il ne put s'empêcher de se demander si le gouverneur anglais était digne de confiance. Pouvait-on se fier à un homme qui acceptait ce genre d'accord peu scrupuleux ?

Pouvait-on même se fier à lui, Thomas Carwell ?

Il ne revit pas Bessie avant le soir.

Le roi descendit dans la grande salle pour profiter des réjouissances de la cour, jouant du luth — assez bien — au milieu des musiciens professionnels. Il se contenta de jouer et ne proposa pas à Bessie de danser.

Thomas, lui, en avait bien l'intention. Il devait à tout prix lui faire oublier son obsession pour ses négociations avec le gouverneur anglais. Il fallait lui faire oublier à la fois sa colère et ses soupçons. Peut-être qu'un peu de douceur et de flatterie feraient l'affaire…

Dès qu'il l'aperçut, il sut quoi lui dire. Elle portait une nouvelle robe dont le corsage soulignait admirablement ses formes, d'un bleu si vibrant qu'il faisait paraître sa chevelure encore plus flamboyante que d'habitude.

Lorsqu'elle arriva à sa hauteur, il la salua galamment.

— Vous portez de nouveaux vêtements, dit-il d'un ton suffisamment interrogateur pour qu'elle se sente obligée de répondre.

— La robe appartient à la Grande Mary : elle a pris du poids, et certains de ses vêtements ne lui vont plus.

Seigneur ! Etait-elle vraiment naïve à ce point ? Tout le monde savait que la Grande Mary avait partagé le lit du roi. En tout cas, si l'on se fiait à son ventre arrondi, elle devait bien avoir partagé le lit de quelqu'un.

Il se pencha vers Bessie et lui murmura à l'oreille :

— Elle a grossi parce qu'elle est enceinte…

Enceinte. Parviendrait-il un jour à prononcer ce mot sans en souffrir ?

— Elle est enceinte du roi, poursuivit-il.

Bessie ouvrit de grands yeux, l'air choqué et jeta un

coup d'œil à la Grande Mary, resplendissante, qui se tenait près de la table du roi.

— Mais… le roi n'est qu'un enfant !

Ce ton de dédain le fit sourire, sans doute plus franchement qu'il ne l'aurait voulu.

— On l'appelle le roi de l'Amour.

Elle le dévisagea d'une manière qui montrait clairement qu'elle ne comprenait pas que l'on puisse se laisser séduire par un tel homme et éclata de rire, si fort que plusieurs personnes se tournèrent vers eux.

Retrouvant son calme, elle se pencha à son tour vers lui, si près de son oreille qu'il sentit son souffle sur sa peau. Oh ! s'il pouvait seulement sentir de nouveau la douceur de ses lèvres sur les siennes !

— Mais, chuchota-t-elle, elle ne va pas devenir reine !

Il secoua la tête. Même la naïve Bessie Brunson comprenait cela.

Restait à espérer que la Grande Mary avait déjà arrangé son mariage… Après tout, porter l'enfant du roi n'était pas une disgrâce, loin de là ! Pour preuve, quatre femmes avaient donné naissance aux sept bâtards de l'ancien roi, sans pour autant être mal jugées. Mais, s'il en croyait ce qu'il avait vu dans la chambre du roi — l'arrivée de la femme en rouge —, les jours de gloire de la Grande Mary touchaient à leur fin.

Alors qu'il allait répondre à Bessie, l'une des Mary, la plus petite, la lui enleva pour rejoindre les danseurs placés en cercle.

Il aurait voulu pouvoir la retenir, la garder pour lui, mais la musique commençait déjà. C'était une danse populaire, assez proche du *reel* dont elle avait parlé le premier soir. Le cercle de danseurs se déplaça à gauche, puis à droite, et se brisa en une ligne qui remonta le long de la salle.

Soudain, il aperçut Oliver Sinclair à côté d'elle, qui lui tenait la main et détaillait son décolleté de près, de beaucoup trop près. Bessie ne semblait pas s'en apercevoir ; elle souriait, balançant ses jambes en rythme.

Qu'elle s'amuse donc ! Après tout, ce n'était qu'une danse.

Cependant, Sinclair était un débauché notoire et, depuis le départ de John Brunson, l'un des plus proches amis du roi, ainsi que l'une de ses pires influences.

Bessie dansait bien, ce soir… Mieux que la dernière fois, lorsqu'il lui avait appris, dans la tour. Il aurait voulu être son guide, lui enseigner le plaisir du mouvement, de la musique. Au lieu de cela, elle suivait ce gamin vicieux avec beaucoup plus de facilité qu'elle ne l'avait jamais fait avec lui !

Il détacha son regard de son visage pour descendre jusqu'à la ceinture de son corsage, au mouvement de ses hanches, à son pied en l'air, alors qu'elle venait de sautiller avec grâce.

Bon sang ! Elle ne trébuchait même plus sur les pieds de son partenaire… Et, si elle ne se méfiait pas, elle risquait de finir dans son lit.

Soudain, son cœur se mit à battre la chamade. Comment pouvait-il seulement penser à une chose pareille ? Non, bien sûr, il ne craignait pas qu'elle se retrouve dans son lit à lui, mais bien dans celui de Sinclair… Et les frères de Bessie l'avaient chargé de préserver sa réputation.

Il était vrai que la pensée de partager sa couche avec Bessie lui était déjà venue. Mais ça n'avait rien d'étonnant, après tout. Pour un homme qui, comme lui, avait été seul plus longtemps qu'il voulait bien l'admettre, de telles pensées étaient compréhensibles. Tout ce qu'il avait à faire était de les confesser pour recevoir l'absolution.

De toute évidence, il aurait tout intérêt à éviter de la regarder : cela ne faisait que lui donner des idées ridicules !

Il se tourna vers le roi qui l'observait en souriant.

— Elle est charmante, n'est-ce pas ? Bien qu'un peu paysanne…

Jacques avait dit cela d'un ton qui mélangeait dérision et admiration. Surpris, Thomas se tourna de nouveau vers Bessie. Cette description lui allait comme un gant.

Avec ses yeux noisette et ses cheveux roux, elle était bien une fille de la terre. Enracinée, sûre de ce qu'elle était et de qui elle était : une femme sur laquelle on pouvait compter. Une femme de confiance.

Elle n'avait rien à voir avec celles qu'il avait connues jusque-là.

La danse s'acheva enfin mais, lorsque la ligne se sépara, Sinclair glissa son bras autour de la taille de Bessie et lui murmura quelque chose à l'oreille. Elle était une femme sensée, songea Thomas. Trop sensée pour se laisser duper par les belles paroles du premier venu.

Cependant, il vit son visage sérieux s'ouvrir. Elle ne rit pas, ni ne sourit, mais quelque chose en elle… s'illumina.

Comme il aurait voulu pouvoir découper ce Sinclair en morceaux !

Durant la danse, Bessie s'était sentie fière d'elle. Cela ressemblait aux danses de chez elle, et les pas étaient plus faciles que ceux que Carwell avait essayé de lui apprendre. Ou peut-être se sentait-elle tout simplement plus libre au bras d'Oliver Sinclair, un homme qu'elle ne connaissait pas.

— Jacques et moi, nous nous sommes glissés hors du château, hier soir, et nous sommes descendus dans Stirling, lui glissa-t-il soudain à l'oreille avec un sourire complice. Nous ne sommes rentrés qu'après le petit déjeuner.

— La nuit dernière ?

Elle n'avait pourtant entendu ni préparatifs de départ, le soir, ni trompettes de bienvenue au matin…

— Oh ! ce n'était pas une affaire officielle !

Même les mèches bouclées de l'homme semblaient lui sourire.

— Personne ne savait qu'il s'agissait du roi, en ville. Il a dit au tavernier que nous étions de braves hommes de Ballengeich.

Elle jeta un coup d'œil vers le dais sous lequel se tenait le roi, chuchotant avec Thomas. Encore des secrets ?

Mais son cavalier attendait sans doute une réponse, aussi se força-t-elle à reporter son attention sur lui.

— Et que faites-vous, le roi et vous, lorsque vous vous promenez dans Stirling déguisés en braves hommes ?

Il sourit plus encore.

— Nous culbutons quelques filles de taverne.

Il dit cela avec fierté, comme s'il cherchait à l'impressionner avec ses prouesses.

— La Grande Mary ne suffit donc pas au roi ? demanda-t-elle, surprise.

— Une seule femme ne suffit jamais à un homme, confia-t-il dans un gloussement.

Une seule femme ne suffit jamais… Etait-ce donc cela, la vie d'une femme à la cour ? Il n'était pas étonnant que les Mary soient devenues si cyniques ! Prise un jour, favorite le lendemain, rejetée le jour d'après… Et même mariée, une femme ne pouvait apparemment pas espérer avoir un mari fidèle à ses côtés.

Cet endroit était encore plus éloigné de sa maison qu'elle ne l'avait imaginé.

La danse était terminée, mais la main moite de Sinclair ne la lâcha pas et, tout en bavardant, il la guida loin de la piste, jusque dans le couloir désert. Lorsqu'elle en prit conscience, elle voulut faire demi-tour, mais il lui bloqua le chemin et lui releva le menton d'une main ferme, plongeant ses yeux dans les siens.

Johnnie avait dit que la cour était un vrai nid de vipères, et il n'avait pas eu tort. Cet homme, en face d'elle, laissait ses regards glisser sur son corps avec une incroyable impudeur !

— Qu'y a-t-il ? demanda-t-il en faisant la moue. Tu ne m'embrasses pas ? Crois-tu être trop bien pour moi ?

La colère envahit tout à coup Bessie, et elle le repoussa violemment.

— Et croyez-vous que je ne suis bonne à rien d'autre qu'à m'allonger devant vous ?

Chez elle, la vie d'une femme se résumait aux tâches ménagères. Ici, les domestiques faisaient tout le travail, et les courtisanes n'étaient là que pour procurer du plaisir aux hommes. Elle, Bessie, ne voulait aucun de ces rôles !

Soudain, le bras de Carwell se glissa fermement autour de sa taille et il l'entraîna loin de Sinclair.

— Venez, Elizabeth, on vous demande pour danser.

Sa colère n'en retomba pas. Elle ne vit en lui qu'un autre homme qui cherchait à la plier à sa volonté.

— Pensez-vous qu'être forcée de danser est mieux qu'être forcée à embrasser quelqu'un ? demanda-t-elle sèchement.

Il ralentit le pas.

— Et vous ?

Elle fit non de la tête. Si seulement elle pouvait tous les fuir ! Et fuir ses sentiments si troubles pour cet homme…

— Si quoi que ce soit vous arrive, vos frères me tiendront pour responsable.

Les mots résonnèrent entre eux, dans le silence. Il s'était arrêté et la regardait droit dans les yeux. *Cette fois*, semblait-il penser, *je ne vous ferai pas défaut.*

De la gratitude se mêla à sa colère, mais il était hors de question qu'elle lui soit reconnaissante de quoi que ce soit ! Elle n'avait pas besoin qu'il la protège !

— Je vous ai déjà dit que je pouvais prendre soin de moi !

Il soupira.

— Ici, une femme a besoin que l'on prenne soin d'elle

d'une autre façon, comme vous avez pu vous en rendre compte.

Ils se tenaient sous l'arche qui ouvrait sur la grande salle. Les couleurs et la frénésie de la danse l'assaillirent ; elle se sentit tout à coup fragile.

— Pouvons-nous… sortir ? demanda-t-elle avec hésitation.

Elle avait besoin de sentir la terre sous ses pieds, de retrouver la vraie Bessie Brunson en elle.

Il l'examina quelques instants sans un mot puis acquiesça. Il la couvrit d'un manteau et la mena dans une partie des jardins royaux qu'elle n'avait pas encore découvert. Au loin, la neige recouvrait déjà les collines, et le ciel, au-dessus d'eux, était étonnamment dégagé et scintillant d'étoiles.

Elle prit une profonde inspiration. L'air était peut-être froid mais, au moins, il n'était pas souillé par les épices, les odeurs de rôti et de transpiration…

Enfin calmée, elle put de nouveau le regarder et dire ce qu'elle aurait dû dire bien plus tôt :

— Je vous remercie.

Il acquiesça. Perdu dans la contemplation du décor, il semblait, lui aussi, chercher la direction des Marches, de sa maison.

— Vous êtes très prévenant, ajouta-t-elle. Vous comprenez mieux que moi les dangers qui me guettent et, pourtant, vous n'avez pas d'épouse sur qui veiller.

Les yeux toujours fixés sur les silhouettes des collines, il se raidit, comme s'il luttait pour étouffer un souvenir désagréable.

— Je vis… seul.

— Vous n'avez pas de parents ? D'amis ?

A quoi pouvait bien ressembler une vie sans parents, sans frères, sans cousins ? Elle ne parvenait pas à l'imaginer.

— Pourtant, la famille Carwell…

— Se trouve réduite à moi et un lointain cousin, répondit-il en essayant vainement de sourire.

— Dans ce cas, vous devez vous marier.

Elle n'avait jamais encore pensé à cela. Lui, avec une femme. Quelle pensée pénible ! Mais, après tout, que lui importait ce qu'il faisait ou qui pouvait partager son lit et sa vie ? Tout ce qu'elle savait, c'était qu'il devait un héritier à sa famille.

— J'ai été marié.

Il n'en dit pas plus. Comme si avoir été marié une fois lui avait suffi, comme s'il ne pouvait y avoir aucune autre femme dans sa vie que celle qui était morte.

Soudain, elle sentit une nouvelle émotion l'envahir : la jalousie. Elle était jalouse de cette femme inconnue qui l'avait compris, qui avait partagé avec lui ce qu'il y avait de plus intime. Une femme qu'il avait aimée.

— Et maintenant, vous allez vouloir en savoir plus, ajouta-t-il.

Furieuse contre elle-même, elle repoussa ces pensées. Elle n'avait rien demandé de plus, délibérément.

— Je suis trop brute, dit-elle avec regret.

Elle venait de se rendre compte à quel point c'était vrai. Ici, à la cour, personne ne posait de questions directes, ou ne disait la vérité de but en blanc.

— Je ne suis pas à ma place, ici, continua-t-elle.

— Non, en effet, répondit-il, plus franchement qu'à son habitude.

Un long silence s'installa alors entre eux, mais elle prit soin de ne pas le briser. Il avait autre chose à dire, elle le sentait, et il ne fallait pas le brusquer.

Une odeur de feu de bois s'élevait des cheminées des appartements royaux. Les domestiques devaient commencer à préparer le coucher du roi.

— Elle était enceinte, murmura-t-il enfin.

— Comment ?

Avait-elle bien entendu ?

— Elle était enceinte, quand elle est morte.

Bessie sentit son cœur se serrer pour lui, une nouvelle fois. Il avait attendu la venue d'un héritier, puis s'était retrouvé plus seul que jamais.

— Je suis désolée, dit-elle simplement.

— C'était il y a longtemps.

Pas assez longtemps, de toute évidence, puisqu'il ne semblait pas encore avoir oublié…

Chapitre 11

Bessie abandonna Carwell à ses souvenirs et retourna dans le hall. Etait-elle obligée d'être si brutale avec lui ? Il ne quittait plus son esprit, à présent : ses leçons, ses blessures, son passé…

Parvenue à l'entrée de la grande salle, elle chercha Sinclair des yeux. Heureusement, il était occupé à danser la gaillarde avec la Petite Mary. Carwell avait eu raison à propos de cette danse, songea-t-elle. Mary passait visiblement beaucoup plus de temps à sourire au jeu de jambes de son cavalier qu'à suivre à la lettre les pas compliqués.

Elle fut tirée de ses pensées par l'un des pages du roi qui toucha doucement son bras pour attirer son attention.

— Le roi désire vous parler.

On l'appelle le roi de l'Amour.

Qu'allait-il encore lui arriver ? Si seulement Carwell avait pu être là pour lui éviter de faire un faux pas ! Il devait être encore dans les jardins.

Heureusement, le roi ne semblait pas avoir de mauvaises intentions à son égard. Il ne chercha même pas à chuchoter pour dissimuler ce qu'il avait à lui dire.

— Vous plaisez-vous à la cour ? commença-t-il d'une voix bien plus joviale que lors de leur dernière rencontre.

Ce n'était pas vraiment une question mais, en y réfléchissant, Bessie fut surprise de découvrir que, oui, elle se plaisait à la cour.

Bien qu'elle ne s'y trouvât pas vraiment à sa place et que son foyer lui manquât, elle commençait à s'habituer au château. Et bien qu'elle ait fait de nombreux faux pas à son arrivée, elle apprenait, comme pour la danse, à évoluer avec plus d'aisance. Un jour, bien sûr, tout cela serait derrière elle et elle redeviendrait Bessie, gravissant les marches sans fin de sa tour. Mais, pour le moment, elle se sentait bien.

Comme elle avait l'habitude de dire la vérité ou de se taire lorsque la vérité était difficile à dire, elle se contenta d'acquiescer.

— J'ai enfin décidé ce que j'allais faire de vous, continua le roi.

Cette fois, la surprise la fit parler.

— De moi ? Mais vous m'avez déjà dit que vous me garderiez ici jusqu'à ce que vous soyez satisfait du comportement de mes frères. Et que, s'ils ne se pliaient pas à votre volonté, je risquerais d'attendre longtemps avant de pouvoir rentrer.

Il secoua la tête.

— Rentrer ? Comme votre frère désobéissant ? Certainement pas ! L'obstination de votre famille a déjà failli compromettre mon traité une fois. Cela ne se reproduira pas.

— Vous comptez donc me garder à la cour ?

— Je compte vous marier.

— Me marier ? Mais… à qui ?

Peu importaient les bonnes manières. La simple pensée de se voir mariée sur ordre du roi était intolérable !

— A Oliver Sinclair.

Sous le choc, elle se tourna vers Oliver Sinclair. Il était vraiment bel homme… En tout cas, bien plus beau que Joe Sans-Doigts ! Quelques mois à peine auparavant, elle aurait sans doute rêvé d'avoir un tel mari.

Mais plus maintenant.

Il fallait réfléchir, et réfléchir vite. Refuser de but en blanc ne ferait qu'offenser le roi.

Se montrer souple, pas seulement dans la danse…

— Je comprends pourquoi vous voulez me garder à votre portée, Sire, commença-t-elle aussi calmement que si elle entamait une conversation mondaine. Mais messire Sinclair ne préférerait-il pas avoir une épouse qui ait plus d'expérience de la cour ?

— Il m'obéira. Une alliance avec l'une des plus puissantes familles de la frontière servira ses intérêts en même temps que les miens.

— Et qu'en est-il des intérêts des Brunson ? ne put-elle s'empêcher de répliquer.

La colère empourpra les joues du roi, mais il était trop tard pour retirer ses paroles.

— Votre famille devrait se sentir honorée que je la lie par le mariage à l'un de mes favoris !

L'un de ses « favoris » ? C'était ainsi que les rois appelaient leurs amis, ou du moins ceux qui leur étaient les plus proches, avait-elle appris.

— Mes frères n'accepteront pas, répondit-elle en tâchant de surveiller ses paroles.

— S'ils veulent vous revoir un jour, ils n'auront pas le choix.

Ainsi, elle allait devoir se soumettre ? Epouser un homme que ses frères ne connaissaient pas, sans leur permission, et, par-dessus le marché, en risquant de ne jamais rentrer chez elle ?

Sans compter que, dès qu'il l'aurait déflorée, Sinclair se remettrait certainement à la recherche de nouvelles conquêtes… Non ! Elle n'accepterait pas ! Même si cela voulait dire qu'elle renonçait à son devoir envers son clan.

— Vous ne pouvez pas refuser, reprit le roi. Je vous laisse une semaine avant d'annoncer vos fiançailles. Maintenant, allez danser avec lui ; il vous attend.

Elle jeta un coup d'œil vers Sinclair. Il les observait en souriant. Il savait sans aucun doute ce qui venait de se jouer entre le roi et elle.

Passer ne serait-ce qu'un instant avec cet homme lui paraissait insoutenable. Et on lui demandait de s'enchaîner à lui pour la vie ?

Sauvez-moi encore une fois ! songea-t-elle, désespérée, en cherchant Carwell des yeux.

Avant de retourner dans la grande salle, Thomas prit le temps de se calmer, de chasser de ses pensées ces souvenirs si pénibles. Lorsqu'il passa la porte, il vit Bessie auprès du roi, sous le dais. Il observa leur conversation de loin. Quelque chose n'allait pas…

En fait, tout ce que le roi faisait le mettait mal à l'aise, depuis quelque temps.

Il s'était laissé distraire par Bessie Brunson et par l'idée de voir enfin approcher l'heure où il se vengerait d'Angus. Il en avait même oublié de garder l'esprit ouvert à l'imprévu, et aux menaces. Il avait cru que le fait de retrouver sa place auprès du roi lui offrirait le soutien de la couronne, mais ce roi était trop jeune, trop inexpérimenté. Il était impossible de prédire ses actions, dans de telles circonstances.

Que dois-je faire, à présent ?

Observer et être patient, s'était-il dit, pensant avoir du temps avant que le roi ne se décide à agir.

Mais peut-être le temps lui était-il déjà compté.

Face au roi, Bessie se tenait la tête penchée et les lèvres pincées, comme chaque fois qu'elle voulait parler mais s'en empêchait. Soudain, elle se détourna et se dirigea vers Sinclair. Celui-ci souriait. Non, il jubilait.

Elle lui dit quelque chose qui le fit grimacer.

Ce fut au tour de Thomas de sourire ; elle avait dû lui

parler dans le plus pur style Brunson, et Sinclair allait devoir s'y habituer. Il s'y était bien habitué, lui.

Sinclair la conduisit alors auprès des danseurs. Elle avait bien retenu ses leçons et savait comment se montrer souple, suivre la musique. Cependant, dans les bras de Sinclair, elle était raide, cette fois, et lui piétinait maladroitement les orteils.

Le sourire de Thomas s'épanouit. Elle ne lui avait pas marché sur les pieds, à lui, la dernière fois qu'ils avaient dansé.

Il se tourna de nouveau vers le dais. Qu'est-ce que le roi avait bien pu lui dire ? Pourquoi était-elle immédiatement retournée danser avec Sinclair ?

Peu de temps après, le roi annonça la fin des festivités, et se retira dans ses appartements avec Sinclair. Bessie, quant à elle, s'éloigna en compagnie de la Petite Mary. Ni l'une ni l'autre ne souriait.

Thomas les accosta juste avant qu'elles ne sortent dans la cour, et fit comprendre d'un regard à Mary qu'il avait besoin de parler avec sa compagne seul à seul.

— Que s'est-il passé avec le roi ? demanda-t-il abruptement.

Il ne voulait pas retarder sa réponse par les ronds de jambe habituels.

— Et pourquoi avez-vous passé tant de temps avec Sinclair ?

Elle le dévisagea, les yeux emplis d'une douleur triste.

— Le roi compte me le faire épouser.

— Comment ?

Sans doute avait-il crié, car des regards surpris se tournèrent vers lui. Il n'élevait pourtant jamais la voix, d'habitude.

— C'est le prix à payer pour la sauvegarde de ma famille, répondit-elle.

Il s'était attendu à la voir otage du roi, certes, peut-être même prisonnière, mais certainement pas mariée !

Que ne pouvait-il réduire les traits de ce bellâtre de Sinclair en une bouillie informe ! Il devait à tout prix se calmer et réfléchir ; cette colère ne lui ressemblait pas.

Elle le regardait, ses grands yeux sombres brillant un peu trop dans son visage soudain pâle. Elle semblait attendre une réponse.

— Je ne peux pas me marier sans le consentement de ma famille ou même sans leur en parler d'abord, reprit-elle d'une voix éteinte.

Il soupira. Si seulement c'était aussi simple…

— Johnnie s'est bien marié sans l'aval du roi, répondit-il, serait-il prêt pour autant à faire annuler ses noces ?

Elle fronça les sourcils, visiblement à la recherche d'une échappatoire.

— La reine douairière a bien été autorisée à divorcer. Si l'on me force à me marier, ne pourrais-je faire de même ?

Hélas ! c'était impossible, il le savait bien.

— Cela ne se fait que lorsque le pape y trouve un intérêt personnel, répondit-il, navré.

— Et si je refusais, tout simplement ?

Il y avait tant d'espoir dans sa voix ! Cette femme n'avait vécu que pour faire son devoir à tout prix, et elle se heurtait finalement à une décision qu'elle ne pouvait se résoudre à prendre.

Partageant sa douleur, il soupira de nouveau.

— Hélas ! jeune fille, c'est parce que votre famille a dit non qu'elle se trouve dans une telle situation aujourd'hui.

Tout de même, il ne pouvait pas la laisser passer sa vie prisonnière des griffes d'un mufle comme Oliver Sinclair.

Il avait vécu un mariage d'intérêt… Il était hors de question que Bessie subisse cela !

— Mais…, commença-t-elle. Si le mariage n'est pas consommé… Si je me refuse à lui…

Ses yeux étaient maintenant gonflés de larmes. Etait-ce de la frustration ? De la peur ?

Il la prit dans ses bras et la berça doucement. Si seulement il pouvait la protéger maintenant aussi facilement que lors du tournoi… Il lui était insupportable de l'imaginer au lit avec Sinclair. Et que lui ferait-il si elle se mettait en tête de se refuser à lui ? Elle risquait de courir bien des dangers !

— Le roi m'a laissé une semaine pour me faire à cette idée, reprit-elle. Après cela, il annoncera nos fiançailles.

Une semaine. C'était bien peu pour trouver le moyen de contrer la volonté du roi sans les mettre en danger, ni l'un ni l'autre.

— Vous n'épouserez pas cet homme, dit-il d'un ton ferme. Je vous le promets.

Cependant, alors qu'elle avait besoin de lui plus que jamais, il n'avait aucune idée de la manière dont il pourrait honorer le serment fait à ses frères.

Serrée contre lui, Bessie frissonna. Elle devait avoir réellement peur pour le laisser ainsi la tenir dans ses bras…

Seigneur ! S'il voulait tant l'aider, ce n'était pas à cause de son serment à Rob ou John, plus maintenant. C'était à cause de ses propres sentiments pour elle.

Je vous tiendrai pour responsable. Et voilà qu'il était responsable de Bessie Brunson et de son mariage avec Oliver Sinclair. S'il échouait dans sa tentative de la sauver, il n'aurait pas seulement à craindre le courroux de ses frères : il ne pourrait plus se regarder en face.

Durant la semaine qui suivit, Bessie ne parla à personne de la décision du roi. Peut-être qu'en faisant comme s'il ne s'était rien passé, la menace s'éloignerait toute seule… Elle n'avait entendu aucune rumeur, aucun chuchotement sur son passage. Aucune des Mary n'y avait fait allusion. Pourtant, à elles trois, elles savaient à peu près tout ce qui se passait à la cour. Cependant, la Petite Mary, d'habitude souriante, semblait aussi abattue qu'elle.

Au fil des jours, Bessie se surprit souvent à chercher Thomas des yeux ou à le dévisager, comme s'il allait réellement trouver une solution avant la date fatidique. Quand donc ses soupçons envers lui s'étaient-ils mués en confiance ? Après tout, il avait promis à ses frères qu'il ne lui arriverait rien, qu'il la protégerait. Il connaissait bien le roi ; il savait ce qui était possible et ce qui ne l'était pas.

Elle l'avait vu plus d'une fois en sa compagnie. A certains moments, ils jouaient même ensemble aux échecs. Lui avait-il parlé du mariage, dans ces moments intimes ? Ou en avait-il profité pour observer sa stratégie et comprendre comment il pourrait la contrer ?

Toutefois, comme les jours passaient sans aucune nouvelle, son espoir fit place au découragement. Elle ne faisait pas partie de la cour, et ne savait pas comment dire les choses au roi tout en restant dans ses bonnes grâces. Elle n'était qu'une Brunson et, le moment venu, si aucune autre solution ne se présentait, elle se contenterait de dire « non ». Même si elle devait pour cela passer le reste de sa vie dans un cul-de-basse-fosse.

Ou être condamnée à mort.

A la fin de la semaine, Thomas n'avait pu trouver qu'une solution au problème du mariage de Bessie avec Sinclair. Mais le roi accepterait-il sa proposition ? Et Bessie ? Rien n'était moins sûr…

Quoi qu'il en soit, il devait d'abord convaincre Jacques. Inutile de donner à Bessie de faux espoirs avant d'être certain du succès de son entreprise.

Pour aborder le sujet, il attendit patiemment que le

roi ait gagné une partie d'échecs particulièrement ardue. Une fois n'étant pas coutume, Thomas servit son projet en orchestrant adroitement sa défaite.

La partie terminée, alors qu'un domestique emportait l'échiquier, le roi prit son luth en souriant. C'était le moment de parler.

— Elizabeth Brunson m'a dit que vous pensez la marier...

Ce n'était pas une entrée en matière très subtile. Il fallait croire que la franchise de Bessie commençait à déteindre sur lui.

Le roi haussa les sourcils, l'air surpris, mais ne détourna pas son attention de son instrument.

— Vous ne pensiez quand même pas que j'allais la laisser rentrer chez elle ?

Non, mais je ne pensais pas non plus que vous alliez lui faire épouser un tel débauché.

— Et à qui pensez-vous la donner ?

Il était plus prudent d'avancer lentement, sans révéler tout ce qu'il savait.

Le roi eut un sourire satisfait.

— A quelqu'un qui pense que c'est le seul moyen de la coucher dans son lit. Oliver Sinclair.

— Sinclair ?

Cela devenait dangereux ; il devait à tout prix dominer sa colère et rester calme. Il n'obtiendrait jamais ce qu'il voulait en insultant le favori du roi. Mais voir Bessie à la merci de Sinclair... Il avait presque le même âge que lui, lorsqu'il s'était marié, et il s'était montré tout aussi immature.

— Ses frères l'ont placée sous ma responsabilité et m'ont chargé de sa protection, répondit-il aussi posément qu'il le put. J'ai juré de préserver sa réputation. Je ne peux pas permettre qu'elle soit perdue, même pour satisfaire votre favori, Sire.

— Il a déjà essayé de l'avoir, mais sans succès, dit

Jacques d'un ton désinvolte. C'est pourquoi j'ai accepté de les marier.

Ravaler sa colère. Rester de marbre. S'il perdait le contrôle de ses paroles, il n'aurait plus aucune chance d'influencer le roi.

— Je pense qu'elle serait peut-être mieux aux côtés d'un frontalier.

— Certainement pas ! J'ai besoin de lui trouver un époux qui oblige les Brunson à faire des compromis et à respecter ma loi.

Jacques le dévisagea d'un air interrogateur. Il fallait répondre.

Thomas réfléchit un instant, en pesant ses mots. Il savait que les Brunson ne feraient aucun compromis, ni maintenant ni plus tard.

Il se racla la gorge.

— Il est difficile de prédire les actions de Rob le Noir. Il n'est chef de clan que depuis quatre mois.

— Rob le Noir ? Est-ce ainsi qu'il se fait appeler ?

— Oui.

— Pourquoi cela ?

— A cause de ses humeurs... changeantes.

— S'il a du caractère, reprit Jacques, sa sœur ne semble pas en avoir hérité. C'est la femme la plus morne que j'aie jamais rencontrée.

Alors, vous ne la connaissez vraiment pas ! faillit répliquer Thomas.

Lui, la connaissait. Il avait étudié chaque reflet de ses yeux, ses lèvres, sa façon de relever le menton d'un air de défi face aux obstacles, chaque frémissement de son corps contre lui pendant qu'elle luttait contre sa nature pour danser et trébuchait. Visiblement, le roi n'avait rien remarqué de tout cela.

Grâce au ciel...

— Elle vient des Marches, dit-il en étouffant un élan de fierté déplacée. Elle ne se sent pas bien ici, à la cour.

C'est un chardon, arraché à sa terre natale.

Le roi gloussa d'un air suffisant.

— N'en soyez pas si sûr. Elle m'a assuré qu'elle appréciait la vie à la cour, et elle ne paraissait pas mentir !

Pourquoi donc lui avait-il appris à danser si bien ? Cela n'allait pas le servir.

— Non, poursuivit le roi, si c'est le seul moyen de dompter ces Brunson, je garderai leur sœur auprès de moi.

— Sire, je ne suis pas persuadé que le fait de détenir Elizabeth soit suffisant pour les confiner sur leurs terres.

C'était même probablement le meilleur moyen de les inciter à réduire en miettes le château où elle serait prisonnière. Car le roi n'envisageait ni plus ni moins que de la détenir dans une cage dorée, avec une épée de Damoclès au-dessus de la tête.

— Pensez-vous, reprit prudemment Thomas, que Sinclair serait le guerrier le mieux placé pour faire face à la plus puissante famille des Marches ?

Jacques déposa enfin son luth.

— Le mariage était son idée, répondit-il, même si je pense qu'il m'a seulement demandé cela sous le coup d'un désir momentané. Au moins, il profitera de sa nuit de noces.

A ces mots, Thomas dut étouffer un nouvel élan de colère. Ce n'était pas le moment de penser à Bessie. Il fallait rester froid et détaché, comme si elle n'était qu'une pièce d'un jeu d'échecs, sinon la victoire lui échapperait.

— Si Sinclair n'est pas plus énamouré d'elle que cela, dit-il, je vois une autre solution possible.

Voilà ! Il avait réussi à retenir son attention, songea-t-il en voyant le regard de Jacques se fixer sur lui.

— Elle doit épouser quelqu'un en qui j'ai confiance.

— Moi.

Ce n'était qu'un seul petit mot, mais qui suffisait à le

faire pénétrer dans des sables mouvants dont il ne sortirait pas indemne.

— Vous ? Thomas le Solitaire ?

— Les Carwell ont besoin d'un héritier.

Un argument qui ne comptait pas vraiment à ses yeux, mais qui était plus simple à fournir que les vraies raisons qui le poussaient.

Le roi sourit.

— Il est vrai que cette demoiselle vous a déjà poussé à désarçonner votre roi pour un baiser…

Thomas sentit ses joues brûler. Avait-il rougi ? Pourvu que non ! Tout cela n'était pas une question de désir. Au contraire, le désir ne faisait que rendre sa manœuvre plus difficile.

— Ses frères m'ont rendu responsable d'elle, répondit-il, et je n'écoute pas mon cœur dans cette affaire. Tout ce qui m'importe, c'est de servir aux mieux les intérêts du royaume. Avec moi, elle serait assez proche de sa famille pour leur rappeler en permanence quel est le prix de sa sécurité.

Et cela pousserait les frères Brunson à le tuer dès qu'ils en auraient l'occasion, mais le roi n'avait pas à savoir qu'ils le considéraient comme un ennemi au même titre que les Storwick, de l'autre côté de la frontière.

Jacques le dévisagea un instant d'un air songeur, comme s'il pesait le pour et le contre.

— Et si vous l'épousiez, elle serait suffisamment loin de moi pour ne rien craindre de la couronne, dit-il enfin. Dites-moi, si je vous la donnais, pourriez-vous contrôler les Brunson ?

Jusqu'où pouvait-il s'enfoncer dans le mensonge sans se mettre en danger ? Mieux valait rester prudent.

— Tout homme qui prétendrait en être capable serait un menteur, Sire. Mais ils ont déjà coopéré avec moi.

— C'est bien ce qui m'inquiète…

Le jeune roi l'observa un long moment, tripotant du bout des doigts les cordes du luth posé à côté de lui.

Ce n'était pas encore gagné. Il fallait trouver un meilleur argument.

— L'expérience qu'a Sinclair des frontaliers est… limitée, Sire.

Perdu dans ses réflexions, Jacques fronça légèrement les sourcils.

— J'ai dit à Ollie qu'il était fou de ne l'épouser que pour coucher avec.

Ses doigts couraient toujours sur les cordes du luth. Après un long silence, il hocha la tête.

— Les frontaliers doivent rester ensemble. Si vous voulez lui passer la bague au doigt, prenez-la, emmenez-la chez vous, et faites-en ce que vous voulez.

Il fallut à Thomas quelques instants pour comprendre ce qui venait de se passer. Il avait obtenu gain de cause, et leurs fiançailles sauveraient Bessie des griffes de Sinclair. Plus tard, dès qu'ils seraient de retour chez eux et que le roi penserait à autre chose, ils trouveraient bien un moyen de se libérer l'un de l'autre.

— Je vous remercie, Sire.

Maintenant que sa décision était prise, le roi reprit son luth.

— Allez le lui annoncer.

— Elle doit d'abord être d'accord.

Jacques le renvoya d'un geste de la main, comme si cela n'avait aucune importance à ses yeux.

Cela en avait pour Thomas.

— Merci, répéta-t-il en saluant avant de se diriger vers la porte.

Voilà… Il venait d'accepter de faire ce qu'il avait soigneusement évité pendant quatre ans. Il accueillait une nouvelle fois dans sa vie ce qu'il s'était juré de fuir à jamais.

Une épouse.

Et Bessie était sans doute la pire femme à épouser.
Il avait presque atteint la porte lorsque le roi l'interpella.
— Carwell, si les Brunson continuent leurs raids après cela, c'est vous que je tiendrai pour responsable !

Chapitre 12

Bessie avait retrouvé Thomas près des quartiers de la reine douairière et il l'avait invitée à discuter dans la grande salle, près du feu. La pièce était toujours déserte dans la journée ; ils n'y seraient pas dérangés.

Il lui avait annoncé la nouvelle, et elle le dévisageait à présent, incrédule.

— Nous marier ? répéta-t-elle, craignant d'avoir mal compris.

Elle jeta de rapides coups d'œil autour d'elle. Ce ne pouvait être qu'un rêve ! Elle allait se réveiller dans son lit, et tout serait de nouveau comme avant ! Depuis son arrivée à Stirling, ses certitudes s'écroulaient les unes après les autres. C'en était même à se demander si le soleil se levait bien à l'est, ici aussi !

Mais les yeux de Thomas ne fuyaient pas les siens. Ils étaient plus posés et calmes que jamais.

— Mais, enfin, quel bien cela pourrait-il nous faire, à tous les deux ? demanda-t-elle.

Pourtant, tout au fond de son cœur, une petite voix lui murmurait *oui*…

Balivernes !

— Vous avez le choix entre m'épouser ou épouser Sinclair. Est-ce que vous le préférez à moi ?

A cette pensée, elle ne put réprimer un frisson. Même un cul-de-basse-fosse serait préférable à Sinclair !

— Mais pourquoi dois-je me marier ? Est-ce que je ne peux pas rentrer chez moi, tout simplement ?

— Vous savez très bien que non. Je vous avais prévenue avant de vous conduire ici.

Elle ne s'était jamais sentie si mal à l'aise. Le regard de Thomas était plus froid qu'elle n'aurait souhaité. Tant mieux ! Cela l'aidait à chasser de son esprit le souvenir des moments où il l'avait serrée contre lui pour la réconforter ou pour lui apprendre à danser.

— Vous aviez promis de me protéger !

Quelle sotte elle avait été de refuser cette protection !

— Et je pourrai honorer ma promesse si nous nous marions.

Carwell avait beau être un homme très secret, il était le seul qui avait su voir en elle autre chose que la Bessie qu'elle avait toujours pensé être… Il lui avait appris à danser. Il avait cru en elle.

Mais comment pourrait-elle se marier sans avoir obtenu le consentement de ses frères ? C'était impossible ! Epouser un homme qui les avait probablement trahis et resterait peut-être leur ennemi ? Jamais…

Non, elle n'avait pas confiance en lui. Non, elle n'appartenait pas à son monde. Elle voulait seulement rentrer chez elle. Elle avait des douzaines d'arguments pour refuser.

Malgré cela, tout son être disait oui…

Elle tenta de résister une dernière fois.

— Qu'est-ce qui me prouve que le roi tiendra sa promesse, quand nous serons mariés ?

— Le fait qu'il se pose la même question au sujet de vos frères, répondit-il d'une voix aigre.

Cela lui rappelait sa place ; elle ne devait pas penser à son plaisir, mais à son devoir.

— Il doute tellement de votre famille, reprit-il, que lorsque nous serons mariés, il me traitera comme l'un des vôtres.

— Pardon ?

— Je serai responsable des actes de votre clan devant lui.

Elle resta sans voix, n'entendant plus que les battements de son cœur dans le silence. En effet, le mariage liait deux personnes, mais aussi deux familles. Cela allait bien au-delà de ce qu'elle attendait de lui. De ce qu'elle aurait attendu de qui que ce soit.

Elle sentit un étrange petit sourire lui monter aux lèvres.

— Eh bien, Rob et John seront sans doute très heureux d'entendre que vous allez devenir un frère pour eux.

Il lui répondit par un sourire. Oui, cet homme connaissait ses frères, sa vie, ses collines. Il était le seul de ce château qui la connaissait vraiment, le seul lien avec son foyer...

— Je ne vous offre qu'un moyen d'éviter d'épouser Sinclair, dit-il d'une voix soudain sérieuse. Nous n'avons pas besoin de changer quoi que ce soit entre nous.

Il semblait vouloir la rassurer, mais elle savait bien que c'était inutile. Il était très difficile de rompre des fiançailles ; elles vous liaient presque aussi sûrement que le mariage.

— Pourrai-je rentrer à la maison, après cela ?

Thomas ne répondit pas tout de suite.

— Plus tard, finit-il par dire. Tant que les négociations avec l'Angleterre ne sont pas terminées, je dois rester auprès du roi.

Thomas et Johnnie... Tous deux persuadés que des mots écrits sur un bout de parchemin pouvaient apporter la paix.

— Et ensuite, poursuivit-il, après la signature du traité, nous verrons.

Peu à peu, elle comprit le sens de ces paroles. « La maison » ne serait plus jamais la vallée dans laquelle elle avait vu le jour. « La maison » deviendrait un grand château vide au bord de la mer. Un château qu'elle n'avait jamais vu.

Etait-ce réellement cela, son devoir ? Cet homme avait

peut-être trahi sa famille ! Comment pourrait-elle jamais croire la moindre de ses paroles ?

Si sa tête hésitait, son corps ne mentait pas. Elle le savait, le sentait.

Elle prit une profonde inspiration et répondit :

— Oui. Dites au roi que j'accepte.

Après tout, elle ne disait oui qu'à son devoir, rien de plus. En tout cas, rien qu'elle pouvait admettre ouvertement…

Ce n'étaient que des fiançailles, se dit-elle. Elle n'était pas encore mariée.

Durant son enfance, elle avait souvent imaginé ce moment. Même si le visage de l'homme qui serait à ses côtés était toujours resté flou, elle n'avait jamais eu aucun doute au sujet du reste. Elle serait entourée par ses frères, protégée par les murs du fort qui l'avait vue naître.

Et voilà qu'elle se trouvait là, entourée d'une foule de visages inconnus, et son fiancé, un homme qu'elle ne connaissait qu'à peine, était la seule personne ici dont elle pût se dire proche…

Le roi ne se souciait pas de la bénédiction du clan. Il voulait cette union, et repoussait à plus tard ce qui n'était pour lui que détails.

Mais, entourée d'étrangers, pouvait-elle considérer ces fiançailles — qui avaient été conclues sans même en avertir ses frères — comme un réel engagement ?

Le roi semblait le croire et avait décidé d'organiser pour l'occasion une cérémonie à laquelle toute la cour était conviée.

Ce fut ainsi que, par un matin neigeux de décembre, Bessie se prépara à être menée devant l'archevêque, sous le porche de la chapelle royale, pour l'échange de promesses.

Elle jeta un regard par la fenêtre. La foule s'agglutinait déjà dans la cour.

— Allons, venez, dit la Grosse Mary. Votre robe est prête.

Depuis l'annonce de la cérémonie, les trois Mary la berçaient de roucoulements romantiques, cherchant sans cesse à lui rappeler le tournoi et le baiser.

— J'avais bien dit qu'il était bel homme, lâcha la Petite Mary en l'aidant à lacer sa nouvelle robe.

Pour fêter l'occasion, la reine douairière lui avait donné l'un de ses robes et envoyé une couturière pour la réajuster. Le sol de la chambre était à présent jonché de morceaux de tissu.

— Je l'ai dit dès le début, poursuivit la petite femme. Après tout, il a désarçonné le roi pour vous prendre un baiser !

— En tout cas, je connais au moins deux hommes qui auront perdu leur pari, intervint la Grande Mary, les mains posées sur son ventre arrondi, comme à son habitude.

— Pari ? demanda Bessie.

Elle se surprit elle-même à poser cette question, car elle venait de traverser la dernière semaine comme une morte-vivante.

— Oui, beaucoup avaient parié que Thomas le Solitaire ne se remarierait pas.

Pourquoi cela ? se demanda Bessie. Apparemment, son futur époux avait encore de nombreux mystères en réserve. Plus les jours passaient, et moins elle avait l'impression de le connaître.

La Grosse Mary lui passa une chaîne d'or empruntée autour du cou, l'ajusta, puis s'assura que le joyau rouge du pendentif soit bien placé sur sa gorge.

— Vous êtes belle, dit-elle. Cette couleur vous va très bien.

Bessie n'avait même pas fait attention à la robe qu'on lui avait passée. Interloquée, elle baissa les yeux pour découvrir une étoffe d'une profonde teinte cuivrée ornée d'or sur le devant de la jupe. Empruntée. Tout aussi étrangère à elle que tout ce qui l'entourait.

Sans lui laisser mettre un manteau pour dissimuler tout ce luxe, ses trois compagnes la conduisirent au rez-de-chaussée. Chaque marche descendue lui paraissait un pas aussi définitif que ceux qu'elle avait faits pour quitter le fort des Brunson. A chaque pas, un nouveau doute l'assaillait ; à chaque pas, elle devait étouffer plus d'angoisses.

Ne pense pas au fait qu'il ait pu te trahir.

Ne pense pas au fait qu'il aime peut-être encore sa défunte femme.

Ne pense pas à ses lèvres sur les tiennes.

Ne pense pas à ta propre faiblesse et à ton égoïsme.

Ne pense qu'à ta famille.

Ne pense qu'au fait que ce mariage les sauvera de la colère du roi.

Dès qu'elle eut passé la porte donnant sur la cour, l'air glacé mordit sa gorge dénudée, lui coupant le souffle. Elle chercha Thomas des yeux et le vit, debout sous le porche de la chapelle royale, la tête nue. Il l'attendait. Elle se rappela alors soudain la douceur de la cape qu'il lui avait posée sur les épaules, une fois, et la chaleur que son baiser avait éveillée en elle…

Dès lors, elle ne pensa plus à rien.

Elle traversa la vaste cour d'un pas mal assuré, et se plaça à son côté, devant l'archevêque. Elle avait toujours été fière de sa force, mais cette force avait-elle réellement été sienne ? Ne l'avait-elle tirée que de la terre et des pierres de sa maison ? Au milieu de tous ces gens, elle n'était plus Bessie, mais Elizabeth, une femme qui lui était tout aussi étrangère que l'homme près duquel elle se trouvait.

Connaîtrait-elle jamais vraiment Thomas ? Le voulait-elle seulement ?

Ils se tenaient tous deux devant le prêtre, en silence. Lorsqu'il lui tendit la main, elle la prit et s'y agrippa.

Ballottée depuis des semaines par les courants contraires qui régissaient ce lieu, elle commençait à sentir que ce don d'adaptation qu'elle méprisait allait devenir une nécessité.

Thomas serra les doigts de Bessie avec fièvre.

Ce n'étaient que des fiançailles, pas un mariage. C'était à son tour de parler. Il n'y avait rien à craindre.

Il n'avait qu'à dire ces simples mots : « Je promets de vous épouser. » Non pas : « Je vous épouse. »

Ce simple mot, *promettre*, lui offrait une échappatoire. Il n'en avait pas encore parlé à Bessie, de peur de lui donner de faux espoirs, mais il espérait bien qu'ils trouveraient un moyen de briser cet engagement, de se libérer. Plus tard, une fois la colère royale passée.

Mais, pour cela, leurs fiançailles devaient rester chastes. Dans le cas contraire, ils se condamneraient à passer leur vie ensemble : on les considérerait comme mariés, aussi sûrement que s'ils avaient reçu la bénédiction d'un prêtre.

Au moins n'aurait-il pas à résister à la tentation pour le moment. Personne ne les conduirait à un lit conjugal dès le soir, ni ne viendrait contrôler la présence de sang sur les draps au matin. Ils retourneraient chacun à leur lit, en sécurité.

Mais il ne pouvait s'empêcher de la regarder, si belle auprès de lui. Il n'avait fait que tenir sa parole, après tout, en la préservant d'un sort bien pire.

L'échange des promesses, sur le parvis, fut suivi par une messe et un festin généreusement offert par la couronne. Bessie resta étrangement silencieuse. Elle n'ouvrit pas la bouche, sauf pour répondre au prêtre lors de la cérémonie. Elle demeura ensuite les lèvres serrées en une moue butée qui en disait plus long que n'importe quel discours.

Elle ne faisait que son devoir.

Au début du festin, le roi leva son verre.

— Au mariage à venir, dit-il à l'intention des jeunes promis avant de se rasseoir à côté de Thomas avec un sourire. J'enverrai un messager aux Brunson dès demain, pour leur dire d'être là pour la Nuit des Rois.

Thomas reposa brusquement son verre. Un message si sec risquait de provoquer la mort du messager et l'arrivée du clan entier en armes, prêt à raser Stirling !

— Sire, répondit-il, cela risque d'interférer avec vos projets concernant Angus, à la Noël. Il vaudrait peut-être mieux attendre. Je peux rédiger le contrat et me marier plus tard.

— Vous vous croyez plus persuasif que moi ?

— Oui, et c'est bien pour cela que j'ai suggéré d'épouser Elizabeth moi-même.

Le roi acquiesça.

— Eh bien, qu'il en soit ainsi, alors. Je vous laisse régler cela à votre manière.

Il se tourna ensuite vers Sinclair, installé de l'autre côté, et qui ne semblait pas profiter de la fête.

Il avait gagné du temps. Le temps de penser à une autre solution. Le temps de trouver le moyen de la sauver ; de les sauver tous les deux de cette union.

Bessie se pencha soudain vers lui et murmura :

— Vous lui avez dit que vous ne voulez pas que notre mariage interfère avec ses projets, mais c'est un mensonge.

— Non. Seulement, ce n'est pas l'entière vérité… Ce n'est qu'une petite flatterie destinée à lui changer les idées pour nous permettre de…

Elle acheva la phrase pour lui.

— Nous permettre de quoi, messire Carwell ? De faire semblant de nous marier ?

Elle pensait sans doute le blesser, mais ses paroles ne firent qu'allumer un nouveau feu en lui. Peut-être se trompait-il, mais il lui semblait qu'elle aussi avait les yeux plus vifs.

Faire semblant. La chaleur qui l'avait envahi était bien

réelle et, s'il la laissait le contrôler, leurs fiançailles se changeraient sans aucun doute en mariage consommé.

Cela risquait d'être plus difficile qu'il ne le croyait…

Le festin achevé, les danses commencèrent. Personne ne vint proposer à Bessie de danser, et Thomas en fut soulagé. Pourquoi devenait-il soudain si jaloux ? Il ne le lui proposa pas non plus, bien que la tentation fût grande. De toute manière, il était plus facile de rester assis à la table du roi, à siroter du vin français en observant la salle, que de se retrouver face à elle.

Il but une nouvelle gorgée. Le vin était bien meilleur que celui qu'il avait bu au mariage de John et Cate. Un meilleur vin, pour un pire mariage…

La salle s'était réchauffée, la boisson commençait à tourner les têtes et, au fil de la soirée, Bessie se mit à sourire en observant les danseurs. Il ne pouvait pas s'empêcher de la regarder par en dessous. Sa robe cuivrée, sa chevelure de flamme, son collier d'or… Seigneur, qu'elle était belle ! Plus belle que n'importe quelle autre femme de la cour et, pourtant, toujours fidèle à elle-même. Elle était bien toujours cette femme née de la terre, et fermement attachée à ses racines. Comment pouvait-il imaginer l'arracher à tout cela ?

Tard dans la soirée, après avoir épuisé leur registre de danses courtoises, les musiciens se lancèrent dans des morceaux plus légers.

En jetant un rapide coup d'œil à Bessie, il vit son sourire s'évanouir et la tristesse envahir son regard. Elle avait dû reconnaître un air que l'on jouait chez elle. Comme sa famille devait lui manquer…

Il se leva et lui tendit la main.

Elle le suivit silencieusement et ils se mirent en place avec les danseurs. Le sourire revint flotter sur ses lèvres, au fil de ces notes qui devaient lui rappeler son foyer. Un sourire que Thomas n'avait encore jamais réussi à faire naître.

Ils tournoyèrent dans la grande salle, sans plus se soucier de la fastidieuse symétrie des danses courtoises, suivant simplement le flot des autres corps autour d'eux.

Ils ne se souciaient que d'eux, comme s'ils étaient dans l'intimité d'une alcôve.

A cette pensée, il faillit perdre l'équilibre. Non, ce n'était pas son plan ! Il devait peut-être l'épouser, mais surtout pas consommer ce mariage !

Déjà, il était trop proche d'elle. Déjà, il rêvait d'elle d'une manière qu'il s'était interdite depuis longtemps. La serrer dans ses bras, voir sa chevelure se répandre dans son dos, ses lèvres s'ouvrir dans un sourire, ses yeux s'illuminer de plaisir… Non, il devait éviter de telles tentations !

Aux dernières notes de la danse, elle s'appuya contre lui, hors d'haleine et radieuse. Sa poitrine, douce et ronde, se pressait contre son torse à chaque respiration. Il fallait qu'il résiste ! Seigneur, comme il la désirait en cet instant… Il ne se contenterait plus de ses lèvres. Il voulait plus…

La voix d'un serviteur le tira brusquement de ses pensées.

— Messire ?

— Oui ? répondit-il, presque soulagé.

Bessie releva brusquement la tête, comme tirée d'un rêve, et replaça en hâte ses cheveux sur son épaule avant de se mettre à lisser furtivement sa jupe.

La Bessie qu'il connaissait et à qui il était capable de résister était de retour. Heureusement.

— Je dois vous conduire à votre chambre, à présent, reprit le serviteur.

Il avait déjà une chambre ! Tout cela n'avait aucun sens.

— Quelle chambre ? demanda-t-il, interloqué.

— Eh bien, la chambre que vous partagerez ce soir, tous les deux. Le roi a tout prévu.

Thomas chercha Jacques des yeux, par-dessus l'épaule de l'homme. Assis à table, le roi lui sourit.

Bessie s'était raidie à son côté. Toute trace de bonheur et d'insouciance avait disparu de son regard.

Sans avoir vraiment le temps de comprendre ce qui se passait, Bessie se trouva introduite dans une chambre inconnue. La pièce était assez petite, mais bien plus proche des quartiers royaux que celle qu'elle avait partagée avec les trois Mary. L'un des murs était recouvert d'une tapisserie aux feuillages luxuriants, et le grand lit était habillé d'un baldaquin brodé pour limiter les courants d'air.

Dans un recoin, elle aperçut son petit coffre, que l'on avait dû déplacer dans la soirée. Sur un guéridon, près du lit, on avait même disposé une carafe de vin et deux verres, comme pour une nuit de noces officielle.

Quelques instants plus tard, la porte se referma derrière eux. Ils étaient seuls.

Elle ne leva pas les yeux vers Thomas, laissant courir ses doigts sur les fleurs brodées du baldaquin, un entrelacs de pétales sur le tissu bleu.

— Qui a le temps de broder tout cela ?

— Le roi paie des gens pour cela, c'est leur travail.

Leurs paroles vides s'envolèrent. Parler, pour gagner du temps. Pour ne pas avoir à se tourner vers lui. Ne pas avoir à faire face à ce qui les attendait.

— Bessie…

Elle n'avait plus le choix. Il fallait le regarder.

Sois forte ! Tu peux bien le regarder sans te précipiter dans ses bras !

Lentement, elle se tourna vers lui. Si elle avait cru connaître un peu cet homme, son *fiancé*, la simple vue de sa silhouette devant elle, cernée par les ombres mouvantes du feu, suffit à la convaincre du contraire.

— Je vous ai promis que rien ne changerait, dit-il à mi-voix, et je tiendrai ma promesse.

— Alors nous n'allons pas devenir… plus intimes ? demanda-t-elle en jetant un regard furtif au lit.

— Non.

Un soupir lui échappa. Etait-ce de soulagement ou une pointe de déception ? Elle n'aurait su le dire.

Elle se mit à arpenter la chambre, lentement, mais il n'y avait nulle part où se cacher, nulle part où fuir son regard. Elle s'arrêta devant la cheminée et se plongea dans la contemplation des flammes qui dansaient dans l'âtre. Le soir de leur rencontre, elle l'avait insulté en suggérant qu'il puisse vouloir la coucher dans son lit.

Le corps ne ment pas. Il entend les doutes.

Entendait-il aussi les désirs ? Les yeux et le sourire de Thomas cachaient tant de choses… On ne pouvait cependant pas s'y tromper. Lorsqu'ils dansaient ensemble, leurs corps se répondaient parfaitement, sans qu'il soit besoin de parler.

Une vague de chaleur l'envahit peu à peu, une chaleur qui n'avait rien à voir avec le feu qui crépitait dans l'âtre.

C'était la flamme allumée par tous les rêves qu'elle avait pu faire sans qu'ils se réalisent. Chaque désir qu'elle avait étouffé, jour après jour, en servant docilement sa famille.

Bessie la Brusque, comme on l'appelait. Mais lui, cet homme tout près d'elle, avait tenté de lui apprendre les finesses de langage qui l'aideraient à la cour. Il avait fait tout cela sans deviner tous les mots qui se dissimulaient dans ses silences.

Des phrases et des phrases qui, toutes, commençaient par : « Je veux… »

Des questions qu'elle n'avait jamais eu le courage de se

poser. Elle n'avait toujours pensé qu'à ce que la famille voulait. Quel était son devoir ? Que devait-elle faire ?

Jamais : Que voulait-elle faire ?

Elle n'avait jamais formulé ces questions. Peut-être parce qu'elle avait eu peur des réponses…

Ce qu'elle voulait, à présent, c'était Thomas Carwell…

Il se tenait près de la porte, immobile, tandis qu'elle s'était collée au mur opposé, aussi loin de lui qu'elle l'avait pu. Ses frères lui avaient fait jurer de la ramener saine et sauve chez elle, intouchée. Mais elle avait été touchée. Par lui. Par ce lieu. Par le fait de devenir quelqu'un d'autre, ailleurs. De ne plus être Bessie, mais Elizabeth…

A travers la fenêtre, elle pouvait voir la neige au loin scintiller sous la pleine lune.

Sans oser quitter les silhouettes des collines des yeux, elle prit une profonde inspiration.

— Et si je vous disais…

Elle s'interrompit en entendant des pas dans son dos. Bientôt, la main de Thomas vint se poser, gentiment, fermement sur son bras.

— Quoi donc ?

Il la fit se tourner doucement vers lui, et elle plongea son regard dans le sien. Ses yeux si changeants étaient enfin limpides.

Et elle y vit du désir. Un désir aussi fort que le sien.

— … si je vous disais que je vous veux ?

Chapitre 13

Bessie vit le regard de Thomas s'assombrir. La désirait-il aussi ? Ou bien ne la croyait-il pas ?

— Etes-vous certaine de ce que vous dites ? demanda-t-il.

Tous ses doutes s'envolèrent. De toute manière, il était trop tard pour faire demi-tour.

Elle l'enlaça et leurs lèvres se rencontrèrent.

Elle ne savait pas grand-chose de l'art d'embrasser, et encore moins de ce qui allait suivre. Cependant, dès que son corps rencontra celui de Thomas, elle comprit que ce qui se passait entre eux allait bien plus loin que tout ce qu'elle avait pu imaginer.

Et que le baiser n'en était qu'un reflet.

Son corps se pressa contre lui sans qu'elle puisse se contrôler. Durant ces nombreuses pavanes et gaillardes, elle avait au moins appris une chose… Et, maintenant, elle savait ce qui allait se passer. Le corps de Thomas avait un langage aussi clair que ses regards brûlants de désir. Elle sentit ses hanches contre son ventre, pressantes, ses grandes mains d'homme qui caressaient doucement son visage, leurs lèvres qui se cherchaient.

Puis, soudain, tout s'arrêta.

Il s'arracha à son étreinte, crispé et à bout de souffle.

— Rien…

Il s'interrompit pour reprendre sa respiration. Elle effleura doucement sa joue enflammée, mais il éloigna sa main, comme sous le coup d'une brûlure. Puis, avec une politesse délibérée, il embrassa le bout de ses doigts et s'éloigna de quelques pas.

— Rien ne changera, reprit-il.

Elle baissa les yeux vers ses mains. Que venait-il de se passer ? Elle inspira profondément pour tenter de calmer les battements de son cœur. Il fallait qu'elle reprenne le contrôle de ses émotions, qu'elle redevienne la femme silencieuse qu'elle avait toujours été.

Qu'avait-elle donc fait ?

Elle connaissait bien la réponse à cette question ; elle savait même pourquoi elle l'avait fait. Son corps frémissait encore de ce désir, plus puissant que la soif ou la faim. Un désir si profondément ancré qu'il étouffait toute pensée, toute parole.

Un désir qu'elle avait cru partagé.

Quelle erreur ! Ne cesserait-elle donc jamais de se tromper au sujet de cet homme ? Plus que jamais, il était évident qu'elle ne savait rien de lui.

Il ne veut pas de moi. Pas plus que ce garçon, dans la grange...

Comme elle, Thomas agissait par devoir, pour respecter sa promesse. Peut-être même agissait-il par pitié, ce qui serait pire.

— Je suis désolée, murmura-t-elle.

Mais c'était un mensonge. Cet homme était peut-être un mystère pour elle, mais elle refusait de se réfugier une nouvelle fois dans le silence. Elle avait tant ravalé de paroles, depuis des années, qu'elle en étouffait !

Animée d'un feu nouveau, elle redressa la tête et le regarda droit dans les yeux.

— Non, ce n'est pas vrai. Je ne suis pas désolée.

Elle avait seulement peur. Peur de se voir rejetée une nouvelle fois. Mais si cela devait se passer ainsi, au moins aurait-elle avoué à Thomas qui elle était vraiment !

Pourquoi ressentait-elle soudain un tel besoin de parler ? De se dévoiler ? Peu importait. Tout ce qu'elle savait, c'était qu'elle ne pouvait plus se taire.

— J'ai passé ma vie entière dans le silence…, commença-t-elle avec hésitation. Dans l'ombre d'hommes qui tempêtaient, hurlaient ou, ce qui était pire, utilisaient leur silence comme une arme.

Il la trouvait brute ; il lui avait conseillé d'apprendre la patience et l'observation. N'avait-il donc pas compris qu'elle avait passé sa vie à cela ? Elle comprenait les sentiments de ses frères, de tout le monde au fort, avant même qu'ils ne les expriment, et elle s'était toujours effacée devant eux. Maintenant, c'était à elle de parler.

— Pour une fois, je voudrais juste…

Des larmes de rage refoulée lui montèrent aux yeux. C'était bien à cause de cela qu'elle était restée muette, qu'elle avait enfoui ses désirs si profondément en elle qu'elle les avait presque oubliés, c'était pour cela qu'elle n'avait jamais osé tendre la main pour atteindre ce qu'elle voulait…

Parce que tout demeurait toujours hors d'atteinte.

Ici, elle avait cru que les choses seraient différentes ; qu'*elle* serait différente.

Mais il était temps d'abandonner ses rêves et de redescendre sur terre. Elle n'était que Bessie Brunson, la femme qui s'efface et qui s'oublie.

Elle ravala finalement ses larmes et repoussa la douleur à sa place, au plus profond de son être. Elle ne se laisserait plus aller de la sorte.

— Pour une fois, reprit-elle d'une voix blanche, j'ai fait ce que je voulais. Cela n'arrivera plus.

D'un pas décidé, elle se dirigea vers la porte. Il fallait qu'elle sorte de cette chambre. Maintenant.

Avant de revenir sur ce qu'elle venait de dire.

Lorsqu'elle arriva à sa hauteur, Thomas la saisit par

le bras. Quel idiot il faisait ! Rien ne se passait selon ses plans et lui, l'homme qui savait naviguer en domptant les marées, s'enlisait dans les sables mouvants !

— Croyez-vous que je ne veux pas de vous ? demanda-t-il.

Elle le dévisagea un instant, le regard vide.

— Vous me l'avez bien fait comprendre.

— Je vous ai fait comprendre que je ne *devais* pas.

Il guetta une trace d'émotion dans ses yeux, en vain.

Qui était-elle, en cet instant ? La femme qui venait de l'embrasser et de lui avouer toute l'ampleur de ses frustrations ou la femme si posée qu'elle paraissait inaccessible ?

Il venait de la blesser, bêtement, en essayant de la protéger. Il se souvint soudain de son récit, de cet homme qui l'avait embrassée un jour avant d'en épouser une autre. Elle devait le croire aussi insensible, à présent…

Comment lui expliquer son attitude, sans lui révéler tous ses secrets ? Sans lui avouer des choses qu'il n'avait jamais dites à personne ?

Des choses qu'il ne voulait pas partager avec elle.

Il ne pouvait que se réfugier derrière la vérité la plus évidente.

— Je ne veux que vous protéger. Plus tard, lorsque nous quitterons la cour et que nous retournerons chez nous, si le mariage n'est pas… consommé, vous pourrez être de nouveau libre.

— Libre…, répéta-t-elle comme si elle n'avait pas compris le sens de ce mot. Et vous aussi, vous pourrez être libre, n'est-ce pas ?

Libre ? Non. Mais il pourrait être seul, et c'était ce qu'il voulait.

Cependant, la tentation était tellement forte… Il allait devoir l'enfouir plus profondément encore, si c'était possible. Au moins, ce serait plus facile pour lui ; il avait appris depuis longtemps à dissimuler ses émotions, face au gouverneur anglais, face au roi, et même face à elle…

— Prenez le lit, dit-il. Je dormirai par terre.

Mieux valait ne pas prendre le risque de dormir à ses côtés. Qui sait ce que son corps aurait pu être amené à faire, dans l'obscurité ?

Durant les jours qui suivirent, Bessie fut soulagée de voir que le roi ne soupçonnait rien. Pour lui, ils ne pouvaient sans doute pas avoir partagé la même chambre sans coucher dans le même lit. Il ne posa guère de questions, et Thomas ne sembla pas très enclin à y répondre.

Se sentant sans doute très magnanime, Jacques les autorisa à conserver leur chambre commune.

Pour Bessie, rien ne changea donc vraiment, mis à part les nuits.

Certains soirs, elle entendait des éclats de rire dans le couloir. D'autres fois, le roi disparaissait pour aller s'encanailler dans les tavernes de Stirling, affublé de déguisements qui ne devaient d'ailleurs pas tromper grand monde, en ville.

Et, tous les soirs, elle se rendait à sa chambre en compagnie de Thomas. Il la laissait sur le seuil, l'embrassait sur le front, puis allait se promener le temps qu'elle se déshabille et se mette au lit.

Pour éviter d'avoir à danser ensemble, ils invoquèrent une nouvelle fois la blessure au pied fictive de Bessie, ce qui lui convenait très bien, car elle ne pouvait plus le frôler sans que son désir pour lui s'éveille, plus brûlant que jamais.

Elle tâchait de se persuader que tout était pour le mieux ainsi. Après tout, il avait raison de vouloir leur ménager un moyen de rompre leurs fiançailles. De plus, elle n'avait pas encore de preuve qu'il n'avait pas trahi les Brunson. On ne l'y reprendrait plus à laisser parler son désir et non sa raison ! Sa faiblesse du premier soir lui avait servi de leçon.

Mais toutes ces bonnes résolutions n'y faisaient rien. Son corps enfiévré n'attendait qu'une étincelle pour oublier toute raison.

Malgré la foule qui se pressait à la cour, elle dormait toujours seule, comme avant, sans mari ni famille auprès d'elle. Les trois Mary étaient peu à peu devenues comme des sœurs pour elle et elle passait ses journées, parfois même ses soirées, en leur compagnie.

Un soir, alors qu'elles étaient assises au coin du feu, dans la chambre des trois femmes, pour écouter la Grande Mary jouer du luth, la Petite Mary demanda :

— Alors, qu'est-ce que cela fait, d'être mariée ?

Bessie leva les yeux vers elle. Son regard brillant trahissait sa curiosité.

Qu'est-ce que cela fait, de coucher avec lui ? demandait-elle en réalité.

Je le désire, mais il ne veut pas de moi, faillit répondre Bessie, avant de se reprendre.

— Eh bien, répondit-elle en essayant d'éluder la question sans mentir, je trouve qu'il n'y a pas grand-chose de changé, par rapport à avant…

Mary étouffa un gloussement.

— Alors, tu as vraiment couché avec lui avant vos noces !

Bessie sentit le feu lui monter aux joues. Bien sûr, les trois Mary allaient penser qu'ils avaient croqué la pomme avant la cérémonie, et non qu'ils étaient restés chastes !

Au moins ne la jugeaient-elles pas. Après tout, la Grande Mary avait partagé la couche du roi, et la Petite Mary semblait enchantée qu'Oliver Sinclair ne soit toujours pas marié.

Comme elle aurait aimé avoir la finesse de langage de Thomas, en cet instant !

— Je veux seulement dire qu'ici, à la cour, on ne peut rien posséder qui nous appartienne vraiment…

C'était d'ailleurs vrai. Tout le monde vivait sous le

toit du roi, ne s'occupait que des affaires du roi, et ne se divertissait que des plaisirs du roi. Les couples mariés ne pouvaient ni fonder un foyer, ni le protéger, à la cour.

Quant à fonder une vraie famille… Thomas avait été très clair sur ce sujet : c'était hors de question !

La Grande Mary leva alors les yeux de son luth.

— On m'a dit qu'il a déjà été marié.

— Oui. Sa femme est morte, répondit Bessie.

Elle se retint d'en dire plus devant la Grande Mary. Ce ne serait pas une bonne idée de lui apprendre que l'épouse de Thomas était enceinte. Elle allait faire face aux dangers de l'accouchement bien assez tôt.

En tout cas, c'était bien une chose que Bessie n'avait pas à craindre, tant qu'ils s'en tiendraient à leur accord.

L'accouchement.

Soudain, tout ce que Thomas avait fait pour elle devint clair. Son attention protectrice, son refus de consommer leur union… Il prétendait vouloir conserver une possibilité d'annulation, mais la reine douairière avait bien fait annuler son mariage après avoir donné naissance à un enfant ! Non, il avait une autre raison d'agir ainsi.

Il portait toujours le deuil de son épouse, et celle-ci était morte en donnant la vie.

La croyait-il trop faible pour ne pas survivre à son devoir naturel ? Des femmes mouraient en couches, c'était vrai, mais aucune Brunson n'avait jamais été du nombre !

Il fallait qu'il le sache.

Décidée à aller le trouver, elle se leva brusquement.

— Où vas-tu ? demanda la Petite Mary comme elle se dirigeait vers la porte.

Sur le point de lui répondre, Bessie se rendit soudain compte de l'absurdité de la situation. Que comptait-elle faire ? Aller dire à Thomas qu'elle était plus forte que sa défunte épouse ?

Elle ralentit le pas.

— Je… Je vais à la garde-robe. Je ne serai pas longue.

Une fois dans le couloir, elle referma la porte derrière elle. Il fallait à tout prix qu'elle se reprenne. Elle ne devait en aucun cas se planter devant lui pour lui annoncer qu'elle était prête à porter son enfant ! Il lui fallait trouver un autre moyen de s'assurer de ses sentiments pour elle. Un moyen moins direct, plus subtil.

Depuis son arrivée à la cour, elle avait appris la subtilité, c'était certain !

Durant les jours qui suivirent, elle tenta de se rapprocher de Thomas. Elle se tint plus près de lui, le soir, lorsque les danses commençaient ; elle levait les yeux, lorsqu'ils se croisaient dans une embrasure de porte, et ses lèvres frôlaient son visage.

Mais plus elle se rapprochait de lui, plus il devenait distant. Il venait de plus en plus tard dans leur chambre, le soir, à tel point qu'elle finit par craindre de ne plus le voir de la nuit.

Alors, un soir, elle décida de s'allonger nue sous ses couvertures pour l'attendre. Lorsque la porte s'ouvrit enfin, elle ferma les yeux et fit de son mieux pour respirer aussi calmement que si elle dormait. Elle l'écouta se déplacer dans la chambre. Il ne réveillait jamais les domestiques si tard, et se déshabillait seul, déposant son épée près de sa couche. Enfin, il s'allongea sur le sol dur, et s'enroula dans sa couverture.

Sa respiration ralentit imperceptiblement tandis que les bûches achevaient de se consumer dans l'âtre.

Lorsqu'elle fut certaine qu'il s'était endormi, Bessie se glissa hors du lit, sur la pointe des pieds, et s'approcha de lui. Il avait bougé dans son sommeil, et la couverture avait glissé de son corps, dévoilant son torse et sa hanche.

De peur de le réveiller, elle retint sa respiration. Dès qu'elle se serait penchée sur lui, elle ne pourrait plus faire demi-tour.

Devait-elle le découvrir ? L'embrasser ? Ou devait-elle se contenter de s'allonger contre lui pour éveiller son désir ? La Grande Mary lui avait un jour confié que les hommes ne se contrôlaient pas, une fois leur désir éveillé. En fait, elle avait dit que, dans ces moments-là, les femmes étaient aussi impuissantes à les contrôler qu'ils l'étaient eux-mêmes…

Et Bessie comptait bien là-dessus. Elle espérait qu'il la prendrait avant même d'avoir vraiment émergé de son sommeil. Avant qu'il ne puisse la reconnaître et la rejeter.

Elle hésita un instant. Peut-être que, dans son rêve, il croirait tenir son autre femme entre ses bras, celle qu'il aimait encore… Et, dans ce cas, peut-être lui offrirait-il les instants de tendresse dont elle rêvait.

Que veux-tu réellement ?

Je veux qu'il m'aime moi, et pas elle !

Elle s'allongea alors doucement sous la couverture, se coula contre lui, et l'embrassa.

Thomas faisait un très beau rêve. C'était bien vrai, le corps ne ment pas. Bessie était sa femme, elle était auprès de lui, et il la désirait de tout son être. Il ferma les yeux plus fort ; il ne fallait pas qu'il se réveille, car alors cette douce sensation se dissiperait. Pendant quelques minutes encore, il voulait conserver cette illusion de bonheur, d'un monde où il pourrait l'aimer sans risquer de souffrir.

Sans risquer de la blesser.

Mais… Non, ce n'était pas un rêve ! C'était bien son corps qu'il sentait contre le sien !

Sa poitrine nue qui se pressait contre son torse. Ses baisers, encore inexpérimentés… Ses lèvres qui jouaient sur sa bouche. Il eut soudain conscience de la raideur tant redoutée entre ses jambes. Oh oui ! il était prêt à la prendre. Plus que prêt !

Il ouvrit brusquement les yeux. Si seulement il avait continué à faire semblant de dormir !

Elle était là, près de lui, comme dans son rêve. Sa chevelure de flamme coulait en cascade sur son épaule à la peau laiteuse. Ses courbes généreuses se répondaient en un accord parfait : ses lèvres, sa poitrine, ses hanches…

Chaque forme de son corps se coulait au sien, comme s'ils avaient été moulés pour se correspondre.

Elle avait les yeux fermés, et n'avait pas remarqué qu'il s'était réveillé. Brusquement, il attrapa ses poignets et la repoussa loin de lui. Elle roula sur le dos, à côté de lui.

Leurs yeux se rencontrèrent enfin. Etait-ce de la déception qu'il lisait dans son regard, à la lueur du feu mourant ? Oui, et de la douleur aussi.

— Pensiez-vous me piéger, en profitant de mon sommeil, pour que je devienne votre époux de droit ?

— Vous piéger ? Comment pourrais-je vous piéger ? Vous le voulez autant que moi !

Et voilà que sa franchise, si brusque, touchait une fois encore dans le mille !

— Vous savez très bien pourquoi nous ne pouvons pas faire cela !

— Oui. Et vos raisons ne m'arrêteront pas !

Il se leva, et attrapa la couverture du lit pour recouvrir Bessie prudemment, en prenant bien garde à ne pas la toucher.

— Est-ce que vous savez, commença-t-elle d'une voix ferme et calme, que vous êtes la première personne qui se rend compte que je crains le froid ?

Il la dévisagea un instant en silence. Elle avait raison. Mais quand donc avait-il commencé à noter ce genre de détails la concernant ? Depuis le premier jour, sans aucun doute.

— Les femmes que j'ai connues avant vous étaient plutôt… délicates.

Elle eut un petit rire sec.

— Eh bien, pas moi.

Il s'écarta d'elle. Il valait mieux qu'il s'éloigne, s'il ne voulait pas céder à la tentation.

— Etes-vous certaine de ce que vous avancez ?

— Le chardon n'est pas une fleur fragile.

Un sourire involontaire monta aux lèvres de Thomas. Oui, il l'avait comparée à un chardon, une fois. Il y avait longtemps.

— Mais même un chardon mourra, si on le cueille.

Elle se leva vivement et s'avança vers lui. Il se trouva coincé entre le lit et elle.

— C'est ce que vous croyez ? demanda-t-elle. Que vous m'avez arrachée à ma famille et replantée ici, au milieu du château de Stirling, loin de chez moi ? Vous croyez que je m'affaiblis ? Que je vais mourir ?

— Certains en mourraient.

Elle se rapprochait bien trop facilement de la vérité. Il ne fallait en aucun cas qu'il lui révèle tout ce qu'il savait. Personne ne devait découvrir ses secrets !

— J'essaie seulement de vous protéger, reprit-il.

— Me protéger ? Non, je pense que vous ne faites que vous protéger vous-même !

— Ne dites pas de sottises.

— Préférez-vous retourner dans votre château vide pour porter le deuil de votre femme morte ? répliqua-t-elle sèchement.

A ces mots, il leva les yeux vers elle. Elle avait découvert sa terreur cachée… Consterné, il se rendit soudain compte que cela faisait un bon moment qu'il n'avait pas pensé à sa pauvre épouse…

Bessie vit un éclat de doute dans les yeux de Thomas. *J'avais raison*, se dit-elle, *sa femme est bien morte en donnant la vie, et il cherche à m'éviter de connaître le même sort...*

Elle voulut lui caresser la joue, doucement, mais il frémit et se détourna.

Qu'elle avait été stupide de se coucher à côté de lui ! Stupide d'avoir espéré qu'il en sortirait quelque chose de bon ! Elle n'était parvenue qu'à raviver sa douleur, à tel point qu'il ne prendrait jamais le risque de laisser parler ses sentiments pour elle.

Il avait peut-être peur qu'elle ait froid, mais il lui refuserait à jamais la seule chose qui pourrait la réchauffer.

Elle se racla la gorge pour se donner les temps de bien choisir ses mots.

— Puisque nous n'allons pas consommer notre union, commença-t-elle, je pense que je ferais mieux de retourner dormir dans le bâtiment des femmes.

— Ne retournez pas dans la chambre des Mary ; cela nous couvrirait tous deux de honte. De plus, le roi serait tenté de vous donner à Sinclair, et je ne pourrais plus l'en empêcher.

Bessie secoua la tête. Elle devait à tout prix ravaler ses larmes et sa peur.

— Les femmes sont fortes, chez les Brunson, mais je ne le suis pas suffisamment pour dormir à vos côtés sans avoir envie de vous appartenir.

Thomas laissa échapper un long soupir puis attrapa ses vêtements et se rhabilla en hâte.

— Dans ce cas, je vous laisse dormir ici. Seule.

Sans lui laisser le temps de répondre, il sortit, et referma la lourde porte sur lui.

Chapitre 14

Le lendemain matin, Bessie s'éveilla le cœur lourd.

Les femmes sont fortes, chez les Brunson. Quelle stupidité ! Elle avait été faible. Elle avait tenté de chercher son propre plaisir au lieu de remplir son devoir !

Elle s'était laissé séduire par Carwell, par la musique, la danse et les bijoux empruntés. Comme si elle pouvait jouer aussi facilement que Thomas avec son devoir et ses désirs !

Elle avait lamentablement échoué…

A présent, elle se trouvait promise à un homme qui ne voulait pas d'elle, un homme qu'elle ne pouvait pas quitter et avec qui elle serait incapable de vivre. Elle s'était fiée à lui, à tort, et ne s'était souvenue que trop tard qu'elle ne pouvait pas lui faire confiance. Il venait de trahir tous ses espoirs aussi sûrement qu'il avait trahi sa famille !

Et maintenant, à moins que le roi ne pardonne aux Brunson et ne la laisse rentrer chez elle pour la libérer de Carwell, elle lui appartiendrait à jamais…

Ce matin-là, Thomas fut soulagé de voir les négociateurs revenir au château. Dès que le traité serait signé, il pourrait enfin quitter la cour. Mais il allait tout de même devoir prendre son mal en patience quelques jours encore.

On approchait de Noël, et le roi le voudrait probablement à ses côtés pour les fêtes.

Quelques heures après le retour des négociateurs, Jacques invita Thomas et quelques-uns de ses conseillers les plus proches dans ses appartements pour y donner lecture des termes du traité. Tout en écoutant vaguement l'introduction du texte, Thomas laissa son esprit vagabonder sur un océan de cheveux roux, doux et flamboyants.

Soudain, il fut tiré de ses pensées par la voix du roi.

— Voulez-vous me répéter cette partie ? Au sujet du saumon ?

— Il s'agit de la violation des accords commerciaux, Sire. Sans doute vous souvenez-vous : ce sont les marchands d'Edimbourg qui ont violé nos accords.

— Ah oui, fit le roi d'un ton désinvolte.

Thomas tenta de se concentrer sur le traité. Ce n'était pas le moment de penser à Bessie ! Ce que l'on lisait là était l'achèvement d'années de travail. Enfin, Angus allait devoir payer pour ses crimes !

Cependant, au fil de la lecture, ce qu'il entendait lui devenait de moins en moins familier. Ce n'était pas le texte sur lequel il avait travaillé avec le roi.

Lorsque l'on énonça les termes de l'article suivant, ses doutes se muèrent peu à peu en horreur. Angus allait devoir abandonner ses droits sur ses terres et ses châteaux, en échange de quoi il serait autorisé à vivre en exil en Angleterre.

Sans même réfléchir, il se leva d'un bond.

— Non ! s'écria-t-il. Je ne peux pas accepter cela !

— Vous ? répondit le roi en le dévisageant froidement. Vous n'avez pas à accepter quoi que ce soit.

Thomas se tourna vers Jacques. Il n'avait plus rien d'un enfant, en cet instant.

— Mais, Sire, ce n'est pas ce qui avait été convenu…

Il ne pouvait en dire plus. Les ambassadeurs qui les

entouraient ne devaient rien apprendre de ses négociations secrètes.

— C'est ce que *j'ai* accepté, répliqua sèchement le roi. Et vous devrez vous en contenter.

— Mais nous devions régler ce problème autrement !

Jusqu'où pouvait-il aller ? se demanda Thomas. Quelle importance, après tout ? Il était déjà trop tard pour se rétracter.

Le roi demeurait ferme, mais son regard trahit, l'espace d'un instant, la rage d'une vengeance inassouvie.

— C'est ainsi que cela doit se passer, répondit-il. Mon oncle, le roi, a montré un attachement irrationnel envers Angus. Il m'a harcelé jusqu'à ce que je...

Il s'interrompit soudain dans un frisson.

Jusqu'à ce qu'il cède.

Ce nouveau souverain, si jeune, avait failli à sa vengeance et, maintenant, il abandonnait la lutte face à l'ennemi... Dire qu'il avait exigé de ses vassaux qu'ils prêtent serment ! Ce n'étaient que des paroles inutiles. Quant à Angus, l'homme que Thomas avait juré de détruire — il se l'était juré à lui-même autant qu'à son roi — il allait être libre de passer la frontière sain et sauf. Bientôt, il profiterait de sa liberté à la cour anglaise, sans aucun doute.

Il se laissa retomber sur son siège. Tout ce qu'il avait fait depuis des mois n'avait servi à rien ! Il avait trahi les Brunson mais, jusque-là, il pensait pouvoir le justifier. Willie le Balafré s'était peut-être échappé une fois, mais Angus, au moins, aurait dû être traîné en justice ! Angus aurait dû être puni pour ses crimes.

A présent, il ne pouvait plus répondre de ses actes.

La lecture reprit, brisant le silence gênant qui s'était installé dans la pièce. Plus le contenu du traité était dévoilé, plus la révolte de Thomas grandissait.

A bout de patience, il finit par se lever une nouvelle fois.

— Ces conditions sont inacceptables, dit-il d'une voix

plus calme. Ce traité autorise le gouverneur anglais à envahir nos terres pour maintenir la paix !

— Seulement dans le cas où vous failliriez à votre mission ! aboya le roi.

— Mais..., commença Thomas.

La fureur l'empêchait de parler. Le gouverneur anglais était donc libre, dorénavant, de déferler sur Liddesdale pour appliquer sa propre justice aux Brunson !

— On ne peut pas accepter, articula-t-il enfin péniblement. Renvoyez un négo...

— J'ai déjà signé.

Sans voix, Thomas dévisagea le roi. Il avait l'impression que tout son sang quittait son corps, ne laissant de lui qu'une enveloppe de chair froide. La bouche sèche, il répéta :

— Signé ?

Jacques lui répondit par un sourire.

— Cinq années de paix. C'est écrit et approuvé.

— Mais vous leur donnez la permission de passer la frontière et de nous envahir ! Et...

Le roi lui coupa la parole d'une voix ferme, comme s'il avait déjà envisagé toutes les objections possibles.

— Ils en ont déjà le droit, s'ils pourchassent les membres d'un raid.

— Dans ce cas, nous devons avoir le même droit. Nous devons pouvoir les envahir en cas de besoin.

— Non, coupa le roi. Ecoutez l'article suivant. Lisez, ajouta-t-il à l'attention du négociateur.

L'homme reprit sa lecture d'une voix claire.

— « Tous les gouverneurs devront se rencontrer au mois de février 1529, pour décider du jour où annoncer la trêve... »

— C'est cela, interrompit le roi en se tournant de nouveau vers Thomas. Vous déciderez de l'annonce officielle de la trêve avec le gouverneur anglais. Ainsi, tant que vous maintiendrez la paix, ils n'auront aucune raison de nous envahir.

— Et plus aucune raison de nous agresser, maintenant qu'ils sont libres de passer la frontière ! Puisqu'ils ont le droit de nous envahir, que leur importe la trêve ?

Les autres conseillers s'interrogèrent du regard, l'air dubitatif.

Finalement, Thomas prit son épée et quitta la pièce sans attendre la permission du roi. C'en était trop ! Tout en arpentant les couloirs, il se rendit compte qu'il avait trop négocié dans l'ombre.

Les intérêts du roi et ceux des frontaliers avaient fini par diverger, exactement comme les Brunson l'avaient prédit.

Et aucune de ses machinations secrètes n'avait pu empêcher le pire de se produire.

Il sortit sur le chemin de ronde, marchant sous la neige en attendant que sa rage s'apaise. Soudain, il songea avec appréhension que Bessie allait devoir être mise au courant de tout ce qui venait de se passer.

Il avait déjà pensé tout lui avouer, quelques semaines plus tôt. Quelle folie ! Comment lui dire qu'il avait conspiré avec le gouverneur anglais ? Et pour quelle raison ? Il avait pensé pouvoir se justifier en mettant son triomphe en avant. Son ennemi, Angus, aurait été capturé et, lui, Thomas Carwell, aurait obtenu vengeance.

Les Brunson auraient compris sa quête de vengeance mieux que quiconque.

Mais maintenant qu'Angus était libre de se réfugier à la cour du roi Henri, il n'y aurait plus de justice. Il ne pourrait plus jamais justifier un accord passé en secret et pour lequel il avait commis tant d'actes inavouables…

A présent, il ne pouvait plus que faire face à son échec. Il ne lui restait plus qu'à obéir au roi et à se prêter à la farce des négociations, à rejoindre l'autre gouverneur pour décider d'une trêve inutile.

Après l'avoir cherchée dans presque tout le château, il trouva enfin Bessie dans les cuisines sombres et surchauffées, sous la grande salle. Elle y paraissait tout à fait à son aise, comme si elle était de retour chez elle.

Les serviteurs, en revanche, semblaient ne pas savoir quoi faire de sa présence.

Dès qu'elle le vit, elle dénoua son tablier et le suivit sans poser de questions.

C'était vraiment une femme forte… et qui connaissait la valeur du silence.

Ils arrivèrent rapidement à leur chambre. Thomas ne se sentait pas à l'aise face au lit défait, mais il n'y avait aucun autre endroit au château où ils puissent parler sans craindre d'être entendus.

L'heure n'étant pas aux tergiversations, il entra directement dans le vif du sujet.

— Le traité a été signé.

— Et vous n'en paraissez pas soulagé, remarqua-t-elle.

— Les conditions ne sont pas celles que j'espérais. Je gage qu'elles ne satisferont pas vos frères non plus.

A voix basse, il lui expliqua rapidement la situation.

— Et alors ? demanda-t-elle dès qu'il eut terminé. Qu'avons-nous à craindre ?

— Si les Anglais n'estiment pas satisfaisantes les punitions infligées aux Ecossais dissidents, ils auront le droit de nous envahir et de rendre leur propre justice.

Elle lui lança un regard abasourdi.

— Ainsi, l'autorité du gouverneur…

— Devient inutile, oui.

Etrange… Cet aspect des choses l'avait à peine marqué.

Pourtant, quelques mois plus tôt, il aurait tout donné pour qu'on lui rende son titre.

— Je suis désolée, dit-elle en posant doucement la main sur son épaule.

Cette fois, il ne se déroba pas à son contact et la laissa le réconforter. Il en avait besoin. Après toutes ces années de regrets, il avait cru que la signature des deux rois lui rendrait enfin sa sérénité.

Or, ce n'était pas le cas. Ce ne serait jamais le cas. En cet instant, il le comprenait. Même si Angus avait été pris et décapité, et qu'il eût lui-même joui de la position de gouverneur jusqu'à sa mort, il aurait toujours eu à supporter le vide de son château et le chant monotone des vagues.

Et la femme qu'il avait pensé protéger était en train de chercher à le réconforter avec douceur.

Seigneur ! Il avait tellement besoin de cette douceur !

Elle l'embrassa. Timidement d'abord, puis de plus en plus passionnément.

Les mains de Thomas, restées vides pendant tant d'années, cherchèrent les courbes de sa poitrine. Ses mains voulaient lui apprendre le bonheur. Son cœur s'emballa, son sang se réchauffa, battant à ses tempes. Tout son corps se réveillait pour créer la vie, enfin…

Il était temps de laisser le passé et la perte derrière lui et de construire quelque chose de nouveau. Même s'il ignorait de quoi serait fait l'avenir… Tout ce qu'il savait, c'était que cette femme en faisait partie.

Le corps ne ment pas.

Oui, il avait dit cela, sans complètement en saisir le sens. Il avait essayé de mentir à Bessie, de se mentir. Il avait essayé de se protéger comme les douves protègent un fort, persuadé que, s'il ne laissait personne s'approcher, il ne souffrirait plus.

Or, la muraille dont il s'était entouré s'écroulait.

Il devait tout de même se contrôler pour ne pas la prendre brutalement.

Depuis combien de temps n'avait-il pas pris de femme ? Celle-ci n'avait rien à voir avec son épouse défunte, pâle et fragile comme un fantôme. Elle était forte, elle le lui avait assuré. Suffisamment forte pour l'accueillir, lui, comme la terre accueille la pluie d'orage.

Il s'immobilisa un instant et la regarda droit dans les yeux. Il ne pourrait plus se retenir longtemps…

Elle sembla comprendre le sens de sa question silencieuse et guida ses mains jusqu'à l'arrondi de ses hanches.

— Aucune femme Brunson n'est morte de cette façon, murmura-t-elle.

Pensait-elle donc que son épouse était morte en donnant la vie ? Pensait-elle le rassurer en lui promettant que ce ne serait pas son cas ?

Il l'embrassa de nouveau, fiévreusement. Il valait mieux ne pas la détromper…

Oui, c'était la meilleure chose à faire.

Au début, Bessie se sentit aussi pataude au jeu de l'amour qu'elle l'avait été en dansant la gaillarde. Quels gestes faire ? Comment les corps s'accordent-ils dans l'étreinte ?

Elle n'avait encore jamais fait cela avec personne mais, bientôt, son corps commença à se mouvoir contre celui de Thomas, comme s'ils dansaient et qu'elle connaissait déjà tous les pas. Même sans musique, son corps trouva son propre rythme et le rythme de son amant. Dans cette danse qui n'appartenait qu'à eux, il n'y aurait personne pour critiquer ses erreurs.

Peu à peu, elle se détendit et cessa de réfléchir à ce qu'elle faisait.

Elle comprit soudain pourquoi des enfants naîtraient toujours dans le monde. Pourquoi les familles duraient à travers les âges. Cela n'avait rien à voir avec deux adolescents qui fricotaient dans une grange… C'était toute la force de la nature qui l'envahissait.

Aussi éternel que les étoiles, puissant comme le vent… Voilà ce que l'on disait des Brunson.

Mais qu'en était-il de cela ? Ce qu'elle découvrait était bien plus profond que toutes les vertus chantées par le clan !

Thomas était tendre et puissant à la fois. Au début, il ne la toucha qu'avec prudence. Il caressa la ligne de sa mâchoire, son bras, lui relevant le menton du bout des doigts, comme s'il craignait qu'elle se brise.

Alors, consciente des blessures qu'il avait subies, elle s'efforça de se montrer douce, d'amadouer son esprit en même temps que son corps, bien qu'elle ne sût rien de lui…

Puis la prudence fut oubliée, la tendresse s'effaça devant la puissance de leur désir. Cela n'avait rien à voir avec des pas de danse, bien mesurés pour suivre le rythme de la musique, ni avec un baiser à l'issue d'un tournoi, donné pour offrir au public le spectacle qu'il attendait. Ce qu'elle découvrait, c'était la sauvagerie de la réalité, dansant sur un rythme trop personnel pour le partager avec d'autres.

Soudain, il entra en elle, libre de découvrir tous les secrets qu'elle avait cherché à lui cacher.

Elle se raidit, résista un instant, perdit le rythme de cette nouvelle danse. Toute sa force s'évanouit dans un brusque accès de faiblesse. A présent, il devait la connaître plus intimement que quiconque.

Plus intimement qu'elle-même.

Elle se sentit jeter les armes devant le désir de l'homme, et le sien… Puissant, fort, pressant, assoiffé. Aussi infatigable que le vent sur la lande. Ou les vagues sur la plage.

Soudain, il frissonna et s'immobilisa, comme s'il avait atteint le sommet de la colline et ne pouvait plus grimper au-delà.

Enveloppée dans ses bras redevenus tendres, elle laissa

l'exaltation refluer. Y avait-il autre chose, quelque chose de plus à ressentir, dans l'amour ? Elle aurait bien le temps de le découvrir. Pour ce soir, cela suffisait à son bonheur.

Elle le serra contre elle jusqu'à ce qu'ils s'endorment tandis qu'une petite partie de son esprit murmurait :

Tu es fiancée…

Bien que cette union ait été décidée pour de mauvaises raisons, elle l'avait rendue réelle. Plus réelle que tout ce qu'elle avait pu connaître dans sa vie.

Lorsque Thomas se réveilla, il sentit la chaleur du corps de Bessie contre lui. Qu'avait-il fait ?

Il avait promis de la protéger et, au lieu de cela, il s'était fiancé à elle en lui disant que cela la sauverait, ainsi que sa famille, de la vengeance du roi. Il avait essayé de se persuader que leur engagement pourrait être rompu et que ce mariage ne serait jamais consommé.

Cependant, bien qu'il se fût promis de ne jamais être responsable d'une femme de nouveau, chaque mesure de cette danse dangereuse n'avait fait que les rapprocher l'un de l'autre.

Et il l'avait prise. Il ne pourrait plus jamais se rétracter.

Il se redressa dans le lit. Quelle heure était-il ? Au bout de quelques instants, il osa enfin la regarder, endormie à côté de lui. Aussi passionnée qu'ait pu être leur étreinte, il ne s'était pas vraiment soucié de son plaisir à elle. Malgré cela, elle souriait dans son sommeil.

Dès son réveil, elle redeviendrait la Bessie silencieuse et taciturne.

Sa femme n'avait jamais souri au réveil…

Il avait pourtant aimé Annabell. En tout cas, il l'avait toujours pensé.

C'était une petite femme, délicate. Elle avait une longue chevelure dorée et son rire résonnait comme un tintement de clochettes. Elle avait été la femme la plus belle qu'il ait connue, à vingt-deux ans.

Il s'était toujours dit qu'elle n'avait pas supporté leur mariage à cause de sa délicatesse. Elle était la plus jeune fille d'un seigneur du Lothian et, même si le château des Carwell était le plus puissant des Dumfries, le vin français et les ménestrels y étaient rares.

Tout ce luxe qu'elle avait connu lui manquait.

Elle jouait du luth et dansait la gaillarde à la perfection, mais elle ne s'intéressait pas à la protection militaire du domaine et ne supportait pas la vue des armes.

Elle n'avait jamais émis le souhait d'en apprendre davantage à ce sujet non plus.

Après quelques mois de mariage, elle passait le plus clair de son temps à observer la mer, une moue plissant en permanence ses lèvres.

Il s'était efforcé de la rendre heureuse, mais le roi n'était encore qu'un enfant et des factions ennemies luttaient pour le pouvoir. Les différents clans des Marches étaient en guerre perpétuelle. Son père était gouverneur et ne passait que peu de temps chez lui. Quant à sa mère, elle était morte depuis des années. Bref, au-delà de la compagnie de son époux, le château offrait bien peu de divertissements à Annabell.

Au moins y était-elle en sécurité.

Du moins l'avait-il cru…

Lorsqu'elle ne scrutait pas l'horizon du haut des tours, elle se promenait sur la plage. Il lui recommandait chaque fois de se méfier des sables trompeurs à marée montante mais, au bout de quelque temps, elle parut ne plus l'entendre.

Elle ne semblait plus prêter attention à grand-chose.

De plus en plus souvent, elle rentrait au château en courant, ses jupes poisseuses d'eau et de boue, fuyant la marée. En la voyant, il frissonnait à l'idée qu'elle s'était encore mise en danger.

A maintes reprises, il s'était demandé s'il ne devrait pas l'enfermer pour la protéger.

Au bout d'un moment, bien qu'elle n'ait jamais paru apprécier sa compagnie, elle lui annonça qu'elle était enceinte.

Il en fut transporté de joie. Cet enfant allait être le premier d'une grande fratrie, et Annabell trouverait enfin un peu de bonheur dans sa maternité. Il aurait un héritier et, plus tard peut-être, une descendance aussi étendue et soudée que les Brunson.

Ses enfants se seraient occupés les uns des autres avec autant d'attention que les frères de la femme qui dormait à présent près de lui…

Il repoussa ses souvenirs et s'aperçut que Bessie s'était réveillée et le regardait en souriant. Elle semblait heureuse.

Elle n'avait pourtant aucune raison de l'être !

Malgré tout, elle souriait. Il avait dû lui apporter un peu de plaisir, finalement…

— J'aurais aimé apprendre la danse aussi facilement que cela, dit-elle d'une voix douce.

Il ne put s'empêcher de sourire à son tour. Un sourire franc, qui n'avait plus rien à dissimuler.

— Cela viendra, assura-t-il, si vous vous laissez aller. Vous semblez satisfaite.

Elle se pelotonna contre lui.

— Je le suis. Depuis des semaines, les gens m'observent. Ils doivent s'attendre à ce qu'une jeune fiancée soit rayonnante. A présent, je sais que je le serai.

— Vos sentiments n'appartiennent qu'à vous. Vous pouvez sourire ou vous montrer froide avec qui vous voulez, vous avez le choix.

Pour sa part, il s'était habitué à ne rien laisser paraître de ses émotions. Mais elle, elle choisissait d'en mettre certaines en avant pour mieux camoufler les autres. C'était une autre stratégie…

— Vous savez, répondit-elle, jusqu'à ce que j'arrive à la cour, personne ne se souciait vraiment de mes sentiments.

Ses frères ne s'intéressaient donc pas à elle ?

— Moi, je m'en soucie.

Qu'avait-il donc ? Ressentait-il de la jalousie ? Oui ; il voulait que personne ne la connaisse mieux que lui, à présent.

Elle s'assit, en remontant ses genoux contre sa poitrine, et s'enveloppa dans la couverture.

— Vous vous souciez peut-être de mes sentiments, mais vous ne voulez pas vous encombrer d'une épouse comme moi.

En fait, il n'aurait voulu s'encombrer d'aucune épouse !

Il se leva vivement, comme si la distance entre eux comptait encore, maintenant qu'il était trop tard. Maintenant qu'on ne pourrait plus jamais les séparer. Y avait-il encore un moyen de retrouver sa liberté ? Si seulement il avait le temps d'y réfléchir !

Il se tenait encore bien trop près d'elle : elle n'aurait qu'à tendre le bras pour l'attraper et le ramener dans le lit.

— Est-ce que j'étais moins bien… qu'elle ? demanda-t-elle tout à coup d'une voix inquiète.

— Qui ?

— Votre autre femme.

Stupéfait, il ne répondit pas immédiatement. Il ne s'était pas attendu à une telle question, et ne s'était pas préparé à mentir.

— Non.

Elle sourit de nouveau, l'air soulagé.

— Vous ne m'en avez pas beaucoup dit à son sujet. Je ne sais même pas qui elle était.

— Ce n'est pas le moment d'en parler.

A la pensée qu'elle était nue, dans le lit encore tout

chaud, une bouffée de désir flamba en lui. Non, il ne fallait pas invoquer le souvenir d'Annabell dans cette pièce…

— Après tout, reprit Bessie, nous sommes réellement mariés à présent. Ne pouvez-vous me dire la vérité ?

— La vérité ? Y tenez-vous tant que cela ?

— Préférez-vous mentir ?

— Il n'est pas nécessaire de mentir.

Non, pas toujours. On pouvait se contenter de détourner un peu la vérité, de ne pas tout dire.

— Laissez-moi plutôt vous dire ce que je ressens, reprit-il en se glissant de nouveau sous les couvertures. Je vous désire, autant qu'hier soir.

Elle sourit et lui ouvrit les bras.

Il ne pouvait pas tout lui dire maintenant. Elle le haïrait, si elle apprenait toute la vérité. Un jour, elle découvrirait son secret. Elle saurait tout au sujet du traité, de ce qu'il avait fait pour assurer cette trêve fatale. Elle découvrirait même ses échecs passés.

Mais pas maintenant. Pas encore.

Chapitre 15

A partir de ce jour, Bessie se réveilla tous les matins le sourire aux lèvres.

Elle apprenait à connaître son corps et celui de Thomas, petit à petit, attendant d'atteindre le sommet de la colline, le point de non-retour.

Il y aurait forcément une fin à ce bonheur, un jour. Ils avaient beau être mariés aux yeux de tous, Thomas ne voulait pas d'une épouse. Il ne voulait pas s'engager pour toujours. Il était d'ailleurs certainement en train chercher un moyen de briser leur engagement une fois que le danger serait écarté.

Mais, pour le moment, elle se trouvait à la cour du roi, elle savourait les festins et se laissait servir par l'armée de domestiques qui s'activait pour fêter Noël. Elle était mariée, ou presque, à un homme qu'elle aimait follement, contre toute raison.

Pendant quelques jours, elle fut surprise de se rendre compte que sa maison ne lui manquait plus.

Depuis que le traité avait été signé, le roi avait mis de côté ses soucis de chef de guerre. C'était une période de festivités, et il se montrait un hôte très joyeux.

Les célébrations commencèrent quelques jours après la première nuit que Bessie et Thomas eussent réellement partagée. Le soir, elle se tint à son côté, paisible, jusqu'à ce que le bal commence. Il se leva alors et, après une révérence très formelle, lui tendit sa main.

— Me ferez-vous l'honneur ?

Elle était enveloppée de musique, de couleurs et de rires. Dans toute la salle flottait le délicieux parfum d'un repas préparé par d'autres, ce dont elle n'avait pas l'habitude. Et, main tendue, il lui proposait de participer à la fête. Elle avait une chance de devenir une de ces femmes qui riaient et dansaient gracieusement, sans se soucier de rien d'autre. Une femme très différente de Bessie Brunson, mais qui pourrait être Elizabeth, épouse du laird Thomas Carwell...

Oui, Elizabeth pourrait danser toute la nuit sans craindre de trébucher ou d'écraser un orteil. Elizabeth pourrait attirer les regards envieux des hommes et des femmes qui observaient depuis les tables.

Elle posa sa main dans celle de Thomas et l'accompagna au centre de la salle comme si elle était cette femme nouvelle.

Il la guida dans le cercle des danseurs avec un franc sourire. Sa main était chaude et assurée. La pièce entière se mit à tournoyer autour d'elle, mais, soutenue par la main de son cavalier, elle garda le pied sûr. Elle chassa toute logique, toute pensée de son esprit, cessa de compter les pas, d'anticiper la mesure. Elle laissa la musique l'envahir, ses pieds diriger son corps.

Ils bougeaient d'eux-mêmes, suivant leur chemin, en parfaite réponse à ceux de Thomas, comme si leurs corps qui se mouvaient ensemble étaient connectés par la musique.

Par instants, une pointe d'inquiétude l'envahissait mais, rapidement noyée par le vin qu'elle avait bu, elle s'évanouissait et Bessie se laissait emporter, sereine, par la vague changeante des morceaux qui s'enchaînaient.

Etrangement, elle arrivait à les suivre tous, instinctivement.

Tout à coup, les danseurs s'éparpillèrent ; il était temps de changer de partenaire. Peut-être n'était-ce qu'une impression, mais il lui sembla que les doigts de Thomas s'attardèrent un instant sur les siens… Ce n'était pas le moment de trop réfléchir. Ils se séparèrent et elle se trouva au bras du roi.

Elle en eut le souffle coupé. Pendant une seconde, elle n'entendit plus le flot de musique autour d'elle, mais elle reprit rapidement ses esprits. C'était un rêve. Ce devait être un rêve. Elle était toujours Elizabeth, flottant au milieu de la pièce. Dans ses rêves de jeune fille, elle avait souvent espéré pouvoir danser devant le roi, un jour. A présent, elle dansait avec lui !

Il affichait un grand sourire joyeux depuis le début de la soirée. Cependant, pendant les quelques minutes que dura leur danse, elle crut apercevoir des regards assassins de la part de la Grande Mary et de Thomas.

Cela n'avait pas d'importance. Elle était Elizabeth, ce soir, et elle dansait avec le roi !

En essayant de garder un œil sur Bessie et le roi au milieu des danseurs, Thomas faillit trébucher plusieurs fois. Cela ne lui ressemblait pas ! Après tout, c'était sans doute mieux ainsi ; cela pourrait augmenter leurs chances de voir Jacques pardonner aux Brunson leurs forfaits.

Mais si le roi appréciait un peu trop la compagnie de Bessie ? Si le prix de son pardon s'avérait trop élevé ?

Il n'était plus hanté par la promesse que lui avaient arrachée Rob et John. Non, son inquiétude était autre, maintenant… Elle venait de ses sentiments pour cette femme, si butée, si naïve, si belle et à qui il s'était lié.

Il ne voulait plus que la raccompagner dans leur lit, en sécurité.

Dès la fin de la danse, il alla la rejoindre.

— Vous avez dansé avec le roi, dit-il, plus abruptement qu'il ne l'aurait voulu.

Le sourire de Bessie s'effaça un instant, puis elle releva le menton avec l'air de défi qu'il lui connaissait bien.

— Et je n'ai pas trébuché !

Il lui avait appris à danser, et voilà qu'elle mettait ses leçons en pratique avec un autre.

Je ne veux pas vous voir danser avec lui. Je ne veux vous voir danser avec personne que moi ! faillit-il lui répondre.

Lorsqu'il s'en rendit compte, il en eut le souffle coupé. Depuis quand tenait-il tant à elle ?

— D'ailleurs, il a les mains froides, continua Bessie.

— Qui ça ? fit Thomas, brutalement tiré de ses pensées.

Elle eut une mimique agacée.

— Le roi, bien sûr !

Thomas acquiesça, dans un élan de soulagement.

— Vraiment ? demanda-t-il d'une voix plus douce. Savez-vous que vous dansez très bien ?

Le visage de Bessie s'illumina de nouveau, comme si ses compliments lui étaient plus agréables que la danse elle-même.

— Le roi est un très bon cavalier, répondit-elle avec un sourire entendu.

Quelle peste ! Mais, au moins, elle se sentait suffisamment à l'aise avec lui pour plaisanter, et cela apaisa sa jalousie.

— Il apprécie particulièrement la tresque allemande, lui confia-t-il.

Elle parut réfléchir un instant.

— Je ne connais pas cette danse…

— Je peux vous la montrer, dit-il en lançant un regard furtif vers le bâtiment où se trouvait leur chambre.

— En privé, alors, là où personne ne pourra me voir trébucher.

Thomas acquiesça et lui offrit son bras.

A son sourire, il devina qu'elle avait compris qu'il n'existait aucune danse nommée la « tresque allemande ».

***

Chaque matin, Thomas se réveillait avec plus d'amertume que la veille. Le Jour des Rois, Jacques partirait pour Edimbourg afin de rassembler le Parlement et de ratifier définitivement le traité de paix.

Que ferait-il de Bessie, alors ?

Plusieurs semaines auparavant, il avait pensé pouvoir la reconduire en sécurité chez elle. Puis, il avait espéré la protéger par des fiançailles de façade qu'il aurait rompues dès qu'ils auraient été hors de danger.

Mais il n'avait pas prévu de consommer cette union. Il n'avait pas prévu de l'aimer. Sa faiblesse les avait tous deux pris au piège…

Le roi ne s'était pas soucié de demander l'accord des frères Brunson pour cette alliance, ni même de les en informer. Cette tâche lui revenait donc. Il allait devoir rentrer à Liddesdale et négocier avec John et Rob. Peut-être trouveraient-ils ensemble un moyen de faire annuler ce mariage.

S'ils ne le tuaient pas avant…

Cependant, Jacques l'avait chargé de rencontrer le gouverneur anglais pour s'accorder sur la trêve. Dès qu'il apprendrait que le texte qu'ils avaient mis au point avec tant de soin avait été oublié, son homologue anglais l'accuserait certainement de trahison.

De plus, pour respecter les dates annoncées par le traité, il allait devoir rentrer directement chez lui. Il n'avait pas d'autre choix que d'emmener Bessie au château des Carwell, sa retraite personnelle, où il s'était évertué à effacer toute trace de son précédent mariage. Il ne voulait pas y voir de femme de nouveau. Tout ce qu'il aurait voulu était pouvoir s'exiler dans son sanctuaire, seul, pour y oublier ses sentiments pour Bessie.

Et chaque jour passé avec elle contrecarrait un peu plus ses plans.

Le jour de l'échange des cadeaux, le roi reçut de sa mère le château de Stirling. Rien de moins !

Bessie craignait que, dans une telle débauche de luxe, son cadeau pour Thomas ne soit pas à la hauteur.

Elle s'était demandé si elle devait vraiment lui offrir quelque chose ; la frivolité n'était pas habituelle chez les Brunson. Mais ici, le roi recevait de nombreux présents de ses sujets et, dans ses heures de générosité, il leur en offrait en remerciement.

Ainsi, au matin du jour de l'An, elle se réveilla très tôt et s'assit dans le lit en attendant avec impatience que Thomas s'éveille.

— Tenez, dit-elle dès qu'il ouvrit les yeux, c'est pour vous.

Sans même lui laisser le temps de se redresser, elle déposa un petit paquet enveloppé de tissu sur son torse.

Il observa un instant le cadeau, puis leva les yeux vers elle dans la faible lumière. Un éclat de regret traversa son regard.

Déposant doucement le paquet à côté de lui, il se redressa péniblement.

— Je n'ai pas de cadeau pour vous, murmura-t-il.

— Vous avez offert une coupe d'argent au roi en prétendant que cela venait des Brunson. Mon pauvre présent ne rembourse pas même la moitié de cette dette. Et vous m'avez offert…

Que dire ? Durant ces dernières semaines, il lui avait fait découvrir un monde qu'elle n'avait jamais espéré connaître. Et il lui avait fait entrevoir la femme qu'elle était réellement.

— Vous m'avez beaucoup offert, se reprit-elle.

Thomas baissa de nouveau les yeux vers le paquet, en silence.

— Allez-y, l'encouragea-t-elle. Ouvrez-le.

Il dénoua le ruban et écarta le tissu qui enveloppait le tout. A l'intérieur, joliment plié, se trouvait un morceau d'étoffe brodée.

Elle sentit son cœur s'accélérer.

— C'est un chardon, expliqua-t-elle, incapable d'attendre sa réaction. Est-ce que vous l'aimez ?

Ce cadeau était une véritable extravagance, quelque chose sans autre utilité que la décoration.

— C'est une œuvre digne d'un roi... L'avez-vous brodé vous-même ?

Elle fit non de la tête.

— C'est une brodeuse qui l'a fait. Peut-être que, chez vous, il pourra décorer votre... lit.

Elle était secrètement fière de lui offrir un présent digne d'un souverain. Cependant, dans les mains de Thomas, son chardon paraissait ridicule, comparé aux mètres de tissu qui habillaient leur lit... Son petit cadeau n'était pas même assez grand pour couvrir un oreiller.

— Je vous remercie, dit-il enfin. Il me rappellera l'histoire du premier des Brunson.

— Celui qui a marché sur un chardon, répondit-elle dans un sourire, et qui a ravalé sa douleur.

Il déposa précautionneusement son cadeau à côté de lui, prit son visage dans ses mains et l'embrassa.

Après cela, ils demeurèrent silencieux un long moment.

Il l'avait remerciée... Elle avait dépensé la précieuse pièce d'argent de John pour payer la femme qui avait brodé le chardon. Pour que Thomas possède quelque chose d'elle.

Quand tout serait fini.

*
* *

La « fête des Fous », comme on l'appelait au château, approchait, et Bessie se laissait aller à la folie de ces journées d'oisiveté. Le temps s'écoulait au fil de la danse et des fêtes, sans qu'elle songe à l'avenir. Elle ne voulait pas savoir ce qui l'attendait.

Elle évitait de penser que cette situation ne durerait plus que quelques jours. Les célébrations de la fin d'année s'achèveraient le Jour des Rois, et elle n'avait pas cherché à savoir ce qu'il adviendrait d'elle ensuite.

Un après-midi, la Petite Mary, qui était devenue son amie la plus proche, lui demanda :

— Est-ce que tu vas rentrer chez toi, après les fêtes, et te marier là-bas ?

Cette question la frappa comme un coup de fouet. Si elle rentrait, il n'y aurait sans doute pas de mariage du tout.

— Nous n'avons… pas encore parlé de tout cela, avec Thomas.

— Je gage que vous n'avez pas perdu votre temps en bavardages, gloussa la Petite Mary.

Les joues brûlantes, Bessie ne put qu'acquiescer. Elle n'avait pas parlé à Thomas. Elle ne lui avait surtout rien demandé. Il lui avait donné très peu d'indices sur ce qui leur arriverait ensuite et, malgré sa franchise habituelle, elle n'avait pas posé de questions.

— Quand je suis arrivée ici, je n'avais qu'une envie, rentrer chez moi, confia Bessie en laissant son regard se perdre sur la ligne lointaine des collines.

Chez elle. Un endroit qu'elle avait cru ne pas pouvoir quitter.

— Mais, maintenant…

— Stirling te manquera ? demanda Mary.

Bessie secoua la tête. Non, le château ne lui manquerait pas tant que cela.

— Stirling n'est pas chez moi, répondit-elle.

La cour était un monde aussi traître que le lui avait dit

Johnnie, un endroit où la danse et la musique dissimulaient de nombreux dangers… Ici, le moindre faux pas dans le noir risquait de vous faire tomber d'une falaise ou de vous faire perdre les bonnes grâces d'un roi qui jouait du luth, écrivait de la poésie, et aurait plaisir à vous regarder danser sur le chemin des oubliettes.

Mais c'était également un endroit où la vie avait été plus facile pour elle, où le danger se trouvait enrobé dans un cocon de beauté.

C'était là qu'un homme avait veillé à ce qu'elle n'ait jamais froid et lui avait appris à danser.

— A quoi ressemble ta maison ? demanda la Petite Mary, la tirant de ses pensées.

Le premier mot qui lui vint en tête fut *dur*.

— Eh bien, c'est la famille, répondit-elle pensivement. Le devoir.

C'était tout ce que son père lui avait appris de la vie. A la maison, à Liddesdale, elle retrouverait ses tâches quotidiennes, et Jock l'Etrange, et les pleurs du vent dans les collines, et l'escalier interminable de la tour…

— Là-bas… rien ne change jamais.

— Je croyais qu'il y avait tout le temps des raids.

Bessie sourit.

— Oui, toujours. Et cela fait partie de l'habitude, justement.

Plus elle parlait du fort Brunson, le seul foyer qu'elle ait jamais connu, plus il lui paraissait lointain et étranger, comme un souvenir à demi effacé qui ne correspond plus à rien d'existant.

Ne voulait-elle donc pas revoir ses frères ?

Johnnie, qui lui avait tant manqué pendant les années de son absence, devait à présent s'être installé dans son quotidien avec Cate. Et Rob, toujours bourru et colérique, devait trouver sa place en tant que nouveau chef de clan.

Elle les aimait toujours, bien sûr, mais Johnnie et Cate

étaient mariés, à présent. Un jour, Rob aussi aurait une épouse, et cette femme serait plus importante à ses yeux qu'une petite sœur.

Et que deviendrait-elle, dans ce monde-là ? Elle resterait seule, à monter et descendre sans cesse le même escalier…

Toujours perdue dans ses pensées, elle ouvrit ses mains et les examina. On était au plus froid de l'hiver et, pourtant, sa peau demeurait douce. Il n'y avait plus de traces de coupures ou de callosités sur ses paumes depuis longtemps. Et les manches dorées de sa robe recouvraient ses poignets d'un flot de dentelle délicate.

Ce genre de vêtement serait détruit en une seule journée de travail, chez elle. Elle ferait mieux de l'empaqueter avec soin, à son départ, et de le garder comme robe funéraire…

Son père avait bien raison. Les Brunson ne dansent pas. Ils ne s'enveloppent pas non plus de dentelle. Séduite par la danse, les vêtements luxueux et Thomas, elle avait oublié qui elle était. Si elle ne rentrait pas bientôt chez elle, elle ne serait plus jamais une Brunson !

Et si elle n'était plus une Brunson, qui deviendrait-elle ?

La femme de Thomas Carwell ?

L'épouserait-il vraiment ou trouverait-il un moyen de fuir ses vœux et leur union ?

Face aux autres courtisans, elle faisait semblant de le connaître, de lui faire confiance, mais elle n'avait appris à connaître que son corps. En fin de compte, elle ne savait rien de lui, du mariage ou des autres hommes. Elle ne pouvait plus se fier à elle-même, pas plus qu'elle ne pouvait se fier à lui.

Mais, malgré ce manque de confiance en lui, elle l'avait suivi, un pas après l'autre. Et voilà que, maintenant, elle était perdue au milieu d'une vallée, sans aucun chemin ni aucun point de repère. Oui, elle s'était perdue. Qui était-elle, à présent ? Et que désirait-elle vraiment ?

Etourdie par la cour, elle en avait même oublié son

devoir : découvrir une preuve de la trahison de Carwell envers sa famille. Ou de son innocence.

Cette soirée, songeait Thomas, serait la dernière de la fête des Fous.

Ces festivités portaient bien leur nom… Il avait été fou de prendre cette femme, et de reproduire son erreur, soir après soir. Et, pire, il avait laissé ses sentiments le contrôler !

Le roi avait prévu des réjouissances exceptionnelles pour la soirée. Il y aurait de la musique, de la danse, et on réciterait des poèmes devant la cour rassemblée. On ferait la fête comme si Angus avait été pendu et non libéré.

Ce serait la dernière nuit de ces étranges fêtes de début d'année, où les paillettes de la cour scintillaient dans un tourbillon de rires au milieu des sables mouvants.

Durant toute la semaine précédente, il avait tourné autour de la question cruciale : qu'allait-il faire, une fois les fêtes terminées ? Bessie ne lui avait posé aucune question, ce qui ne lui ressemblait pas. Encouragé par son silence, il avait retardé la prise de décision, espérant que ce serait plus facile ainsi.

Mais ça ne l'était pas.

Et à présent, en dansant avec lui, elle souriait d'un air serein, comme si demain n'allait être qu'une copie d'aujourd'hui.

Ce soir-là, dès que la musique commença, Bessie se surprit à sourire. Le plaisir était donc tout ce qui comptait pour elle, dorénavant ?

Après tout, elle pouvait bien s'accorder ce dernier soir. Un dernier soir de chants, de danse et de rires.

Le lendemain et le retour à la dure réalité arriveraient bien assez tôt.

Elle dansa donc. Une basse danse. Une pavane. Une gaillarde. Même une volte qui la laissa essoufflée dans les bras de Thomas.

Ce soir, songea-t-elle une nouvelle fois, *je suis ici, entourée de gentes dames, à la cour du roi ; et je danse au bras d'un homme qui a juré devant l'archevêque de devenir mon époux.*

Une telle nuit de plaisirs ne reviendrait sans doute pas de si tôt.

Peut-être était-ce la boisson qui la rendait si insouciante. On lui servait, depuis le début du festin, un vin de Bordeaux tel qu'elle n'en avait jamais goûté chez elle. Les vapeurs enivrantes lui faisaient tourner la tête. Elles empâtaient sa langue, apaisaient son esprit et lui permettaient de profiter des réjouissances sans souci du lendemain. Elles l'aidaient à ne penser à rien d'autre qu'à l'instant présent.

Quelques heures plus tard, alors que le roi lisait un poème de sir David Lindsay, *Le Rêve*, et que la cour, captivée, découvrait les affres du Souvenir et de l'Enfer, Thomas lui prit la main et l'emmena sans un mot hors de la grande salle. Ils retournèrent à leur chambre en silence.

Dès que la porte se fut refermée sur eux, ils s'embrassèrent. Leurs corps enfiévrés se pressèrent l'un contre l'autre. Ne pas parler, ne pas poser la question fatale. Pas tout de suite. Pour l'instant, elle préférait croire que le corps de Thomas, contre le sien, ne mentait pas…

Il l'allongea sur le dos, dans le lit, et glissa son visage entre ses cuisses. Qu'allait-il faire ? Elle ne résista pas.

Elle sentit un contact au plus intime de son corps. Sa langue, envoûtante, déroutante… Elle fut envahie d'émotions qui n'appartenaient pas à la Bessie qu'elle avait toujours cru être. Elle, qui avait été forte et posée, se laissait emporter par le plaisir. Son corps dansait seul au rythme d'une musique qu'eux seuls entendaient.

Une musique qu'ils avaient inventée.

Soudain, elle crut se briser en millions de pièces.

Il ne la laissa pas. Glissant sur son corps, il lui prit le visage dans ses mains et la regarda dans les yeux, comme pour maintenir ensemble les éclats de la femme qu'elle avait été. Comme pour la façonner de nouveau, donner vie à la celle qu'elle était devenue auprès de lui.

Puis, lentement, il la prit.

Elle attrapa ses hanches et l'accueillit au plus profond de son corps. Elle accueillit tout ce qu'il était et tout ce qu'elle était dans la même étreinte. Maintenant, il n'y avait plus de doute possible : elle le connaissait entièrement. Et il ne lui ferait jamais de mal…

Après la montée du plaisir, Thomas se laissa retomber sur la poitrine de Bessie et somnola quelques instants en la serrant contre lui. Quelques notes étouffées montèrent de la grande salle jusqu'à leur fenêtre.

Il rouvrit les yeux et se laissa rouler à côté d'elle, s'appuyant sur un coude pour mieux la voir. Elle souriait d'un air rêveur, et son regard paisible se perdit dans le sien.

Il se racla la gorge. Il allait falloir parler, et ça ne lui avait jamais paru aussi difficile.

— Le roi part demain pour Edimbourg.

Elle ferma les yeux et lui serra compulsivement la main.

— Nous ne sommes pas encore demain…

— Je sais que j'ai promis de vous ramener saine et sauve à votre famille.

Et que je me portais garant de votre réputation.

Au moins s'était-il assuré que sa réputation ne serait pas entachée, bien qu'elle ait perdu sa virginité…

Elle devint soudain plus sérieuse et hocha la tête d'un air grave.

— Le roi permettra-t-il que je rentre ?

— Tout ce qui importe au roi, c'est que les Brunson respectent le traité de paix. Il ne se soucie pas des moyens que j'emploierai pour cela.

Elle hocha la tête, affichant, comme lui, un petit sourire triste.

— Le roi ne connaît pas mes frères.

— En effet, répondit Thomas.

Si leurs fiançailles leur avaient permis de gagner du temps, elles n'apporteraient sûrement pas la paix.

— De toute manière, poursuivit-il, je ne peux pas vous ramener à Liddesdale pour le moment.

Elle l'écoutait sans mot dire. Il n'avait pas pensé qu'elle accepterait cela si facilement…

Et voilà que lui, qui avait toujours trouvé le meilleur moyen d'annoncer de mauvaises nouvelles, ne savait plus quoi dire.

— Vous voyez, commença-t-il, il y a la trêve… à cause du traité… Je dois à tout prix retourner au château Carwell pour mettre au point certains arrangements avec le gouverneur anglais. Après cela, je vous *promets* que je trouverai un moyen de mettre fin à nos fiançailles.

A ces mots, elle se redressa, appuyée contre un oreiller.

— Dans ce cas, répondit-elle, puisque nous n'allons pas nous marier, je n'ai pas à vous suivre chez vous. Ramenez-moi sur les terres Brunson en rentrant chez vous.

— Pour que Rob puisse me tuer ? demanda-t-il avec un sourire forcé.

— Si nous ne lui disons rien, il ne saura jamais…

Elle n'acheva pas sa phrase. Pour la première fois depuis leur rencontre, elle se montrait prête à mentir.

Bien que cette solution parût plus facile, Thomas n'était pas prêt à prendre le risque. De toute manière, il avait une autre raison de ne pas la reconduire chez elle. Une raison plus difficile à énoncer.

— C'est impossible. Je compte prendre la route la plus directe pour retourner chez moi, par le nord puis par l'est. Nous ne nous approcherons pas des terres de votre frère.

Elle le dévisagea d'un air surpris.

— Dans ce cas, après notre arrivée chez vous, vous pourriez demander à certains de vos hommes de me raccompagner en attendant que nous… résolvions nos problèmes.

En un instant, la femme qui s'était mise à nu, corps et âme, devant lui disparut pour laisser la place à l'ancienne Bessie, qui enterrait ses secrets dans son silence. Mais il la connaissait maintenant trop bien pour se laisser duper si facilement.

— Ce n'est pas si simple, répondit-il en occultant sa propre répugnance à la laisser partir. Je dois d'abord convaincre le roi de l'obéissance de votre famille et m'assurer que vos frères baissent les armes. Les termes du traité n'ont rien fait pour me faciliter la tâche…

— Et que devrai-je faire chez vous, pendant que vous vous occuperez de ces… affaires épineuses ?

Elle demeurait aussi calme que s'ils avaient discuté de futilités. Comme s'ils avaient été habillés et se promenaient dans la cour du château au lieu d'être assis dans leur lit, nus comme la main. Son obsession des premiers jours revenait au grand galop !

Elle était de nouveau la Bessie qui lui posait des questions auxquelles il ne s'était pas préparé. Il aurait mieux fait d'y réfléchir avant de parler de cela ! Avant de pouvoir annuler leurs fiançailles et la rendre à ses frères, il devait être certain que…

— Vous resterez au château, répondit-il aussi posément qu'il le put, et ferez tout ce qui vous plaît en attendant que je sois certain que vous ne portez pas mon enfant.

Le visage de Bessie se ferma. Elle ne l'aurait pas regardé plus froidement s'il l'avait giflée. Après tout, elle était habituée à la franchise, non ?

— Pouvons-nous au moins prévenir mes frères ? demanda-t-elle finalement. Juste pour qu'ils sachent que je vais bien.

— Souhaitez-vous aussi leur dire que nous sommes fiancés et que vous pourriez porter mon enfant ?

Elle baissa soudain les yeux et fit lentement non de la tête.

— Combien de temps…, commença-t-il, embarrassé. Combien de temps pensez-vous que nous devrons attendre avant que… vous savez ?

— Des semaines…, fit-elle en rougissant jusqu'aux oreilles. Trois ou quatre. Je ne suis pas toujours… Cela peut être différent chaque fois.

Il se sentit rougir autant qu'elle. Ils ne devraient pas avoir à parler de telles choses ensemble.

— Nous partons demain. Tenez-vous prête.

Elle acquiesça d'un signe de tête.

— Ne pouvez-vous pas me répondre « oui » ?

Elle le dévisagea, comme si elle ne comprenait pas ce qui se passait.

— Oui.

— « Oui », vous pouvez le dire ? Ou « oui », vous vous tiendrez prête ?

— « Oui », je peux le dire ! s'exclama-t-elle. Je vous ai déjà dit que je serais prête !

Voilà, elle était redevenue la Bessie froide et caractérielle qu'il avait connue quelques semaines auparavant.

— Bonne nuit, alors.

Il lui tourna le dos. Leur dernière nuit d'illusions venait de s'écrouler sous le poids de la réalité. Pourrait-il seulement se retenir de la caresser durant les quelques heures qui les séparaient encore de l'aube ?

Pendant quelques instants, elle resta immobile, puis se

tourna à son tour, en prenant bien soin de rester aussi loin de lui que possible.

Pour chasser le désir qui montait de nouveau en lui, Thomas s'efforça de réfléchir à ce qu'il allait devoir faire. Le traité. Les Brunson. Le roi. Dès qu'il serait de retour chez lui, à sa place, là où il avait pris l'habitude de vivre seul, il serait plus facile de renvoyer Bessie à ses frères…

Au moment où il pensait qu'elle s'était endormie, il entendit une petite voix dans son dos.

— Je n'ai jamais vu la mer…

Il comprit alors tout le danger qu'allait revêtir ce voyage, pour elle comme pour lui.

Chapitre 16

Le lendemain matin, tandis que Thomas surveillait les préparatifs de leur départ, Bessie plia soigneusement les robes de la Grande Mary pour les lui rapporter.

Le roi se préparait également au départ, et Bessie trouva la Grosse Mary et la Petite Mary en train de s'activer dans leur chambre pour aider aux derniers préparatifs. A son arrivée, elles bavardaient joyeusement en travaillant.

Elle déposa les robes sur un lit, laissant ses doigts s'attarder sur les étoffes. Noir profond. Bleu vif. Elle n'en porterait plus jamais d'aussi belles.

— Je les ai rapportées à la Grande Mary, dit-elle. Pourrez-vous la remercier pour moi ?

— Garde-les, répondit la Petite Mary. Elle n'en a plus besoin.

— C'est pour plus tard, après la naissance du bébé…

Bébé… Le simple fait de prononcer ce mot la fit frissonner.

Combien de temps devrons-nous attendre avant que… vous savez ?

— Elle est partie, annonça nonchalamment la Grosse Mary, en se dirigeant vers la porte. On l'a envoyée épouser un seigneur de Perth.

Partie. Aussi rapidement que l'on pouvait quitter une pièce. La Grande Mary avait tout de même partagé la couche du roi ; elle portait son enfant ! Et voilà qu'on l'envoyait épouser un autre homme comme si elle n'était qu'une jument qu'on engrosse…

Dès que la porte se fut refermée et qu'elles se trouvèrent seules, la Petite Mary reprit sur un ton de confidence :

— Elle a de la chance, à ce qu'on dit. Il paraît qu'il n'est pas si vieux que cela…

Troublée, Bessie ramassa les robes et les pressa contre elle. Décidément, elle n'appartenait pas à ce monde, quels que soient les vêtements luxueux qu'on avait pu lui faire porter pour donner le change… Est-ce que la Grande Mary avait cru connaître l'homme qui avait partagé ses nuits, elle aussi ? Lui avait-elle jamais fait confiance ?

Non, sans doute pas. Il n'y avait que les frontaliers mal dégrossis pour être aussi naïfs !

Tu auras une dette envers moi, avait dit la Petite Mary à son arrivée. Et voilà que Bessie se tenait devant elle, prête à partir, sans même pouvoir lui offrir la petite pièce d'argent de Johnnie. Une précieuse pièce qu'elle avait sottement dépensée pour faire un cadeau à un homme qu'elle avait cru percer à jour !

Elle tendit les robes à son amie.

— Tiens. Je sais que je te dois beaucoup plus, mais c'est tout ce que je possède…

La Petite Mary secoua la tête en souriant.

— Garde-les. Tu m'as déjà donné bien plus que tu ne le crois. Johnnie est peut-être marié mais, grâce à toi, Sinclair demeure libre.

Bessie resta stupéfaite. Apparemment, toutes les femmes, ici, mettaient un point d'honneur à ignorer les fautes des hommes.

Que cela lui serve de leçon ! Dans ce palais suspendu à une falaise, elle avait mangé, bu, et s'était vêtue comme si elle pouvait à son tour goûter la vie des rois. Mais il était temps de remettre les pieds sur terre, d'ouvrir les yeux et de faire face à la vérité au sujet de Thomas Carwell : elle ne savait absolument rien de lui !

Les conditions du traité ne sont pas celles que j'espérais, avait-il dit. Néanmoins, jusqu'à la veille, il avait paru satisfait. Dès leur arrivée à la cour, les négociations avaient repris, sans doute grâce à quelque chose qu'il avait fait. Mais il lui avait confié que le résultat final le décevait…

Mentait-il ?

Avait-il, au contraire, travaillé à l'élaboration d'un traité qui autoriserait les Anglais à passer la frontière pour rendre leur justice quand bon leur semblait ?

La Petite Mary la prit brusquement dans ses bras, la tirant de ses réflexions.

— Sois heureuse.

Heureuse ? Certainement pas ! Elle n'avait que trop pensé à son bonheur, ces dernières semaines.

Elle s'était demandé la veille ce qu'elle ferait au château Carwell. Eh bien, maintenant, elle le savait : elle tiendrait la promesse faite à ses frères. Elle découvrirait la vérité sur les trahisons de Thomas Carwell !

Après tout, c'était pour cela qu'elle avait accepté de venir. Seulement pour cela.

Seigneur, qu'elle mentait mal ! Même à elle-même.

Lorsque Bessie quitta Stirling avec Thomas, ce jour-là, des vols d'oies sillonnaient le ciel gris-blanc.

Les hommes de Carwell qui avaient accompagné le roi pour assiéger Angus repartaient avec eux. Ils allaient voyager à près d'une centaine. Ils étaient trop nombreux pour être facilement nourris ou trouver un toit où passer la nuit sur la route déserte du nord.

Il n'y aurait pas non plus de lit douillet pour accueillir un jeune couple fiancé de force pour apaiser la colère du roi.

Ils chevauchèrent donc rapidement et, le quatrième jour,

traversèrent la rivière marquant la frontière des terres du clan Carwell. Ils bifurquèrent alors vers le sud, sur un terrain de plus en plus plat et morne. A la fin de la journée, Bessie se trouva uniquement entourée de landes, encore plus étranges que le paysage de Stirling où l'on distinguait tout de même quelques collines à l'horizon.

Durant la dernière nuit, il avait neigé et le décor était entièrement poudré de blanc. Soudain, au détour du chemin, elle vit pour la première fois le château Carwell, sombre sur le fond rosé du crépuscule.

Si le château de Stirling l'avait effrayée, celui-ci, s'élevant au milieu de douves profondes, l'émut d'une autre manière. Des tours rondes s'élevaient de la bâtisse. Chez elle, elle n'avait connu que des tours massives et carrées. Ici, la lande remplaçait les collines, et le bruit du ressac s'élevait à la place des hurlements du vent. Du moins supposa-t-elle que ce devait être le son des vagues… Après tout, elle n'avait jamais encore entendu la mer.

Ils entrèrent dans la cour et mirent pied à terre.

Thomas avait bien dit qu'il n'y avait pas de femmes ici, et, en effet, elle en vit très peu parmi les gens qui s'étaient rassemblés pour les accueillir. Il y avait l'épouse de l'intendant, quelques cuisinières et quelques servantes.

Comme Thomas l'aidait à descendre de son poney, plusieurs domestiques la dévisagèrent avec surprise, se demandant quel était son statut vis-à-vis de leur maître.

Elle décida de mettre les choses au clair.

— Je me nomme Elizabeth Brunson, annonça-t-elle, et je suis la promise de Thomas Carwell.

Thomas lui serra le bras plus fort, comme pour la faire taire, et lui lança un regard glacial. Puis il se tourna vers ses gens.

— Le roi souhaite nous voir mariés, dit-il. Je vous prie de la traiter avec tout le respect qui lui est dû.

Après quoi il lui fit de nouveau face.

— Elle s'installera dans la chambre du bout de l'aile ouest, ajouta-t-il. La plus éloignée de la mienne.

Voilà qui la remettait à sa place : le plus loin possible de lui…

Elle inclina brièvement la tête. Après tout, la décision de Thomas était la meilleure.

La foule des serviteurs applaudit bruyamment, comme si le château hébergeait déjà une nouvelle maîtresse et un héritier.

Thomas s'éloigna sans un mot de plus, la laissant aux bons soins de l'épouse de l'intendant, à présent rayonnante.

Pour couper court à toute question, Bessie plaida la fatigue du voyage.

Elle se laissa docilement guider jusqu'à sa chambre. Son séjour ici serait plus facile à vivre, si elle demeurait loin de lui, songea-t-elle. Elle ne serait pas tentée de le rejoindre à la nuit tombée, même si les domestiques espéraient clairement voir le château animé par la venue d'un héritier.

De toute manière, il était évident que Thomas n'en voulait pas. Du moins, pas avec elle.

Elle ne resterait que le temps de s'assurer qu'elle n'était pas déjà enceinte. Et ainsi, il serait aussi plus simple pour elle de se renseigner sur lui s'il ne surveillait pas ses moindres faits et gestes.

Elle prouverait sa culpabilité. Pour la fuite de Willie Storwick, pour le traité de paix, pour quoi que ce soit !

Et, peut-être, une fois que ce serait fait, pourrait-elle enfin cesser de l'aimer.

Thomas avait espéré trouver la paix en rentrant chez lui, mais ce n'était pas le cas.

Elle était encore là…

Il lui avait donné la chambre la plus éloignée afin de la

voir le moins possible et de ne pas mettre sa résistance à trop rude épreuve. Durant le voyage, il s'était occupé de la centaine d'hommes qui le suivaient, et cela avait suffi. Et voilà qu'à l'arrivée, elle se plaçait comme la future maîtresse des lieux ! Elle venait le hanter sous son propre toit, comme le fantôme d'Annabell l'avait toujours fait.

Pour ajouter à cela, ses gens se montraient plus excités que jamais. Une maîtresse. Un héritier. Ses hommes avaient été témoins de ses fiançailles et n'allaient pas se faire prier pour raconter à toute la maisonnée les moindres détails de la cérémonie. Lorsqu'il aurait enfin trouvé un moyen de briser cet engagement et de faire la paix avec les Brunson, il ne lui resterait plus qu'à faire face à la déception de ses gens…

Peut-être était-il temps de désigner officiellement son cousin comme héritier de ses titres. Cela pourrait mettre fin aux ragots et prouver à tout le monde qu'il ne comptait pas changer d'avis et engendrer un autre enfant.

Il n'avait jamais eu l'intention d'amener Bessie jusqu'ici, mais il ne pouvait pas se rendre chez les Brunson pour leur annoncer qu'il s'était fiancé à leur sœur et avait autorisé les Anglais à envahir leurs terres impunément !

Tout cela sans même avoir attrapé Angus…

Il ne pouvait faire cela. Pas tant qu'il n'aurait pas la preuve qu'elle n'était pas enceinte.

Alors qu'il s'était toujours enorgueilli de sa capacité à anticiper les choses, à se ménager des échappatoires, et à éviter tous les pièges, il s'était comporté comme un idiot en se laissant guider par ses sens et non par sa raison.

Au moins, entre ces murs, il pouvait s'assurer que Bessie ne courait aucun danger. Nul n'ignorait que le château Carwell, protégé par la mer, la lande et ses profondes douves, ne craignait aucun siège. Personne ne pouvait y pénétrer sans y être invité.

Mais il avait permis à Bessie d'y entrer…

Dieu merci, le château était vaste. Il n'aurait pas besoin de partager son lit avec elle, ici. Il n'aurait pas à la trouver devant sa porte, ravivant ses souvenirs douloureux, lorsqu'il sortirait de ses propres appartements.

Il pouvait revenir à son quotidien bien organisé. Seul, ainsi qu'il l'avait souhaité.

Bessie avait un jour accusé Thomas de se cacher dans son château au bord de la mer, mais elle découvrit bien vite qu'elle était au-dessous de la réalité.

Elle était plus seule que jamais, sans famille pour l'entourer, sans amies pour bavarder dans sa chambre à la nuit tombée. Le château était si vaste que les domestiques pouvaient tous être logés assez loin pour qu'elle ne les entende pas et qu'elle ait une chambre pour elle seule.

Le premier soir, elle eut du mal à trouver le sommeil. Son lit était trop grand pour elle, et les couvertures ne la réchauffaient pas autant que le torse de Thomas pressé contre son dos… Chez elle, le vent hurlait presque sans arrêt sur les collines mais, par moments, il lui accordait tout de même un peu de répit. La mer, elle, ne s'arrêtait jamais.

Tard dans la nuit, le bruit étouffé du ressac finit par la bercer et elle s'endormit.

Mais elle ne rêva que de Thomas. Ses lèvres, ses bras, ses…

Au matin, le réveil ne lui apporta pas plus de soulagement que le sommeil, mais le chant des vagues l'apaisa. Son rythme régulier lui fit découvrir une sérénité qu'elle n'avait jamais goûtée. Elle resta dans son lit, perdue dans ses pensées.

Thomas l'avait conduite jusqu'à son château du bord de mer, soit, mais il ne comptait pas l'épouser. Ici, où sa femme était morte, il se montrait plus distant que jamais, comme si celle qui avait partagé sa vie hantait encore les couloirs… Il avait jugé son épouse fragile, mais son souvenir semblait plus puissant que sa présence à elle, bien réelle.

Le moment était venu de se montrer plus forte que jamais.

Combien de temps lui restait-il à attendre avant de savoir si elle portait ou non un enfant ? Trois semaines ?

Elle n'aurait pas le loisir de se morfondre, songea-t-elle. Elle avait beaucoup de choses à faire, d'ici là.

Aux premiers rayons du soleil, elle rejeta les couvertures et se leva. Elle allait redevenir Bessie Brunson.

Thomas se trouvait dans son cabinet privé où les vassaux venaient s'acquitter de leurs taxes ou présenter leurs doléances.

Après avoir remercié le serviteur qui l'avait guidée à travers d'interminables couloirs, Bessie frappa et entra sans attendre qu'il réponde.

Située derrière la grande salle, la pièce était plus lumineuse que celle du fort Brunson, et la table de travail de Thomas, encombrée de registres, était plus chargée que celle de Rob.

Il leva les yeux de ses livres et l'observa en silence.

— Vous n'avez pas de femme pour tenir votre maison, commença-t-elle. A présent que je suis là, je souhaiterais inspecter les cuisines et le lavoir. Il doit sans doute y avoir des améliorations à…

Se rendant compte de la brutalité de son entrée en matière, elle s'interrompit.

— Avec votre permission, bien sûr, reprit-elle vivement.

Il acquiesça froidement.

— Je dirai à mon intendant de se plier à vos propositions.

Puis, il ajouta, en la regardant droit dans les yeux :

— Mais vous ne toucherez pas à cette pièce.

Elle lui répondit par le sourire le plus doux qu'elle

put et examina furtivement les lieux. Comme beaucoup d'hommes, il souhaitait peut-être simplement avoir un endroit à lui…

Que cette table était encombrée ! Elle n'avait connu jusqu'alors que celle, pratiquement vide, de son père. Tout cela était-il lié à son poste de gouverneur ? Etait-ce pour cela qu'il ne voulait pas qu'elle y touche ? La preuve de sa culpabilité se trouvait-elle parmi ces piles de parchemins et de registres ?

Elle inclina la tête en prenant soin de ne pas acquiescer. Acquiescer aurait été une sorte de promesse.

— Je cherche simplement à me rendre utile tant que je suis là, dit-elle.

C'était bien la moindre des choses, étant donné qu'il ne lui trouvait plus d'utilité dans son lit. Comment avait-elle pu penser qu'il continuerait à la désirer ? Comment avait-elle pu espérer devenir autre chose qu'une Brunson ?

Finalement, elle le regarda droit dans les yeux et y découvrit cet appétit qu'elle avait appris à connaître, nuit après nuit. Il n'y avait pas d'erreur…

Elle ne devait surtout pas se laisser entraîner par les souvenirs de leurs étreintes ! Ce n'était pas le moment de se montrer faible. C'était sa faute à elle, si tout cela était arrivé : elle l'avait enlacé, embrassé. Quel homme repousserait une femme qui s'offrait de son plein gré ?

Ce que toute femme a et que désirent tous les hommes…

Non, il n'avait jamais eu de sentiments pour elle ; il ne se souciait que du plaisir qu'elle lui procurait. Mais il n'y avait plus de plaisir entre eux, à présent : elle n'était plus pour lui qu'une nuisance. Elle était devenue un poids, un problème à résoudre rapidement.

Il ferma les yeux un instant et, quand il les rouvrit, elle fut soulagée que le feu en ait disparu.

Non, aucun d'eux ne succomberait de nouveau. Elle n'avait plus qu'à attendre quelques semaines, pendant lesquelles elle chercherait à prouver sa trahison, après quoi elle pourrait rentrer chez elle. Retrouver la vie de Bessie Brunson, la seule vie qui lui ait jamais appartenu.

Il n'était rien d'autre qu'un suspect, pour elle.

Soudain, elle vit son regard se durcir.

— Faites ce que bon vous semble à l'intérieur des murs, dit-il fermement, mais ne sortez pas seule. La lande est traîtresse, ici, et les sables peuvent être dangereux.

Comme pour ponctuer ses paroles, une rafale de vent siffla au-dehors. Le bruit violent des vagues qui venaient s'écraser sur la rive n'avait plus rien d'apaisant. Se promener dehors ne semblait pas une bonne idée, en effet.

Mais, d'un autre côté, cette idée pourrait devenir aussi tentante que se baigner, vêtue en tout et pour tout d'une chemise, dans une rivière glacée en novembre, sur la route de Stirling…

Le château et les terres alentour appartenaient peut-être à Thomas, songea-t-elle avec un petit sourire, mais il lui avait bien fait comprendre qu'elle n'avait aucun lien avec lui. Elle n'était donc pas tenue de lui obéir.

Donc, si elle voulait se promener sur la plage, il ne pourrait pas l'en empêcher !

Bessie se mit à l'ouvrage le jour même. Bien que Hew, l'intendant, n'ait pas l'habitude de se plier aux ordres d'une maîtresse, il parut tenir à prouver sa valeur à celle qui allait devenir l'épouse de son seigneur. Fièrement, il lui fit visiter le château, aussi vaste et impressionnant de l'intérieur que vu depuis la lande.

Il lui expliqua avec force détails que le bâtiment avait été conçu pour être à la fois confortable et résistant. Les deux tours de la grande porte pouvaient être utilisées comme postes de défense en cas d'attaque, de la même manière que la tour dans laquelle elle était logée.

— Même Edward premier du nom, roi d'Angleterre, n'a pas pu prendre ce château, précisa-t-il. Nous pouvons hisser le pont-levis et couper la route à toute armée grâce aux douves, et les envahisseurs subissent alors des tirs de flèches depuis le toit ou les remparts.

Arrivé au pied d'un escalier en colimaçon, il fit un rapide signe de tête en direction des étages.

— Les appartements du maître se trouvent là-haut.

Il ne lui proposa toutefois pas de les lui montrer.

Elle suivit son regard. Dans tous les forts, une pièce à l'étage pouvait servir de retraite ultime et permettre à la famille de livrer une dernière bataille en cas de prise du château…

— Cela ne semble pas très luxueux, dit-elle.

Hew fit non de la tête.

— Vos appartements et toutes les nouvelles chambres de l'aile ouest sont bien plus confortables, mais le maître préfère demeurer ici.

« Ici. » Là où il pouvait rester seul et sur ses gardes…

Durant la suite de la visite, Bessie découvrit que, au-delà de la porte, le château s'étirait en un triangle, bien plus vaste et plus vieux que le fort Brunson. Elle compta au moins sept chambres, toutes dotées d'une cheminée avec les armes du clan gravées sur le linteau.

L'intendant poursuivait ses commentaires.

— Les Carwell ont vécu ici depuis le dernier Alexandre, dit-il fièrement, comme s'il faisait partie de la famille.

Cependant, au lieu de dégager la chaleur d'une vieille demeure de famille, le château vide rendait chaque bruit étrange. Dans chaque pièce, les voix résonnaient contre les murs froids. Peut-être était-ce pour cela que Thomas préférait ses vieux appartements…

Hew lui expliquait l'utilité des meurtrières creusées à la base de la tour ouest, lorsqu'elle l'interrompit.

— Parlez-moi du père de votre seigneur. L'avez-vous connu ?

Il parut gêné.

— J'ai servi les Carwell toute ma vie, et mon père tenait la même place avant moi.

Ils poursuivirent leur chemin en silence. Comment relancer la conversation ?

— Est-ce que l'ancien seigneur… Est-ce que Thomas lui ressemble ?

Hew réfléchit un instant.

— Pour tout dire, il ressemble plutôt à sa mère, de visage. Mais son jeu d'épée me rappelle…

— Je parle de son caractère. Est-ce que…

Que dire qui ne paraisse pas insultant pour son fiancé aux yeux de l'intendant ?

— Est-ce que son père était aussi… prudent dans le choix de ses paroles ?

Sans doute Thomas ne ressemblait-il pas à l'ancien gouverneur… Du moins, était-ce ce qu'elle imaginait.

— Non, répondit Hew. Son père était plus direct. Il disait toujours ce qu'il pensait, qu'on soit prêt à l'entendre ou non.

C'était peut-être une des clés pour comprendre le mystère de Thomas Carwell, songea-t-elle.

— Et le comte d'Angus n'aimait pas ce franc-parler, conclut-elle.

L'intendant acquiesça.

— Mais mon seigneur partage une chose avec son père : il est gouverneur avant d'être chef de clan. Le jour où votre frère est venu lui remettre sa nomination officielle signée du roi fut sans doute le moment le plus heureux de sa vie. Il a attendu cela depuis l'instant où Angus a destitué son père.

— J'ai cru comprendre que son père est mort peu après sa destitution.

Le sourire de Hew disparut immédiatement et une grande tristesse envahit ses yeux.

— En effet. Perdre sa place l'a tué, c'est ce que j'ai toujours dit.

La Grosse Mary avait dit que l'ancien gouverneur en avait eu le cœur brisé. Peut-être avait-elle raison, finalement.

Ils continuèrent leur visite, accompagnés par l'écho de leurs pas sur le sol dallé. Hew conduisit Bessie dans la grande salle qui occupait toute la largeur du bâtiment central. Sur le plus long mur, une seule tapisserie était suspendue. Elle montrait une scène de chevalerie : cavaliers montés entourés de gentes dames en robes rouges et bleues. La poussière accumulée en ternissait les couleurs.

— *Le Triomphe de la Mort sur la Chasteté*, annonça l'intendant en suivant le regard de Bessie. C'était un cadeau de mariage de la part du père de lady Annabell.

Le titre de l'œuvre fit frissonner Bessie, plus encore que le froid qui régnait dans la pièce aux cheminées éteintes. Quel joyeux message pour débuter un mariage !

— Depuis combien de temps est-elle morte ? s'enquit-elle abruptement.

Thomas ne le lui avait jamais dit.

— Deux ans avant l'ancien seigneur.

Cela faisait donc quatre ans, déjà ; un deuil bien long pour son époux…

L'intendant examina la salle poussiéreuse et mal entretenue.

— Cela fait des années que nous n'avons pas donné de banquet ici, dit-il en manière d'excuse.

— Pas depuis la mort de votre maîtresse ?

Après tout, elle ne devait pas oublier la dure vérité. Cette femme restait celle que Thomas aimait, celle à qui il ne cessait de penser. Leurs fiançailles n'étaient dues qu'à une manœuvre politique.

Et la consommation de cette union n'avait été qu'une erreur.

L'intendant soupira.

— Même avant cela, il n'y avait pas beaucoup de fêtes. Ma maîtresse n'était pas très… résistante.

Et elle était enceinte à sa mort. Est-ce qu'elle avait passé sa vie à se languir dans son lit ? Ce n'était finalement pas très étonnant que Thomas voie toutes les femmes comme des êtres fragiles !

— Etait-elle originaire des Marches ?

— Non, elle venait de la région d'Edimbourg.

Bessie sentit soudain un élan de compassion l'envahir. Cette femme avait été protégée des Anglais par de nombreuses collines toute sa vie. Peut-être, tout comme elle, avait-elle rêvé de danser à la cour du roi… Elle avait dû se sentir aussi déplacée ici qu'elle-même à Stirling.

Mais au moins, là-bas, songea Bessie, elle avait appris à danser. Elle avait su s'adapter, même si elle ne s'y était jamais sentie à sa place.

L'air embarrassé, Hew se racla la gorge.

— Devons-nous bientôt… euh… prévoir une fête de mariage au château ? demanda-t-il d'un ton plein d'espoir.

Ce serait cruel de lui avouer la vérité de but en blanc.

— Le seigneur Carwell doit d'abord remplir ses devoirs relatifs à la signature du traité, répondit-elle. Rencontrer le gouverneur anglais et préparer l'annonce de la trêve…

— Peut-être après cela, alors ?

— Peut-être, oui.

Il parut si déçu par sa réponse qu'elle s'empressa d'ajouter avec un sourire :

— Mais le retour de votre seigneur doit être célébré, n'est-ce pas ?

Le visage de Hew s'illumina de nouveau.

— Oui, vous avez raison !

— Dans ce cas, nous donnerons une fête.

La préparation des célébrations lui fournirait au moins une bonne raison d'explorer les lieux de fond en comble. Et d'en découvrir plus sur le passé de Thomas.

Durant les premiers jours, Thomas vit à peine Bessie. Elle sortait des pièces juste avant qu'il n'y entre et ne se trouvait jamais dans les couloirs en même temps que lui, comme si elle cherchait à rester hors d'atteinte.

Après tout, cela valait mieux.

Il passait le plus clair de son temps plongé dans la préparation des négociations, mais pas uniquement pour appliquer les conditions du traité, contrairement à ce que tous pensaient. Bien qu'il ait prévenu le roi que les Anglais n'auraient aucune raison de respecter la trêve, il devait se plier aux ordres, et lord Acre, le gouverneur anglais, serait sans doute d'accord.

Il voulait également évoquer avec lui un tout autre sujet : quelque chose que ni le roi ni personne ne devait apprendre.

Le traité donnait le droit à Angus de quitter l'Ecosse et de vivre en Angleterre sans craindre de représailles. Toutefois, le texte ne précisait pas qu'il devait vivre une longue vie prospère après avoir passé la frontière… Willie Storwick, lui, n'avait pas survécu longtemps à sa fuite. Et bien que le roi anglais soit très attaché à Angus, rien n'indiquait que lord Acre partageait cette tendresse pour un exilé écossais.

Du moins Thomas l'espérait-il.

Des messagers recommencèrent bientôt à circuler entre le château Carwell et Carlisle, porteurs d'accords officiels et officieux. Thomas lui-même devrait passer la frontière un jour ou l'autre pour rencontrer le gouverneur anglais en personne et régler des questions délicates — la fuite de Willie Storwick, sa mort, le traité qu'ils avaient négocié et ses différences avec celui qui avait finalement été signé… C'est-à-dire tout ce qui s'était passé depuis l'automne.

Après quoi chacun d'eux devrait prendre une lourde décision : se fier ou non aux promesses de l'autre.

Chapitre 17

Une semaine après leur arrivée, au terme d'une journée bien remplie, Thomas, assis dans sa salle de travail, consultait un registre. Sentant tout à coup une présence dans la pièce, il leva les yeux et vit Bessie, appuyée contre le montant de la porte.

Il posa son registre et prit une profonde inspiration. A force de ne plus la voir, il en avait presque oublié son désir pour elle.

Cependant, même en l'évitant, il ne pouvait ignorer les changements dans sa maison — des odeurs appétissantes qui montaient des cuisines, et même une voix de femme qui chantait parfois dans les couloirs d'ordinaire silencieux.

— Que voulez-vous ? demanda-t-il.

— J'ai suggéré à votre intendant que nous organisions une fête, commença-t-elle avec un doux sourire. Pour célébrer votre retour chez vous.

— Je n'ai pas besoin de cela, et je n'ai pas envie de donner de fête.

Il reporta son attention sur le registre encore ouvert. Les lèvres charnues de Bessie l'appelaient comme jamais...

— Vous n'en avez peut-être pas besoin, répondit-elle fermement, mais vos gens, oui.

De quoi parlait-elle ? Il protégeait ses gens contre toute attaque, cela ne suffisait-il pas ?

Il tourna de nouveau son regard vers elle. Que

cachait-elle ? La sécurité du château ne lui convenait-elle pas ? Attendait-elle autre chose de lui ? Il laissa ses yeux glisser jusqu'à sa taille. Y avait-il là une nouvelle rondeur, sous l'étoffe de sa robe ?

Voulait-elle vraiment que leur union devienne officielle ?

Non, aucun d'eux ne souhaitait cela !

— Je ne compte pas fêter nos fiançailles devant mes vassaux, finit-il par dire. Cela ne ferait que rendre les choses plus difficiles, après.

Après. Dès qu'il aurait découvert un moyen de se libérer de sa promesse.

Bessie secoua la tête.

— Ce n'est pas pour fêter cela. J'ai bien dit à Hew qu'il n'y aurait pas de mariage pour le moment.

Si ce n'était pas cela, pourquoi voulait-elle donner une fête ?

— Dans ce cas, je ne vois aucun motif de célébration.

Elle s'approcha un peu plus. Cela devenait dangereux… Heureusement pour lui, sa grande table les séparait encore.

— Thomas, reprit-elle, votre douleur est devenue la leur, au fil des années. Ils hantent les couloirs en silence. Ils ont peur de rire et osent à peine vivre. Vous, vous pouvez vous échapper d'ici pour aller à la cour du roi. Vous y dansez, vous y riez, puis vous revenez et vous vous murez dans le silence.

La culpabilité envahit Thomas à la pensée qu'elle avait vu en quelques jours ce qu'il aurait dû voir des années plus tôt. Alors qu'il savait qu'il ne se remarierait jamais, ses gens vivaient dans l'attente et se demandaient quand ils verraient arriver un héritier. Ils devaient s'inquiéter de ce qu'il allait advenir d'eux…

— Vous étiez à Stirling pour la Noël, poursuivit-elle, et vos gens n'ont pas pu organiser de fêtes. Nous pourrions célébrer l'arrivée de la Chandeleur et la fin de la saison des raids…

A ces mots, Thomas ne put s'empêcher de rire.

— Hélas ! répondit-il avec sarcasme, les envahisseurs ne lisent pas les calendriers.

Elle haussa les épaules.

— Les jours s'allongent déjà.

Elle avait raison. A la belle saison, un homme avait moins de temps pour chevaucher sous le couvert de la nuit.

— Mais, répliqua-t-il, à la fin de l'hiver, les garde-manger s'épuisent. Que nous reste-t-il pour préparer un festin ?

Bessie secoua la tête, comme si sa remarque n'avait aucun intérêt.

— Cela fait vraiment très longtemps que vous n'avez pas vécu avec une femme, Thomas Carwell, si vous ignorez que l'on peut créer un repas à partir de peu.

Oui, cela faisait longtemps. Et, face à Bessie, il commençait à peine à comprendre quelle épouse une vraie femme ferait.

— Si je dis oui, vous devez me promettre de ne pas parler de nos fiançailles au reste du clan.

De la tristesse passa dans le regard de Bessie.

Etait-ce lui qui l'avait causée ?

Mais, très vite, elle retrouva sa voix posée, si calme et si tranquille.

— Que voulez-vous que je leur dise ?

— Rien que vous devriez nier plus tard.

Elle acquiesça en silence.

Il aurait voulu refuser sa proposition. Rassembler le clan pour des festivités risquait de détruire son équilibre si précaire, dans son château solitaire.

Cependant, d'un autre côté, cela lui permettrait de mettre fin à une autre de ses incertitudes. De plus, la préparation d'un banquet occuperait Bessie et la garderait loin de lui.

— Allez-y, répondit-il. Hew sait comment informer le reste du clan et qui inviter.

Son cousin ferait partie des convives. Ce serait le bon moment pour le nommer officiellement héritier du clan et faire taire les espoirs de sa famille — ou de n'importe qui — en ce qui concernait un nouveau mariage.

Bessie se prépara à partir.

— Attendez, dit-il.

Elle se retourna, une lueur d'espoir dans les yeux. Oui, c'était bien cela qu'il devait étouffer…

— Il n'y aura pas de danse.

La danse était la cause de tous ses ennuis. S'il n'avait pas dansé avec elle, rien de tout cela ne serait arrivé.

Plus tard, la même semaine, le soleil se montra et Bessie vit Thomas aider ses hommes à réparer une cabane de pêcheurs à laquelle les Storwick avaient mis le feu lors du raid mené pour le libérer, à l'automne.

Rob et John avaient immédiatement déclaré que cet incendie était volontaire, et destiné à dissimuler la trahison de Thomas. Mais, malgré tous ses efforts, elle n'avait encore découvert aucune preuve de sa culpabilité.

Il lui avait interdit d'entrer dans son cabinet de travail. Maintenant qu'il était occupé au-delà des douves, elle avait enfin le champ libre.

Elle s'immobilisa un instant sur le seuil, étudiant cette pièce qui lui en apprendrait plus sur son propriétaire. De prime abord, elle avait jugé la table encombrée — du moins plus encombrée que celle de Rob. Toutefois, en y regardant de plus près, elle s'aperçut que chaque chose avait une place précise. Sa cuisine au fort Brunson n'était pas mieux rangée.

Peut-être était-ce là la raison pour laquelle il lui avait interdit d'entrer. Elle-même n'aurait pas apprécié le voir faire du rangement dans sa cuisine, et cela ne voulait pas dire qu'elle avait quelque chose à cacher. Thomas n'avait peut-être rien à se reprocher non plus, finalement.

Elle s'avança avec hésitation. Elle ne savait pas vraiment

lire ni écrire. Même si elle avait eu la journée pour tenter de déchiffrer tous ces documents, elle n'en aurait pas tiré grand-chose. Qu'avait-elle espéré trouver là ? Et pourquoi avait-elle promis à ses frères qu'elle chercherait des preuves de la trahison de Thomas ?

Pour qu'ils te laissent l'accompagner...

Après toutes ces semaines et malgré toutes les occasions qu'elle avait eues de découvrir quelque chose, elle n'avait toujours aucune preuve. Elle n'avait rien à montrer à ses frères. Elle n'avait jamais été à l'aise avec le mensonge ou la dissimulation et, finalement, elle se révélait aussi mauvaise espionne qu'elle avait été mauvaise danseuse... Pour cela, au moins, elle n'avait pas besoin de preuves supplémentaires.

Si Thomas ne se confiait pas à elle, elle ne saurait jamais la vérité à son sujet.

Elle jeta un dernier regard autour d'elle, cherchant désespérément quelque chose, n'importe quoi ! Mais il n'y avait rien : chaque pile de papiers ressemblait aux autres... Une seule chose, dans la pièce paraissait sortir du lot. Sur une petite table sous la fenêtre, Thomas avait placé un parchemin bien en évidence. En s'approchant, Bessie vit qu'il était orné du sceau royal coulé dans de la cire noire. Elle se mit laborieusement à déchiffrer le texte. Au bout de quelques minutes, elle en comprit enfin le sens.

Il nommait officiellement Thomas gouverneur des Marches écossaises.

Un gouverneur avant d'être chef de clan.

Hew avait raison. Thomas resterait un gouverneur avant de songer au mariage ou à la venue d'un héritier.

Peut-être était-ce là la seule vérité dont elle avait besoin.

Elle sortit de la pièce et referma précautionneusement la porte derrière elle. Maintenant, il n'y avait plus qu'un seul endroit qu'elle puisse fouiller, la seule pièce du château qu'elle n'avait jamais vue...

*
* *

Hors des remparts, un vent d'ouest se leva, accélérant la montée des eaux. Thomas s'immobilisa quelques instants pour écouter le déferlement des vagues ; elles allaient particulièrement vite. Les restes calcinés de la cabane de pêcheur se trouvaient au bout de la plage, mais il avait décidé de la reconstruire un peu plus dans les terres. Malgré tout, l'eau l'inonderait rapidement, comme elle le faisait deux fois par jour. Douves, mer, landes : le château était vraiment bien protégé. Une cahute de bois, en revanche, n'avait jamais été une grande perte dans la région.

Sans doute était-ce pour cela que les Brunson s'étaient montrés soupçonneux.

Seigneur ! Pourquoi ne pouvait-il cesser de penser à Bessie Brunson, même en travaillant ?

Il fit signe à ses hommes de cesser le travail et de rassembler leurs outils pour rentrer au château. Pendant que tous s'activaient, il se tourna vers son intendant.

— Les préparatifs de la fête avancent-ils bien ?

Le visage de Hew s'éclaira d'un grand sourire. Jusque-là, il n'avait encore posé aucune question à ce sujet.

— Oui, messire. Je pense que vous serez content.

Sans aucun doute. Du moins en ce qui concernait l'organisation. Il avait déjà pu assister à une fête organisée par Bessie, lors du mariage de John. La nourriture, le vin et la musique avaient été très agréables. Même lui et ses hommes, invités inattendus et non désirés, avaient été traités comme s'ils étaient de la famille.

Et elle avait tout fait seule, par-dessus le marché.

La troupe entreprit de gravir le tertre sur lequel s'élevait le château.

— Assurez-vous, reprit-il à l'intention de Hew, qu'elle n'en fasse pas trop. Elle est habituée à travailler seule.

Hew le dévisagea, l'air surpris.

— Votre promise est une femme forte et pleine de volonté, répondit-il.

En effet, elle n'avait rien de commun avec son ancienne épouse. Ce n'était toutefois pas une raison suffisante pour lui faire oublier toutes les complications liées à la situation.

Il était temps de mettre Hew au courant de la vérité.

— Nous avons été fiancés pour des raisons politiques, mais il n'y aura pas de mariage.

Hew se crispa légèrement et poursuivit sa route en silence.

— Espérez-vous vivre pour toujours, laird Carwell ? demanda-t-il finalement.

— Bien sûr que non !

Quelle étrange question !

— Dans ce cas, reprit l'intendant, vous allez avoir besoin d'un héritier.

— Je vous trouve bien direct, Hew.

Il avait beau essayer de paraître sévère, les mots de son domestique éveillèrent un nouveau désir en lui.

Non pas un désir d'héritier, mais un désir sensuel pour la femme qui pourrait bien déjà porter le prochain Carwell… Depuis leur arrivée, il avait pris soin de rester aussi loin d'elle que possible, dans l'espoir d'étouffer ses sentiments. Au lieu de cela, sa tendresse pour elle s'était installée de plus en plus, guidée par le désir de la posséder tout entière, et pas seulement physiquement. Son calme lui manquait. Ses sourires lui manquaient. Il aurait voulu pouvoir encore remonter les couvertures sur ses épaules nues, le soir, pour s'assurer qu'elle n'avait pas froid.

Chassant ces pensées troublantes, il se tourna de nouveau vers Hew. Conscient de sa position, l'intendant s'était tu, mais ses regards en disaient long.

Il était plus que temps de mettre fin à tout cela. Il avait déjà envoyé un message à son cousin, joint à l'invitation. On célébrerait en effet la venue d'un héritier Carwell, lors de ce festin…

*
* *

Intimidée, Bessie se décida enfin à entrer dans la chambre de Thomas. Malgré le silence qui y régnait, sa présence semblait inscrite dans les murs, flotter dans l'air comme un fantôme. Non ! C'était impossible !

Tu n'es pas venue ici pour pleurer ton amour perdu, ma fille ! Tu es là pour trouver des preuves qui feront accuser cet homme de trahison !

Une fois qu'elle aurait prouvé le complot, son désir disparaîtrait, c'était certain.

La chambre offrait bien moins d'objets à examiner que le cabinet de travail mais, malgré cela, elle n'avait pas grand-chose à voir avec l'austérité des chambres du fort Brunson. La décoration était simple, mais une tapisserie réchauffait les murs de ses couleurs. Contrairement à celle de la grande salle, on n'y voyait pas de scène de bataille chargée de personnages aux costumes chatoyants. Sur un fond de feuilles émeraude, un couple se tenait debout, les mains jointes, comme s'il s'apprêtait à danser.

Elle ferma les yeux quelques instants. Il ne fallait pas qu'elle laisse ses souvenirs joyeux l'envahir. Ce n'était pas le moment. Pourquoi donc avait-elle tant voulu entrer dans cette chambre ? Au fond, elle savait bien qu'elle n'y trouverait rien. Thomas lui manquait tellement, depuis leur arrivée ! Ils avaient beau dormir sous le même toit, elle ne le voyait presque jamais. L'intimité de sa chambre, au moins, la rapprochait un peu de lui…

Elle se détourna de la tapisserie et rouvrit les yeux. Le lit. Ouvert devant elle, et encadré de rideaux verts assez épais pour couper les courants d'air nocturnes, il semblait l'inviter. Elle s'avança et laissa ses doigts courir sur l'étoffe suspendue au baldaquin : un lainage aussi précieux que celui de leur chambre, à Stirling.

Soudain, elle vit quelque chose de clair, dissimulé par

les rideaux, à la tête du lit. Là, posé sur un oreiller, il y avait son petit chardon brodé.

La main tremblante, elle le prit. C'était bien la preuve qu'elle était venue chercher ici. Non pas une preuve de culpabilité, mais une preuve d'amour, malgré ses efforts pour la tenir à l'écart.

Non, ce n'était pas une preuve. Son cadeau était un objet de valeur ; il pourrait le vendre, s'il le souhaitait.

Mais, dans ce cas, pourquoi ne l'avait-il pas fait ? Pourquoi le conservait-il dans son lit ? Elle ne savait que penser.

Elle avait exploré chaque recoin du château, et fait parler Hew et les autres domestiques. Pourtant, elle n'avait encore rien trouvé qui puisse prouver que Thomas Carwell était autre chose que le loyal gouverneur des Marches.

Au lieu de cela, elle venait de découvrir un détail qui lui prouvait que, s'il n'était pas amoureux, du moins pensait-il à elle avec tendresse. Cela voulait-il dire que…

Soudain, elle entendit sa voix dans l'escalier en colimaçon. Il ne devait en aucun cas la trouver là, à côté de son lit, en train de larmoyer sur son oreiller !

Elle se précipita vers la porte. Elle n'avait plus le temps de disparaître mais, s'il la trouvait dans le couloir, il ne pourrait pas l'accuser d'avoir franchi le seuil ou se demander ce qu'elle avait pu découvrir à l'intérieur.

Thomas atteignit le sommet de l'escalier quelques instants plus tard, et perdit son sourire et la voyant devant sa porte.

— Que faites-vous ici ? demanda-t-il sèchement.

Hew, qui le suivait, les dévisagea en silence.

— Vous ne m'avez pas interdit l'accès à cette pièce, répondit-elle pour couper court à toute demande d'explication.

Malgré la difficulté de la situation, elle ne put s'empêcher de sourire. S'il l'aimait vraiment, ne lui sourirait-il donc pas aussi ?

— En effet, je ne l'ai pas interdit.

Aucun sourire n'adoucit ses paroles.

Luttait-il contre le désir de la prendre dans ses bras ou se faisait-elle des idées sur son compte ?

Il ne lui laissa guère le temps de s'interroger.

— Cela ne me dit toujours pas ce que vous faites là.

— Je cherchais des draps, pour nos invités, dit-elle vivement. Je pensais que vous pourriez en avoir dans votre chambre.

— Je n'en ai pas.

Il se détourna et demeura silencieux.

Bessie acquiesça, dissimulant tant bien que mal sa déception, et se dirigea vers l'escalier.

— Je regarderai ailleurs, dans ce cas, lança-t-elle par-dessus son épaule.

Lorsqu'elle le croisa, il l'arrêta en lui saisissant le bras.

— La prochaine fois, Bessie, demandez à Hew ou à l'un des serviteurs de vous apporter ce dont vous avez besoin.

— Hew était avec vous, et je ne voulais pas déranger les autres dans leur travail.

— Ce n'est jamais un problème de vous aider, Madame, glissa Hew en franchissant la porte de la chambre.

La porte que Thomas venait de lui interdire, à elle…

— Bessie, reprit Thomas d'une voix plus douce dès que Hew eut disparu, vous n'avez pas besoin de tout faire seule…

Parce que vous, oui ? songea-t-elle en perdant son sourire.

On l'appelait Thomas le Solitaire et, maintenant, elle savait pourquoi. Cette pensée la rendit plus triste qu'elle ne l'aurait cru. Après tout, il n'avait ni femme ni famille, et aucun projet pour remédier à cela. En tout cas, aucun qui la concerne.

Il ne retira pas la main de son bras et jeta un rapide regard à son ventre. Elle aurait voulu pouvoir lire un peu d'espoir dans son regard.

— Pas encore, dit-elle doucement.

Il la lâcha alors et lui fit signe de s'en aller.

Elle lui tourna le dos et descendit l'escalier. Cette fois, elle aurait sans doute besoin de davantage qu'un sourire pour se sentir un peu mieux…

Quelques jours plus tard, Thomas apprit, non pas par un messager royal mais par le gouverneur anglais, que le roi avait lancé une nouvelle attaque contre Angus.

Le roi, pour sa part, envoya un message par lequel il ordonnait à tous ses sujets d'honorer le traité de paix sous peine de mort.

Cependant, Thomas avait sous les yeux une lettre signée de lord William Acre, annonçant que le fief d'Angus était de nouveau assiégé par Jacques, et essuyait de lourds tirs de canon.

Dans la lumière mourante du crépuscule, il relut plusieurs fois les deux messages, cherchant à en comprendre le sens et à en peser les conséquences.

La tentation était grande de rassembler ses hommes pour aller combattre une nouvelle fois son vieil ennemi, bien qu'il ait toujours considéré qu'assiéger un château bien fortifié et entouré par la mer sur trois côtés était une perte de poudre et d'efforts.

Quoi qu'il en soit, cela ressemblait bien au jeune roi de se jeter dans une dernière attaque absurde dans l'espoir d'attraper Angus avant qu'il ne passe la frontière et se retrouve sous la protection de la couronne anglaise.

Curieusement, Jacques ne l'avait pas appelé en renfort et, ce qui était plus surprenant encore, il ne l'avait même pas prévenu de l'attaque. Que penser de sa relation de confiance avec le roi, après cela ?

C'était vrai, les sables pouvaient être traîtres…

Il jeta un nouveau regard au message de lord Acre. Bien que la nouvelle de l'attaque d'un fief écossais par le roi écossais lui soit parvenue par le gouverneur anglais, la lettre contenait suffisamment de détails pour être crédible.

Ce qu'il ne comprenait pas, c'était pourquoi Acre l'avait mis au courant… Il aurait aimé croire que cela signifiait que le gouverneur anglais était prêt à arrêter Angus s'il passait la frontière, mais cette lettre pouvait aussi être une menace voilée : si l'Ecosse se permettait de trahir l'esprit du traité, alors l'Angleterre serait libre d'en trahir les moindres lignes.

S'il avait raison, son voyage de l'autre côté de la frontière pour rencontrer lord Acre risquait d'être plus périlleux que prévu.

Ce n'était toutefois pas ce qui l'inquiétait. Il connaissait depuis longtemps les dangers de sa mission, et se sentait en général capable de les affronter.

Ce n'était pas non plus la peur de la mort qui le préoccupait.

Il était envahi d'une autre crainte, profonde et instinctive.

Qui prendra soin de Bessie, si je meurs en mission ?

Chapitre 18

Bessie avait travaillé sans relâche pour préparer la fête et, bien que le résultat n'ait rien à voir avec le faste de Stirling, les convives semblaient satisfaits.

Comme il faisait encore froid et que les invitations avaient été envoyées tard, peu de monde avait répondu à l'appel, et il y avait surtout des hommes. Si la fête avait été donnée en été, plus de membres du clan seraient venus en famille. Il aurait pu y avoir de la musique et de la danse…

Elle jeta un rapide regard à Thomas. Il ne fallait pas rêver : elle ne serait probablement plus là à l'été.

La plupart des convives l'observaient avec curiosité mais, apparemment, le clan Carwell n'avait pas l'habitude de poser trop de questions. Heureusement.

Malgré cela, il n'avait pas dû leur échapper que les domestiques prenaient leurs ordres d'elle, ce qui ne correspondait pas vraiment au mensonge que Thomas et elle avaient concocté.

Nous étions à Stirling pour les fêtes de Noël, à la cour… Messire Carwell m'a proposé de m'escorter jusque chez moi… Oui, je rentre bientôt… Ses devoirs de gouverneur le retiennent seulement quelques jours…

— Vous vous êtes donc rencontrés à la cour ? demanda soudain la tante de Thomas, Canny Carwell, en s'approchant de Bessie. Est-il vrai que le roi règne seul, à présent ?

Thomas lui avait confié qu'elle était veuve. Elle était venue avec son fils, un garçon d'à peine seize ans.

Bessie acquiesça. Après tout, elle pouvait parler de la vie à la cour sans préciser les raisons de sa rencontre avec Thomas.

— Oui, en effet, répondit-elle.

— Je suis persuadée que mon George s'entendra bien avec le roi, reprit la veuve sur un ton de confidence. Il est l'héritier Carwell, vous savez. Ou du moins, il le sera bientôt.

Bessie, ma fille, reste courtoise...

— Oh ! Vous voulez dire, jusqu'à ce que Thomas se marie et engendre un fils ?

Instinctivement, elle posa sa main sur son ventre, bien qu'elle commençât à perdre l'espoir d'être enceinte.

La vieille femme la regarda avec une pointe de condescendance.

— Vous êtes étrangère, ici, vous ne pouvez pas savoir. Thomas ne se remariera jamais, en dépit de ses devoirs. Remarquez, je ne le blâme pas. Nous avons tous pensé qu'Annabell, eh bien...

La veuve laissa sa phrase en suspens et hocha la tête d'un air entendu.

Encore cette mystérieuse Annabell ! Au début, Bessie l'avait imaginée comme une sainte adorée par son époux. Elle pensait ne jamais pouvoir l'égaler et imaginait que Thomas ne voudrait jamais la remplacer.

Toutefois, depuis son arrivée, sa vision des choses avait peu à peu changé. Elle avait entendu des murmures, dans les couloirs, et eu des preuves que sa rivale invisible se plaçait à un tout autre niveau.

Peut-être cette vieille tante pourrait-elle lui en dire plus.

— Que pensiez-vous, exactement ? demanda-t-elle d'un ton dégagé.

Canny Carwell la dévisagea un instant, l'air choqué et

soupçonneux. Puis, après avoir longuement regardé de tous côtés pour s'assurer qu'on ne l'entendrait pas, elle lui glissa à l'oreille :

— Elle n'était pas de notre monde.

Sur ce, elle tourna les talons et s'éloigna.

Au fur et à mesure que la soirée s'écoulait, Thomas sentit sa conviction vaciller. Son cousin George n'était pas plus âgé que le roi… Assez vieux pour être considéré comme un homme, mais encore assez jeune pour agir comme un enfant. C'était une bien dangereuse combinaison.

George finit par s'approcher de lui, l'air impatient.

— Quand allez-vous leur annoncer ? demanda-t-il comme s'il n'en pouvait plus d'attendre son moment de gloire.

Thomas lui jeta un regard irrité. Le garçon n'avait pas encore fini de grandir, et il n'avait apparemment pas encore appris les bonnes manières.

— Je n'ai pas encore décidé, répondit-il.

— Avez-vous dit au roi Jacques que je suis votre héritier ?

— Le roi et moi avons de plus graves problèmes à traiter.

— Quand est-ce que je le rencontrerai ?

— En tant que futur gouverneur, vous devriez avant tout vous inquiéter des problèmes du royaume, répliqua sèchement Thomas, bien qu'il ne lui aurait certainement pas confié la moindre information sensible.

Malgré cette remontrance, George ne posa pas de question au sujet du royaume.

— Je veux aller à la cour ! Mère m'a promis que j'irai à la cour !

Thomas ravala son agacement.

— Avant de vous soucier de la cour, vous feriez bien d'apprendre les devoirs du chef du clan Carwell et du gouverneur des Marches.

— Je ne serai rien de cela avant votre mort, répondit

le garçon en haussant les épaules. Et vous paraissez en très bonne santé.

Thomas posa la main sur l'épaule du garçon. Décidément, ce gamin ne semblait pas prêt à hériter du titre…

— Avant de rencontrer le roi, lui conseilla-t-il, vous feriez bien d'apprendre à exprimer un peu d'humilité et de gratitude, ou bien je change d'avis.

— Vous ne pouvez pas. Je suis votre plus proche parent !

Thomas le laissa partir et dut se retenir pour ne pas l'envoyer rejoindre sa mère en lui bottant les fesses.

Non, décidément, il ne pouvait pas envoyer George à la cour. Le roi le dévorerait tout cru.

S'il ne l'étranglait pas lui-même avant la fin de la soirée !

Comme Thomas l'avait exigé, Bessie n'avait pas organisé de danse, mais elle avait tout de même fait venir des musiciens. Le clan Carwell connaissait quelques ballades et, dès qu'elle eut mémorisé leurs mélodies, elle se mit à chanter avec les autres.

Thomas chantait aussi, mais sa voix se noyait dans le chœur. Il ne chantait pas mal, mais cela n'avait rien à voir avec le timbre puissant de Rob.

Quant à elle, elle n'était peut-être pas née pour danser, mais certainement pour chanter.

Dès la fin de la première ballade, Thomas se tourna vers elle avec admiration.

— Vous avez une voix d'ange.

Elle lui sourit. C'était vrai qu'il ne l'avait encore jamais entendue chanter.

— Les Brunson chantent, répondit-elle.

Mais ils ne dansent pas.

C'était les mots de son père, ceux qu'elle avait répétés à Thomas le soir de leur rencontre.

Canny Carwell se pencha alors vers elle.

— Accepteriez-vous de chanter pour nous ?

Bessie interrogea Thomas du regard. Il hocha la tête. Elle se tourna alors vers l'assemblée, satisfaite de cette fête qu'elle avait entièrement combinée. Pendant un instant, il lui sembla être de retour chez elle.

— Je vais vous chanter la *Ballade des Brunson*…

Elle prit une profonde inspiration et commença :

Voici l'histoire très lointaine
D'un Viking aux yeux sombres, né de l'ancien temps
Abandonné par son clan sur le champ de bataille
Le premier des Brunson est laissé pour mort
Le premier des Brunson est laissé pour mort

Les vers s'élevaient, chargés du poids des siècles. Ils avaient été chantés par le clan entier, depuis le premier des Brunson, jusqu'à elle.

Bientôt, le reste des invités se joignit à elle sur les paroles répétitives du refrain.

Silencieux comme le lever de la lune, sûr comme les étoiles,
Puissant comme le vent qui balaie le Carter Bar

Les notes mêmes du chant faisaient partie de son sang ; ses paroles étaient gravées dans ses os. Toute l'étrangeté de sa vie à Stirling la quitta enfin… Elle était une Brunson et, si elle décidait de se donner à Thomas Carwell, il devrait se considérer honoré de son choix.

Ce soir, elle saurait le lui rappeler.

Emerveillé, Thomas écoutait Bessie.

Comment avait-il pu la coucher dans son lit sans savoir que sa voix saurait faire frémir sa peau comme une caresse de velours ? Il n'avait connu que la brusquerie de ses paroles entrecoupées de lourds silences, jamais il ne l'avait surprise en train de chanter comme ce soir-là.

Tout au long de la ballade, en retraçant la geste de tous les Brunson, elle avait gardé une voix assurée, puissante. Mais, soudain, son timbre trembla. Elle attaquait le dernier couplet, celui que l'on avait écrit pour son père.

Il fut un cavalier des Marches, élevé en guerrier
On ne vit jamais homme plus fidèle
Loyal jusqu'à la mort, et même au-delà
Jusqu'à la mort, et même au-delà

Les dernières notes moururent dans un silence plus éloquent que les applaudissements les plus enthousiastes.

Elle se tourna vers Thomas et lui sourit paisiblement.

— Vous avez raison, dit-il, les Brunson savent vraiment chanter.

— Oui, fit-elle avec malice. Il paraît même que certains d'entre eux savent danser !

A l'extrémité de la salle, quelqu'un se mit à jouer du violon, rapidement suivi par d'autres musiciens. Les invités se levèrent et formèrent un cercle, prêts à danser.

Thomas n'avait pas voulu que l'on danse, mais que faire ? Il n'allait tout de même pas priver ses hôtes de ce plaisir...

Bessie se leva à son tour et lui tendit sa main.

— Venez !

Il eut un instant d'hésitation. S'il la touchait, il risquait de la prendre de nouveau dans ses bras, et même de la conduire jusqu'à son lit. Cependant, on se préparait pour une danse en cercle, et tout le monde y participait... Après tout, tant qu'il restait dans la grande salle, avec les invités, il n'avait pas grand-chose à craindre.

Il lui prit la main et la conduisit jusqu'au cercle de danseurs.

Bessie n'avait jamais autant aimé danser.

Après avoir chanté, elle avait senti la méfiance de la

famille à son égard s'affaiblir. A présent, elle virevoltait légèrement dans la salle. Qu'il était facile de rire, de sourire, d'aller d'un partenaire à un autre en rythme, ce soir ! Même si elle ratait un pas, elle savait que personne ne s'y arrêterait.

Dans l'entrain de la danse, elle se trouva séparée de Thomas, mais elle sentait toujours ses yeux sur elle. Il souriait enfin…

C'est à cela que la vie pourrait ressembler, se dit-elle. *Nous pourrions passer nos journées dans une maison pleine de rires et de musique.*

Pouvait-il entendre ses pensées, à travers la salle ?

Partageait-il ses espoirs ?

A la fin du morceau, Bessie se trouva à une extrémité de la salle et Thomas à l'autre. Trop loin d'elle. Elle souriait et remettait de l'ordre dans ses cheveux, dérangés par la danse. Ses joues avaient pris des couleurs ; elle semblait essoufflée…

Un lointain cousin se pencha vers elle pour lui glisser quelque chose à l'oreille, et Thomas entreprit de les rejoindre d'un pas vif. Pourquoi cet homme se permettait-il de rester si près d'elle ?

C'est le moment que choisit Canny Carwell pour se camper devant lui.

— Il est temps de l'annoncer, maintenant, n'est-ce pas ? dit-elle.

Sans lui laisser le temps de répondre, elle se tourna vers les invités.

— Notre seigneur a des nouvelles pour nous, lança-t-elle, approchez-vous tous !

Thomas vit Bessie du coin de l'œil. Son sourire avait fait place à de la surprise, puis à de l'inquiétude.

*
* *

Bessie retint sa respiration en observant Thomas.

Il ne paraissait plus heureux ou léger, comme lorsqu'il dansait. Quelqu'un avait-il découvert la vérité au sujet de leurs fiançailles ? Etait-il contraint d'annoncer leur mariage à tout le monde ?

Ne dites rien que vous pourriez avoir à nier, avait-il conseillé. Et elle n'avait rien révélé.

Elle jeta un coup d'œil aux convives. Un serviteur aurait pu faire un commentaire déplacé ; quelqu'un aurait pu entendre une bribe de conversation. Tout était possible… Hélas ! si quelqu'un avait parlé, il ne se soucierait pas de savoir qui. Elle seule aurait à subir sa colère.

Ou peut-être son annonce concernait-elle autre chose. Quelque chose de plus grave…

Canny Carwell se tenait à côté de lui, rayonnante.

Il est l'héritier Carwell, vous savez. Ou du moins, il le sera bientôt.

Thomas était crispé, une lueur assassine dans le regard. Il ne s'apprêtait de toute évidence pas à annoncer de bonnes nouvelles.

— Je vous souhaite à tous la bienvenue, commença-t-il, et je vous remercie d'avoir voyagé dans le froid de l'hiver. Je sais bien que les choses ont été…

Il s'interrompit, cherchant ses mots.

— Ces dernières années, reprit-il, depuis la mort de mon père…

Quelques murmures s'élevèrent. Bessie discerna les mots « Dieu ait son âme » articulés à voix basse. Certains firent un rapide signe de croix.

Et tous se dévisageaient d'un air incertain.

Thomas se racla la gorge et poursuivit :

— Le roi Jacques a repris possession de son trône, et le comte d'Angus n'a plus aucun pouvoir. On nous a rendu ce qui nous revenait de droit, le titre de gouverneurs des Marches. Comme vous le savez, un traité vient d'être signé avec l'Angleterre pour maintenir la paix. Nous fêtons ce soir l'avènement d'une ère nouvelle !

Sur ce, il leva bien haut sa coupe.

— Au roi Jacques V. Longue vie au roi !

La foule fit de même et, au fond de la salle, quelqu'un s'écria :

— Et au seigneur Thomas Carwell. Longue vie à lui !

Thomas sourit et fit un rapide signe de tête en remerciement.

Tout le monde vida son verre d'un coup, à l'exception de Canny Carwell. Elle donnait l'impression d'avoir découvert une souris morte flottant dans son vin…

A la fin de la soirée, Bessie confia à Hew la tâche de conduire les invités à leurs chambres et suivit Thomas hors de la salle.

— Je pense que tout le monde a approuvé votre discours, commença-t-elle.

— Et vous ? L'approuvez-vous ?

Quelle réponse attendait-il ? Hélas ! la flamme des bougies n'éclairait pas assez le couloir pour qu'elle puisse déchiffrer son regard.

— Que voulez-vous dire ?

— Vous pensiez que j'avais besoin de rire et de danser, répondit-il. Etes-vous satisfaite ?

Il lui demandait sincèrement son opinion, comme si cela comptait vraiment pour lui.

Comme si elle était vraiment sa compagne, bien qu'il fasse tout pour dissimuler leurs fiançailles.

Tout en marchant, elle prit son bras, et laissa sa tête reposer contre son épaule.

— Oui, je pense que cela suffit… pour l'instant.

Elle aurait voulu ajouter : « Nous pourrions être si heureux », mais n'osa pas.

Ils se trouvèrent rapidement devant la porte de la chambre de Bessie. Elle ouvrit et le poussa doucement à l'intérieur.

Maintenant. C'est maintenant ou jamais...

— Je suis votre femme, Thomas, murmura-t-elle. Que la vie nous réserve de bonnes ou de mauvaises surprises, nous sommes ensemble. Peu importe ce que mes frères décideront de faire, nous avons été unis devant Dieu et nous avons consommé notre union...

Elle ne put s'empêcher de sourire.

— Plus d'une fois, d'ailleurs... Il est temps pour moi de prendre ma place à vos côtés. Et dans votre lit, ajouta-t-elle en passant les bras autour de son cou.

Elle le sentit fléchir dans ses bras, s'incliner vers elle, et leurs lèvres se joignirent. Là, enlacés, leurs corps pressés l'un contre l'autre, elle put sentir son désir s'éveiller...

Mais il interrompit soudain leur baiser et s'écarta d'elle.

— Nous sommes tous les deux fatigués, nous ne pensons plus clairement. Vous avez trop travaillé ces derniers jours, Bessie... Dormez bien.

Il sortit de la chambre, puis se retourna.

— Quand vous vous lèverez, je serai parti.

Tu es une Brunson, Bessie. Ne l'oublie pas !

L'humiliation d'avoir été repoussée piquait sa fierté. Son petit chardon brodé, bien caché derrière l'oreiller de Thomas, ne voulait strictement rien dire ! Il ne tenait pas plus à elle que le garçon qui l'avait embrassée dans la grange. Maintenant, au moins, elle savait à quoi s'en tenir.

— Où partez-vous ? demanda-t-elle.

— Je vais rencontrer le gouverneur anglais. Nous devons appliquer le traité et préparer l'annonce de la trêve.

Chacune de ses paroles était sèche et brutale.

— Combien de temps serez-vous absent ?

— A mon retour, vous… aurez la réponse que nous attendons tous les deux.

Il eut un dernier instant d'hésitation, puis se détourna.

— Bonne nuit, reprit-il par-dessus son épaule.

La tête haute, elle referma la porte.

Puis, une fois seule, elle éclata en sanglots.

De peur de la croiser avant son départ, Thomas se leva avant l'aube. La veille, en la voyant si forte, si obstinée, si franche, il avait voulu lui dire « oui »… Il avait voulu la prendre dans ses bras, la serrer contre lui et l'appeler son épouse devant le monde entier. Il avait voulu annoncer à toute sa famille rassemblée qu'ils étaient fiancés, et qu'il s'apprêtait à partager sa vie à jamais.

Mais il n'avait pas pu.

Et, de nouveau, il regrettait tout ce qui s'était passé entre eux…

Il avait conçu de nombreux plans pour la protéger. Tout était bien calculé. Et puis il y avait eu les festivités de fin d'année, qu'il avait passées dans ses bras. Il s'était laissé gagner par l'euphorie et avait oublié tous ses beaux calculs. Un pas après l'autre, il s'était engagé dans les sables mouvants des sentiments. Néanmoins, toutes ces raisons qu'il invoquait pour elle autant que pour lui-même n'étaient que des prétextes…

Ce n'était pas le mariage qu'il craignait, en réalité. Si jamais elle venait à apprendre ce qu'il avait fait, ce serait elle qui partirait. Et il ne voulait pas subir une telle perte…

Chapitre 19

Dès le départ de Thomas, Bessie sortit du château pour se promener sur la plage. C'était la première fois qu'elle voyait la mer d'aussi près.

Elle s'était réveillée au bruit des chevaux qui passaient le pont-levis. Celui de Thomas d'abord, puis ceux des invités. Après cela, il n'y avait plus eu que le silence, absolu, et hors des murs le chant incessant des vagues.

Thomas n'était plus là pour lui interdire l'accès à son cabinet de travail ou l'empêcher de quitter l'enceinte du château. Puisqu'il avait clairement dit qu'il n'avait aucune intention de devenir son époux, elle n'était en aucun cas tenue de lui obéir !

Le vent des derniers jours était tombé, mais elle mit tout de même des bottes et s'enveloppa dans une cape et un châle avant de descendre l'escalier. Elle traversa le hall et la cour déserts et plongés dans le silence. Les domestiques et l'intendant ne s'étaient pas encore vraiment habitués à sa présence et n'avaient pas relevé le pont-levis aussitôt après le départ des invités. Elle sortit sans que personne s'en aperçoive.

Elle trouverait bien un moyen de rentrer, plus tard, songea-t-elle.

Elle était enfin dehors. Libre !

La grande porte ouvrait sur la lande. Elle contourna

les douves et emprunta le chemin surélevé, raviné par les intempéries, que l'on avait construit pour accéder à la plage.

Il faudrait le réparer, au printemps, se dit-elle. Comme si elle devait être encore là, à ce moment. Comme si quoi que ce soit, dans ce château, la concernait vraiment !

Est-ce que le chardon pouvait fleurir, si près de la mer ?

En avançant sur le sentier, elle effraya un groupe d'oiseaux qui s'envolèrent en piaillant devant elle. Peut-être était-ce un vol d'oies ou de cygnes. Comment savoir ? Elle les observa tandis qu'ils prenaient de l'altitude, et sentit son cœur s'élever au milieu des battements d'ailes.

Elle arriva enfin sur la plage. La marée était basse, et le sable luisant s'étendait devant elle, aussi lisse que le sol de la grande salle de Stirling. Ses pas s'y imprimaient, laissant une marque éphémère à la surface. Plus elle s'approchait de l'eau, plus le sable était fin. Il semblait vouloir retenir ses bottes à chaque pas. En se retournant, elle aperçut ses traces, toujours visibles, au milieu des empreintes de pattes des mouettes.

Elle prit une profonde inspiration ; l'air était salé et humide. Pour la première fois depuis deux longs mois, elle se sentait respirer. Les intrigues royales, les danses étranges, la petite chambre dans laquelle elle s'était donnée à cet homme qui, finalement, semblait ne pas l'aimer, tout cela l'avait lentement étouffée…

Qui était-elle devenue, après tout cela ?

Certainement pas Elizabeth ! Elle ne serait jamais une femme capable de danser au bras du roi et d'éviter prudemment tous les dangers de la cour. Elle ne serait jamais digne d'être l'épouse de Thomas Carwell.

Cependant, elle avait appris à danser.

Elle n'était donc plus vraiment Bessie Brunson. Elle n'était plus cette femme qui avait passé sa vie à ne rien vouloir d'autre que la protection des murs qui l'avaient vue naître. Elle ne pouvait plus limiter ses rêves aux corvées quotidiennes du fort Brunson, car cette Bessie-là n'aurait jamais pu se promener au petit matin sur une plage venteuse et s'y sentir chez elle…

Cette Bessie-là n'aurait jamais oublié que les Brunson n'avaient pas confiance en Thomas Carwell, et que rien ne pourrait jamais changer cela.

Elle se retourna vers la silhouette imposante du château, qui projetait une ombre grise sur les douves et la lande alentour.

Qui donc était-elle devenue ?

Elle s'interrogea pendant plus d'une demi-heure, en se promenant sur le sable, en vain. Finalement, elle reprit le chemin du château. Soudain, Hew apparut au bord de la plage, accompagné d'une demi-douzaine d'hommes.

— Tout va bien, Madame ? s'enquit-il d'un air alarmé.

Rapidement, ses hommes ramenèrent Bessie sur la terre ferme et l'entourèrent, pour la protéger du vent.

— Je ne fais que me promener, répondit-elle.

Dire qu'elle croyait que personne n'avait remarqué son absence !

— Ne revenez plus jamais par ici, reprit Hew.

Elle sentit monter en elle une colère digne de la maîtresse du château.

— Vous n'avez pas à m'interdire quoi que ce soit !

— Si je ne le fais pas, le maître aura ma tête.

— Mais pourquoi ? demanda-t-elle, estomaquée.

Elle jeta un rapide regard autour d'elle. S'envelopper du parfum iodé du vent, écouter le roulement régulier des vagues… Si on lui interdisait cela, elle perdrait la seule joie qu'elle avait finalement réussi à trouver ici.

— Il n'y a pas de danger, ici, poursuivit-elle.

— Oh si ! il y en a, Madame ! C'est là que lady Annabell est morte, voyez-vous, dans les sables mouvants…

***

Dès que Thomas fut introduit auprès du gouverneur anglais, il comprit que quelque chose n'allait pas.

— Les Brunson ont organisé un raid sur les terres Storwick, la semaine dernière, lui annonça lord Acre dès son arrivée. Ils ont brûlé les bâtiments, et le bétail s'est enfui.

C'est vous que je tiendrai pour responsable, avait dit le roi.

Il avait retardé le moment de faire face aux Brunson dans le seul but de trouver une solution à ses fiançailles forcées, et maintenant il allait avoir tout le monde à dos.

Mieux valait ne pas informer lord Acre de son engagement avec Bessie Brunson, songea-t-il. S'il l'apprenait, il ne lui ferait plus confiance du tout, et leurs négociations se trouveraient compromises. Il avait cependant conscience qu'il finirait par l'apprendre tôt ou tard…

Après tout, cela ne changerait probablement pas grand-chose. La confiance qu'ils s'accordaient mutuellement était déjà fort limitée.

— Notre premier jour de négociations pour la trêve s'annonce chargé de problèmes à résoudre, répondit-il prudemment.

— Je ne vois aucune raison d'attendre pour agir. Le traité me donne le droit de pourchasser les Brunson.

— Oui, un traité qui ne correspond en rien à ce sur quoi nous nous étions mis d'accord, lui rappela Thomas. Ce que vous suggérez de faire ne présage rien de bon pour cette paix encore fragile…

Le roi attendait sans doute de lui qu'il empêche toute invasion anglaise. Des raids à la frontière et du bétail volé étaient une chose, mais l'arrivée du gouverneur anglais à Liddesdale, accompagné de mille de ses hommes, en était une autre.

— Le traité, poursuivit-il, demande la mise en place d'une trêve d'ici à la fin du mois. Si vous passez la frontière avant cela, vous briserez l'accord conclu entre nos deux nations.

Un accord que Thomas devait maintenir « sous peine de mort », ordre du roi.

Lord Acre fronça les sourcils. Les négociations n'étaient pas gagnées…

Thomas laissa le silence planer quelques instants avant de changer de sujet.

— Vous m'avez écrit pour me dire que le château d'Angus subissait un nouveau siège.

Acre acquiesça.

Thomas se cala au fond de son fauteuil et croisa les bras.

— En quoi cela vous intéresse-t-il ?

— Cela ne m'intéresse pas, répondit Acre, mais mon roi s'en soucie. Et vous aussi.

— Vraiment ?

Thomas sentit un frisson le parcourir. Les négociations allaient pouvoir reprendre.

— Et vous ? demanda-t-il. De quoi vous souciez-vous ?

— Des Brunson.

Il fallait jouer serré, comme lorsque l'on s'aventure trop près des sables mouvants.

— Vous vous souciez des Brunson ?

— Trêve ou pas, j'ai le droit de les pourchasser. Mais si je fais cela, je risque de perdre plus d'hommes que ces brigands ne le méritent.

— Raison de plus pour observer la trêve ! répliqua Thomas avec légèreté.

Faire comme si cela ne le concernait pas, comme si seul le bon sens prévalait…

— En effet, dit Acre. Mais quelque chose peut leur arriver d'ici là. Cela nous éviterait bien des soucis pour organiser un procès, et ne surprendrait personne. Après tout, on enterre des hommes tous les jours. La preuve, le seigneur de l'une des plus puissantes familles de la frontière est mort l'automne dernier, dans un raid !

Oui, l'automne dernier. L'homme mort était le meneur d'un complot destiné à enlever le roi. Il était en effet mort durant un raid plus qu'ordinaire. Thomas était bien placé pour le savoir ; il était là.

— Donc, conclut Acre, si cela devait arriver... Si les Brunson devaient rencontrer leur destin plus tôt que prévu, alors Angus pourrait très bien disparaître sans laisser de traces après avoir passé la frontière.

Les dés étaient jetés. La vengeance après laquelle Thomas avait couru durant les deux dernières années était à sa portée. Angus pourrait mourir, comme l'ancien gouverneur des Marches. Il pourrait mourir, et il le méritait.

Et le prix de cette vengeance ? Les frères de Bessie.

— Vous êtes bien silencieux, Carwell, reprit lord Acre. Cet accord est des plus sages ; il nous assure à tous deux ce que nous souhaitons.

Brusquement, Thomas se décida. Il n'y avait plus ni doutes, ni précautions, ni prudence. Il n'avancerait plus d'un pas mal assuré au milieu des sables mouvants. Il ne chercherait plus à se ménager sans cesse une porte de sortie pour pouvoir se protéger en cas de problème. Cette proposition allait trop loin. Peu importait si le roi Jacques finissait par le considérer comme un Brunson !

D'ailleurs, à force de côtoyer Bessie, peut-être en était-il devenu un...

Il décroisa ses bras et se leva.

— Non, dit-il.

Acre le dévisagea d'un air de surprise mêlée de colère.

— Non ?

— Non. Nous attendrons que la trêve soit annoncée.

— Cela ne fera que retarder la justice, mais ne changera rien. Quand la trêve sera déclarée, je demanderai un procès. Les Brunson ne se présenteront pas, et je devrai les pourchasser en terre écossaise.

— Ils ne se présenteront pas..., répéta Thomas avec cynisme. Voulez-vous dire : de la manière dont vous-même ne vous êtes pas présenté et avez laissé Willie Storwick échapper à la potence ?

Lord Acre le dévisagea avec rage.

— Nous nous étions mis d'accord à ce sujet.

C'était vrai, mais Thomas l'avait regretté chaque jour depuis.

— Nous étions d'accord, poursuivit Acre. Pourtant, Willie Storwick est tout de même mort.

— Vraiment ? fit Thomas avec un haussement d'épaules. Son corps n'a pas été retrouvé, à ma connaissance. Peut-être Dieu a-t-il été fatigué de notre inaction face à ses crimes et l'a-t-il simplement envoyé en enfer.

— Nous savons tous deux qu'il est mort de la main d'un Brunson, répliqua Acre avec mépris. Et ce crime ne restera pas impuni !

Après un court silence, il croisa nerveusement les bras. Il paraissait frustré par cette rencontre.

— Mais si vous voulez, ajouta-t-il, nous pouvons prévoir l'annonce de la trêve et faire semblant de croire que les Brunson se présenteront, même si nous savons ce qui arrivera.

C'était sans doute vrai, songea Thomas. Après tout, la fuite de Willie Storwick avait poussé les Brunson à ne plus se fier à la justice des Marches. Pour la première fois, il commençait à les comprendre.

Quoi qu'il en soit, il devait à tout prix gagner du temps.

— Qu'ils se présentent ou non pour répondre de leurs actes, dit Thomas aimablement, mon roi m'a demandé de me plier au traité. Peut-être pourrions-nous reprendre place et nous mettre d'accord sur une date ?

Acre acquiesça en grommelant. Au bout d'un moment,

ils tombèrent d'accord sur une date, à quelques semaines de là, et un lieu où se déroulerait la cérémonie.

Lorsque Thomas fut sur le point de partir, Acre refusa de lui serrer la main.

— Si les Brunson ne se présentent pas à la cérémonie, soyez certain que je marcherai sur Liddesdale avec mes hommes, sans même prendre le temps de rentrer chez moi.

Thomas comprit que ce n'était pas une menace en l'air, et apprécia que lord Acre prenne la peine de l'avertir.

Il ne pouvait cependant pas garantir la présence des Brunson à la cérémonie.

En fait, il comptait même les encourager à ne pas y aller.

Durant l'absence de Thomas, Bessie apprit à apprécier la plage.

Bien que l'on fût au plus profond de l'hiver et malgré les vents d'ouest qui balayaient la lande de leur souffle glacé, elle bravait souvent le froid pour chercher un peu de réconfort dans le va-et-vient incessant des vagues.

Elle observait le rythme des marées pour sortir se promener au moment où la plage était la plus découverte.

Pour rassurer Hew, elle sortait toujours avec un bâton pour sonder le sol, mais elle ne l'écoutait que d'une oreille lorsqu'il lui expliquait les dangers des sables mouvants.

Il avait cependant refusé de lui en dire plus au sujet de la mort d'Annabell ou de quoi que ce soit la concernant. A une époque, un tel silence aurait convaincu Bessie que la première épouse de Thomas était extrêmement belle, cultivée, et dansait avec une grâce angélique.

Maintenant, elle voyait les choses différemment. Cette femme avait peut-être eu tout d'un ange, mais il était évident que les serviteurs s'étaient empressés d'oublier tout ce qu'elle avait dû leur apprendre au sujet de la conduite de la maison.

Bessie améliora le choix des herbes avec lesquelles on faisait la bière du château et insista pour que chaque pièce de linge de maison soit blanchie, sans se soucier des plaintes face à la quantité d'urine à rassembler à cette fin.

Elle pouvait bien offrir tout cela à Thomas — des petits détails qui amélioreraient sa vie lorsqu'elle ne serait plus là.

A mon retour, vous saurez...

Elle savait, à présent.

Il n'y avait pas d'enfant.

Dix jours après le départ de Thomas, un orage s'abattit sur la côte.

La pluie tombait violemment, et les bourrasques poussaient les vagues jusqu'au pied du château. Bessie craignait même que cela ne fasse déborder les douves. Il faisait tellement froid que l'eau laissée dans les seaux le soir gelait pendant la nuit...

— Est-ce que le temps est le même, là où se trouve Thomas ? demanda-t-elle à l'intendant.

Est-il sauf ? Une question d'épouse ! Une question qu'elle se posait sans cesse...

L'air grave, Hew secoua la tête.

— Le temps est capricieux, ici. A quelques miles à peine à l'intérieur des terres, je ne serais pas surpris de voir le soleil briller.

Il avait raison. Dès le lendemain, le soleil était de retour. Bessie aurait voulu pouvoir aller se promener sur la plage, mais le devoir l'appelait. Accompagnée de l'intendant, elle inspecta chaque recoin du château à la recherche de fuites ou de pierres qui auraient pu tomber pendant l'orage. Lorsqu'elle put enfin sortir, la marée était remontée, et la plage était entièrement recouverte par l'eau.

Avant son arrivée au château Carwell, elle n'avait jamais pensé que l'eau puisse servir à autre chose qu'à se laver et à cuisiner. Le courant de la Liddel ne l'avait jamais vraiment attirée, et elle n'avait jamais rejoint ses frères lorsque, enfants, ils jouaient dans les remous. Mais ici… Ici, l'eau était différente.

Le lendemain, au milieu de la plage, sans personne pour la voir ou l'entendre, elle leva les bras au ciel et se mit à tournoyer en criant avec les mouettes. Etait-ce de la douleur ou du soulagement ? Oui, elle avait espéré attendre un enfant… Elle l'avait espéré, contre toute raison, même si cela signifiait qu'elle resterait liée à Thomas pour toujours. Comment avait-elle pu tomber amoureuse de cet homme si vite ? Comment ses sentiments avaient-ils pu devenir si forts depuis leur rencontre ? Pourquoi aimait-elle tellement cet endroit, qui n'avait rien à voir avec la vallée dans laquelle elle était née ?

D'où venait le premier des Brunson ?

De la mer.

Elle s'immobilisa soudain. Le premier des Brunson venait de la mer.

Elle avait toujours pensé que sa vallée était liée aux Brunson, que chaque membre du clan appartenait à cette terre, à ces collines. Pourtant, ici, près de la mer, elle avait l'impression qu'une partie d'elle s'éveillait ; son sang reconnaissait cet endroit. C'était chez elle. Elle s'offrait à Thomas et à la mer pour rentrer à la maison, sa vraie maison, pour la première fois…

Johnnie avait été envoyé au loin, et s'était révélé en rentrant. Elle, elle n'était jamais partie. Elle n'en avait jamais eu envie. Et voilà qu'elle voulait rester ici, près des vagues grondantes, pour toujours.

Thomas pourrait-il accepter cela ? Pourrait-il l'accepter, elle ?

La marée commençait à remonter, couvrant peu à peu la plage. Bessie courut au-devant des vagues et se mit à danser sur le sable mouillé. Voilà qu'elle dansait la gaillarde avec l'océan ! Parfois, elle ne reculait pas assez vite et l'eau glacée lui éclaboussait les pieds.

Au bout d'un moment, elle s'arrêta, se souvenant soudain de la chaleur de Thomas, et de son inquiétude dès qu'elle paraissait avoir froid. La marée montait de plus en plus et commençait à gagner sur la plage. Elle se décida à rentrer au château, loin de l'eau glacée et du vent salé.

Thomas serait bientôt de retour. Que se passerait-il alors ? Soucieuse, elle avançait à grands pas. Peut-être qu'en marchant assez vite, elle laisserait ses angoisses derrière elle… Pendant un petit moment, bercée par le rythme de la mer, elle avait tout oublié, mais elle ne pouvait pas danser dans les vagues à longueur de journée ! Le soleil descendait déjà sur l'horizon, et elle lui tourna le dos pour faire face au château.

Tout à coup, son soulier s'enfonça dans le sable mouillé. Elle tenta de dégager son pied, mais il s'enfonça dans la gangue boueuse jusqu'à la cheville. Elle lutta brutalement ; le sable ne fit qu'emprisonner un peu plus sa jambe… Paniquée, elle essaya encore une fois. Le sable, plus fort qu'elle, refusait de la libérer.

Et voilà que son autre pied s'enfonçait à son tour !

Seigneur ! Allait-elle mourir ici ? Dans les sables mouvants ?

Elle eut envie de hurler mais se retint. Thomas avait dit que son épouse était fragile — trop fragile pour aller sur la plage, sans aucun doute.

Et Bessie ? Eh bien, Bessie, elle, était trop butée pour écouter les conseils qu'on lui donnait !

Elle jeta des regards affolés autour d'elle en prenant bien soin de maintenir son bâton hors des sables. Une idée lui traversa alors l'esprit, et elle se mit à l'agiter en l'air. Peut-être que quelqu'un du château la verrait.

Cependant, elle n'avait pas encore passé la boucle du

chemin et, dans la lumière mourante, la silhouette réconfortante des remparts était hors de vue.

Et la marée gagnait sur elle…

Thomas aurait voulu rentrer chez lui plus tôt, mais un violent orage s'était abattu sur sa troupe. Lui et ses hommes avaient été contraints de s'abriter, perdant une journée entière de voyage. Qu'il avait hâte de se retrouver dans son château ! Au moins, il était bâti pour résister aux vents et à la pluie, alors que la bâtisse dans laquelle ils s'étaient réfugiés… Il songea, inquiet, que Bessie avait dû braver ce même orage sans lui. Elle avait dû être terrifiée.

Puis, il sourit. Non, certainement pas. Mais elle avait dû avoir froid, et il n'avait pas été là pour la serrer contre lui. Sans doute avait-elle cherché du réconfort auprès de ses gens. Il aurait dû être auprès d'elle, prendre soin d'elle. L'apaiser, la bercer. Il aurait dû lui tenir chaud.

La faire danser.

Hélas ! il était encore à une longue journée de route de chez lui. Lorsqu'ils approchèrent enfin, le lendemain, il éperonna son cheval sur les derniers miles. Enfin ! Il y était presque…

Derrière la silhouette du château, le soleil se couchait déjà. Il ne restait que quelques nuages qui semblaient n'être là que pour décorer ce paysage de nouveau paisible, illuminé d'éclats roses et bleus qui se reflétaient dans l'immobilité des douves. Des mouettes bruyantes tournaient autour des remparts, comme si elles cherchaient un abri pour la nuit, entre deux pierres.

Oui, il les comprenait ; lui aussi rentrait chez lui… Il allait retrouver son nid.

Et sa femme.

Il passa enfin le pont-levis, entra dans la cour et

commença à chercher Bessie des yeux avant même de mettre pied à terre.

Hew se précipita pour l'aider à descendre de cheval et s'occuper de la bête.

— Où est ma fiancée ? demanda Thomas.

Seigneur ! Qu'il était bon de parler d'elle ainsi ! C'était encore plus agréable que de parler d'épouse.

— Je ne sais pas, messire.

Un frisson parcourut Thomas.

— Comment cela, vous ne savez pas ?

— Elle se promène sans doute sur la plage. Elle le fait tous les jours, maintenant.

Le passé assaillit Thomas brutalement, balayant toute la douceur du crépuscule rosé.

— Comment avez-vous pu lui laisser faire une telle chose ?

L'intendant haussa les épaules. Il ne semblait pas comprendre la gravité de la situation.

— Eh bien, je l'ai mise en garde, messire. Mais je ne pouvais pas l'en empêcher, n'est-ce pas ?

Thomas s'efforça de se calmer : il connaissait Bessie mieux que personne ici. On avait beau lui dire « non », elle faisait toujours ce qu'elle voulait.

Tellement obstinée !

Malgré tout, il avait une folle envie d'étrangler Hew pour sa légèreté… mais cela aurait pris trop de temps. Les minutes étaient comptées.

— Rassemblez les hommes ! s'écria-t-il. Nous devons la chercher ! Ne traînez pas !

De nouveau, ses hommes passèrent le pont-levis. Tous se précipitèrent vers la plage.

Un pas après l'autre, doucement, se répétait Bessie.

Ses deux pieds étaient prisonniers du sable, à présent.

Un pas après l'autre, facile à dire ! Plus elle tirait pour se libérer, plus le sable l'aspirait vers ses profondeurs.

Respirer calmement. Réfléchir. Elle appela plusieurs fois, mais le fracas des vagues et les cris des mouettes couvraient sa voix.

Tu es bien loin des terres solides de ta vallée, Bessie. Si tu veux faire croire que tu appartiens à la mer, il va falloir le prouver. Il va falloir survivre à cela !

Elle comprenait, à présent, pourquoi Thomas redoutait le sable. Pourquoi, en devenant un homme, il avait appris à faire attention à chaque pas, et à ne jamais baisser sa garde… Elle n'avait pas été assez prudente. Pas assez rapide. Les vagues l'appelaient, certes, mais elle avait encore beaucoup à apprendre si elle voulait vivre en paix près de la mer.

Elle jeta un nouveau regard désespéré en direction du château. Bientôt, Hew remarquerait son retard. Il viendrait la chercher.

Mais la plage était vaste et la marée montait vite… Toute à sa liberté retrouvée, après l'orage, elle s'était promenée bien plus loin qu'à son habitude.

Elle prit une profonde inspiration et cessa de lutter. La gangue de sable l'aspirait encore, mais moins vite.

Le corps ne ment pas, avait dit Thomas.

La mère de Bessie avait un autre proverbe : *On ne peut pas entendre l'esprit quand le corps hurle*. Elle avait oublié ce second proverbe, le soir où elle s'était donnée à Thomas pour la première fois. A présent, elle devait à tout prix faire taire son corps et réfléchir !

Le sable lui arrivait aux genoux, maintenant, et la mer montait toujours dans l'obscurité grandissante.

*
* *

Arrivé au bout du chemin, là où le sable remplace les herbes, Thomas s'immobilisa, scrutant les ténèbres de part et d'autre.

— Elizabeth ! hurla-t-il, terrifié. Bessie !

Seules les vagues lui répondirent.

Autour d'un rocher, la plage s'incurvait brutalement sur la droite. Ensuite, le sable s'étendait de nouveau à plat. A gauche, il se déroulait comme un tapis. C'était plus facile de se promener par-là…

Mais, dans la pénombre, ce qui aurait dû être une grande étendue découverte s'animait d'ombres. Il avait beau examiner chaque recoin, il ne la voyait pas.

— Bessie ! Etes-vous ici ?

Pouvait-elle seulement l'entendre, dans le fracas des vagues ? Pouvait-elle répondre ?

Il jeta un rapide coup d'œil derrière lui. Ses hommes ne le rejoindraient jamais à temps. Il fallait faire un choix.

Il regarda de nouveau vers la droite, et partit dans cette direction.

Chapitre 20

Bessie suivait avec angoisse la montée inexorable des eaux sur le sable. Les vagues avaient déjà recouvert la moitié de la plage. Bientôt, celles qui, tout à l'heure, lui avaient chatouillé les pieds la recouvriraient.

Que va-t-il m'arriver ? se demanda-t-elle, éperdue. *Vais-je me noyer ?*

Non, il fallait reprendre courage ! Elle essaya d'entendre ce qui se passait au-delà du grondement de l'eau. Elle devait réfléchir, mais c'était comme si son esprit s'était engourdi dans le froid, ralenti et inutile.

Qu'avait donc dit Hew au sujet des sables ? Elle n'avait jamais vraiment écouté ses conseils… Oui, il avait dit quelque chose comme *flotter* ou *rouler*, peut-être *se tortiller*. Comment était-elle supposée faire cela ?

Elle avait mal aux bras à force de maintenir le bâton hors du sable, mais elle ne pouvait pas faire autrement. Ce bâton était son dernier espoir. Il était sa troisième jambe et, s'il s'enlisait à son tour, elle n'aurait plus aucune chance de s'en sortir.

Est-ce qu'il pourrait l'aider à *flotter* ?

Le temps lui était compté, elle n'avait plus rien à perdre. Si elle n'essayait rien, même l'idée la plus stupide, elle risquait de mourir ici.

Elle étendit le bâton sur le sable, comme un radeau ou un pont, et tenta de s'allonger de tout son long dessus, bien que ses jambes soient toujours prisonnières de la gangue boueuse.

Elle avait réussi ! Elle ne s'enfonçait plus !

Un sanglot de soulagement la secoua.

Ce n'est pas fini, ma fille. Tu n'es pas encore hors de danger...

Emplie d'espoir, elle commença à tirer sur sa jambe droite, mais cela ne fit que resserrer l'étau qui la retenait prisonnière. Son instant de paix avait été de bien courte durée. Soit, elle ne s'enfonçait plus, mais la marée montait toujours !

Thomas scrutait l'obscurité autour de lui, mais ne voyait toujours rien.

Je vous tiendrai pour responsable...

La menace, implacable, résonnait en lui, plus forte que le grondement de la mer.

Il se mit soudain à courir, au plus près de l'herbe. Il n'avait pas à craindre les sables mouvants s'il demeurait loin de l'eau. Mais, dans sa panique, il n'était pas aussi prudent que d'habitude ; il ne prenait pas le temps de tester la solidité du sol sous ses pieds avant chaque pas.

Il n'avait pas le temps de faire attention à cela.

Il contourna enfin le rocher qui protégeait la baie et arriva sur la plage balayée par le vent et les embruns. Le soleil avait fini par disparaître, n'éclairant plus la scène que d'un pâle halo rosé.

Et la marée montait.

— Elizabeth ! appela-t-il de nouveau.

Par là...

Avait-il vraiment entendu une réponse ?

Les yeux grands ouverts, il avança en direction de la voix.

Soudain, une forme se dessina devant lui dans l'obscurité.

De loin, on aurait dit un tas de chiffons détrempés. Alors, sans plus aucune prudence, il se mit à courir.

Quelqu'un avait appelé ! Quelqu'un avait crié son nom ! Mais peut-être se trompait-elle... Le froid, la fatigue et la peur lui jouaient sans doute des tours. Elle essaya de répondre. Avait-elle vraiment parlé ou n'avait-elle fait que penser ?

L'engourdissement la gagnait de plus en plus. Voilà qu'elle se mettait à rêver... Elle rêvait qu'elle sentait la main de Thomas sur son front, rassurante. Elle rêvait qu'il lui prenait la main. Dans un ultime effort de volonté, elle rouvrit les yeux.

Elle sourit.

Qu'il était difficile de parler !

Je t'aime.

Avait-elle vraiment parlé, de nouveau ? Peut-être que oui. Au moins, elle avait pu lui avouer ses sentiments avant de mourir...

— Bessie ! s'écria Thomas.

Il serra très fort sa main glacée. Un tremblement la parcourait tout entière, et elle semblait sur le point de perdre connaissance. Elle était restée trop longtemps dans le froid. Sa chevelure flamboyante s'étalait autour de son visage en mèches poisseuses, comme des algues rouges. Il fallait qu'elle se réveille ! Il ne pourrait pas la sortir de là seul. En tirant pour s'extraire des sables, on ne faisait que renforcer leur puissance. Il fallait qu'elle roule sur elle-même.

— Bessie, dit-il doucement. Vous devez être forte.

Elle ouvrit les yeux de nouveau et le dévisagea, comme quelqu'un qui émerge d'un rêve. Peu à peu, son visage s'illumina d'un sourire, mais ses yeux hagards ne semblaient pas vraiment le voir.

— Thomas, murmura-t-elle, les femmes Brunson *sont* fortes.

Il étouffa un petit rire triste.

— Oui, et têtues aussi.

Il posa sa cape sur le corps frigorifié de Bessie et jeta un coup d'œil à la mer. Dix, peut-être douze vagues, et ils seraient engloutis. Le sable deviendrait alors plus instable encore, et il pourrait les emprisonner tous les deux avant que ses hommes n'aient contourné le rocher pour fouiller cette portion de la plage.

— Bessie, dit-il fermement, je vais vous sortir de là.

Heureusement, elle avait eu la présence d'esprit de s'allonger au lieu de rester debout. Il ne fallait pas qu'il prenne le risque d'être aspiré par les sables à son tour… Il testa la solidité du sol du bout du pied. Il devait se rapprocher d'elle, mais sans se faire prendre lui aussi.

— Ecoutez-moi, Bessie, reprit-il. Il va falloir faire tourner votre jambe, sans tirer, comme si vous mélangiez une sauce dans un bol.

Elle essaya, mais elle était manifestement trop fatiguée ; elle n'avait plus de forces. La cape, sur ses épaules, ne suffirait pas à lui rendre sa vitalité. Même son esprit semblait s'échapper peu à peu…

Soudain, il revit Annabell. Son petit corps fragile. Ces yeux qui semblaient ne jamais rien voir… Ni lui, ni le château dans lequel elle vivait, ni les sables qui l'avaient aspirée avec l'enfant qu'elle portait. Les sables qui les lui avaient arrachés tous les deux.

Il n'avait pas été capable de les sauver, et voilà qu'il perdait aussi Bessie.

Non ! Cela n'arriverait pas !

Il tendit le bras et attrapa sa jambe. Si elle ne pouvait pas la bouger, alors il devrait le faire ! La lumière faiblissait de plus en plus. Ce n'était pas facile de voir ce qu'il faisait mais, au bout d'un moment, le sable commença à libérer une partie de la jambe sans se refermer dessus aussi vite qu'avant. A chaque mouvement, il libérait un peu plus la cuisse de Bessie.

Il fallait continuer, encore et encore, malgré les vagues qui s'approchaient…

Il jeta un nouveau regard aux rouleaux qui venaient s'écraser à quelques mètres d'eux. Bessie l'imita, les dents serrées, mais il ne lisait plus de peur dans ses yeux, juste une détermination farouche.

— Un pas après l'autre, murmura-t-elle.

Seigneur ! Il l'aimait plus que jamais, en cet instant, dans son ultime effort pour s'accrocher à la vie !

Il sonda ses yeux. Ils n'étaient plus hagards, ni somnolents. Quelque chose de neuf y brillait : sa force, sa détermination. Non, Bessie Brunson n'était pas femme à abandonner. Elle ne se laisserait jamais dicter sa conduite, ni par lui ni par les sables.

Elle était différente.

Pouvait-il se montrer différent lui aussi ?

C'est alors qu'une vague vint s'écraser bien plus près d'eux que Thomas ne l'avait prévu, frôlant le bassin de sables mouvants. Bessie se redressa brusquement et tira sur son pied mais, au lieu de se libérer, il fut pris de nouveau dans le piège.

D'un mouvement rapide, elle fit une autre tentative, en vain.

— Allonge-toi ! s'écria Thomas, oubliant de la vouvoyer dans sa panique. Maintenant, fais tourner ta jambe doucement… Encore une fois…

Elle acquiesça et prit une profonde inspiration. Sans lui répondre, ni même le regarder, elle recommença ses efforts, en s'agrippant fermement à sa main.

Au bout de quelques secondes, sa jambe droite fut enfin libre.

En sentant le sable abandonner sa cheville, Bessie poussa un profond soupir de soulagement. Mais la marée montait toujours, elle n'avait pas le temps de se reposer sur ses lauriers ! Thomas l'aida à allonger doucement sa jambe endolorie sur le bâton, puis il lui prit de nouveau la main.

Grâce à lui, elle sentait au moins un peu de chaleur dans ses doigts, tandis que le reste de son corps semblait fait de glace.

— Maintenant, dit-elle aussi calmement qu'elle put, l'autre jambe…

Comme si ce n'était pas plus difficile que d'apprendre quelques pas pour danser la gaillarde !

Au moins, elle avait compris le mouvement à faire, et la vitesse qu'il ne fallait surtout pas dépasser en bougeant. Lorsque ses muscles crispés refusaient de faire un mouvement de plus, il venait la relayer. Elle préférait fermer les yeux, pour ne pas voir l'eau s'approcher. Pour ne pas risquer de réduire leurs efforts à néant dans un mouvement de panique et entraîner Thomas dans le piège avec elle.

Petit à petit, sa jambe gauche se libéra jusqu'à la cheville.

— Ma chaussure ! s'écria-t-elle.

— Laisse-la où elle est.

Elle bougea son pied pour se libérer de la chaussure et s'extraire du sable par le petit trou que le cuir maintenait, avant que la boue ne se referme dessus de nouveau.

— Bien, dit-il sans lâcher sa main. Maintenant que ton pied est libre, roule rapidement loin de moi. Le sable est solide, par là-bas.

Mais les sables mouvants n'étaient pas rassasiés. Ils commencèrent à s'ouvrir sous son pied de nouveau. Thomas étendit son bras pour la protéger, mais elle fut plus rapide et se dégagea du piège.

Thomas perdit l'équilibre. En cherchant à se rattraper, il s'enfonça dans les sables jusqu'à l'épaule.

Il leva les yeux vers elle, comme pour s'assurer qu'elle était en sécurité.

— Pars ! s'écria-t-il. Va-t'en !

Bessie se redressa. Le vent emmêlait ses cheveux autour de son visage et de ses épaules. Elle jeta un regard vers le château.

— Où est Hew ? Où sont les autres ?

— Ils arrivent. Va les chercher. Demande de l'aide !

Une aide qui n'arriverait jamais à temps… Foutu destin ! Foutue bêtise ! Lui qui avait toujours pris soin d'éviter le moindre faux pas…

Bessie ne s'éloigna pas. Elle contourna le puits de sables mouvants et s'allongea dos à la mer, comme si son corps pouvait retenir les vagues.

— Tu sais quoi faire, dit-elle, alors fais-le !

Il ne perdit pas de temps à discuter et essaya de se libérer, mais il n'avait aucun point d'appui. S'il posait son autre main au sol, elle risquait de s'enfoncer aussi.

Elle comprit son problème et attrapa son épaule d'une main ferme.

Malgré sa fatigue, elle trouva encore la force de manipuler le bras prisonnier comme une louche dans une marmite de ragoût. Heureusement, un bras était moins lourd qu'une jambe, et Thomas ne s'était pas enfoncé aussi profondément qu'elle.

Mais la marée ne ralentissait pas. Les premières vagues s'engouffrèrent dans le puits, réduisant leurs efforts à néant.

— Laisse-moi et cours t'abriter ! hurla-t-il contre le grondement de l'eau. Je ne t'ai pas sauvée pour que tu meures ici !

— Et je ne vivrai pas en t'abandonnant à la mer ! Bouge ton bras !

Elle attrapa de nouveau son épaule et fit tourner le bras. Une fois. Deux fois. Trois fois. Soudain, le sable le libéra, au moment même où la dernière vague vint recouvrir le puits entier sans se retirer.

Thomas attrapa vivement Bessie et ils roulèrent loin du danger dans les vagues glacées, au risque de se noyer en buvant la tasse. Une fois sur la terre ferme, il batailla pour se remettre sur pied et aida Bessie à se lever. Puis, se soutenant mutuellement, ils boitillèrent en direction du château. Bessie avait les jambes engourdies, et le bras gauche de Thomas pendait, inerte et sans forces, le long de son corps.

Hew et ses hommes les rejoignirent au moment où ils atteignaient la lande. L'un d'entre eux porta Bessie dans ses bras, tandis que Thomas continuait d'avancer, épuisé.

— Menez-nous à mes appartements, murmura-t-il sans se soucier des regards surpris de son intendant et de Bessie.

On les réchauffa dans un bain chaud, puis on les borda dans le même lit, devant un feu ronflant.

Ils avaient dû s'endormir car, lorsque Thomas se réveilla, il faisait nuit noire et le château était plongé dans le silence. Bessie respirait paisiblement près de lui.

Il ne put retrouver le sommeil et passa le reste de la nuit à la regarder dormir.

Sous les remparts, les vagues qui avaient failli la tuer roulaient toujours dans un fracas assourdissant. Et les souvenirs envahirent Thomas peu à peu… La dernière fois qu'il avait retrouvé une femme sur la plage, prisonnière des sables mouvants…

La dernière fois, il était arrivé trop tard.

Il n'aurait jamais dû amener Bessie chez lui.

Toute sa vie, il avait scrupuleusement pesé toutes ses décisions et, pourtant, il s'était laissé prendre au piège de la hâte et de ses émotions. Il s'était laissé piéger, et voilà qu'il se trouvait face à un choix impossible. Quoi qu'il décide, dorénavant, ne pourrait que mener au désastre.

Il était revenu chez lui avec elle. Il avait rêvé, espéré qu'ils puissent se construire une nouvelle vie ensemble. Il avait imaginé un avenir avec des fêtes, des danses, son château résonnant enfin de rires d'enfants. Pour la première fois, depuis la mort d'Annabell, il s'était autorisé à imaginer des lendemains joyeux.

Mis au pied du mur, il avait choisi la famille de Bessie plutôt que sa vengeance. Peut-être y aurait-il tout de même un moyen d'arranger les choses, malgré sa trahison passée...

Mais voilà qu'il venait de se prouver qu'il n'avait aucun droit sur elle. Il n'avait pas été capable de la protéger, pas plus qu'il n'avait su protéger sa première femme.

Et s'il ne pouvait pas la protéger, il ne la méritait pas.

Demain, songea-t-il. Demain, il devrait la reconduire chez elle.

Chapitre 21

Bessie se réveilla à côté de Thomas, nue, saine et sauve. Rien ne pourrait mal tourner, à présent. Il était venu la sauver. Il l'avait de nouveau couchée dans son lit, et le chardon brodé ornait son oreiller.

Que la vie était belle, ce matin !

Elle se tourna vers lui et lui sourit. Il était assis au milieu des couvertures et faisait bouger avec précaution son bras, celui qui avait été avalé par le sable. Sans doute était-il aussi douloureux et engourdi que ses jambes à elle.

Elle s'assit et cala son dos contre les oreillers. Allait-il lui sourire à son tour ? Il resta de glace. Peut-être devait-elle lui dire qu'elle n'était pas enceinte, avant qu'ils ne commencent à reconstruire leur relation.

— Il n'y a pas d'enfant, Thomas.

En voyant un immense soulagement se peindre sur son visage, elle sentit son cœur se serrer. Elle avait espéré qu'il en serait un peu désolé. Rien qu'un peu…

Il se leva brusquement, se mettant hors de portée. Que ses épaules étaient larges et musclées !

— Bien ! fit-il. Les choses se sont un peu compliquées, de mon côté.

Quels secrets dissimulait-il encore ?

— Comment cela ?

— Vos frères, reprit-il en oubliant le tutoiement de la veille, ont passé la frontière et ont attaqué les terres de

Storwick. Le gouverneur anglais est furieux. Il a demandé le jugement de votre clan le jour de la déclaration officielle de la trêve.

— Et vous le présiderez, en tant que gouverneur écossais…

Elle ne savait plus que penser, et se sentait aussi désorientée que la veille, sur la plage. Elle avait craint depuis le début que Thomas soit secrètement en désaccord avec ses frères. Il n'y avait plus de secret, à présent. En tant que gouverneur, on attendait de lui qu'il applique la loi et, visiblement, ses frères avaient commis un crime. Ce n'était d'ailleurs pas la première fois. Ils devaient s'attendre à en payer le prix un jour ou l'autre.

Or, depuis les fiançailles, on attendait d'elle qu'elle soit fidèle à son promis. C'était son devoir. Non, cela allait bien au-delà du devoir…

— Nous partirons dès que vous serez remise, annonça-t-il froidement.

Elle fit bouger ses orteils sous la couverture. Elle aurait aimé le rassurer, lui dire que tout allait bien, mais chaque muscle de ses jambes la faisait souffrir.

— Où irons-nous ? demanda-t-elle. La cérémonie de la trêve se passe-t-elle de nouveau à Kershopefoote ?

— Je vous ramène chez vous.

— Chez moi ? Que voulez-vous dire ?

— Je vous rends à votre famille, comme je vous l'ai promis avant que nous quittions Stirling. C'est bien ce que vous vouliez ?

— Ne m'avez-vous pas entendue dire que je vous aime, hier ?

Un soupçon atroce l'envahit. Peut-être n'avait-elle fait que rêver ces mots, finalement ?

Thomas s'empourpra.

— Vous ne pensiez rien de ce que vous disiez ; vous étiez dans un état second.

Elle déplaça maladroitement ses jambes vers le bord du lit. Elle devait se lever, lui faire face, mais ses muscles étaient trop engourdis et elle dut se rattraper à la colonne du baldaquin pour ne pas tomber.

— C'est *ici*, chez moi, affirma-t-elle fermement. Je suis votre femme, et je veux rester avec vous.

Elle était si effrontée, si franche. Que lui répondre ? se demanda Thomas avec angoisse.

Une douleur le frappa à la poitrine. Etait-ce de l'amour ?

Est-ce qu'il l'aimait ?

Il devait tout lui dire, maintenant. Il n'avait que trop attendu.

— Vous étiez prêt à mourir pour moi, reprit-elle. Seriez-vous aussi prêt à vivre avec moi ?

Elle le dévisageait, cherchant à déchiffrer les émotions qui traversaient son regard.

— Ne comprenez-vous pas ? dit-il d'une voix rauque. Je ne peux pas vous perdre, vous aussi !

Bessie n'en crut pas ses oreilles. Jamais elle n'avait entendu autant de douleur percer dans la voix de Thomas…

Vous aussi, avait-il dit. Il avait déjà perdu une épouse qui les hantait tous les deux comme un fantôme.

Elle voulut répliquer : « Je suis plus forte qu'elle », mais avant même d'ouvrir la bouche elle comprit que c'était inutile. Cela aurait été comme lui promettre qu'elle ne mourrait jamais. Pas plus tard que la nuit dernière, pourtant, elle avait bien failli monter au ciel…

Rien d'étonnant à ce qu'il ait à ce point chéri sa solitude ! Ainsi, il était sûr de ne plus jamais perdre personne.

Finalement, en s'enfermant en elle-même, entre sa tour et la routine de ses journées de travail, elle avait fait comme lui. Elle s'était réfugiée dans un quotidien sûr, immuable, familier. Mais, dès l'instant où la tour avait disparu derrière elle dans le brouillard, elle avait perdu toute notion de sûreté, de stabilité, et n'avait fait qu'avancer avec hésitation dans des sables mouvants sans savoir où la mènerait le prochain pas.

Maintenant, elle était prête à avancer d'un pas plus assuré. Et lui ?

— Vous n'avez pas cherché à me protéger, Thomas, pas seulement. Vous avez surtout voulu vous protéger, vous !

Elle le vit crisper les mâchoires. Ne voulait-il pas répondre ou ne pouvait-il pas ?

— Je ne perdrai plus jamais personne, dit-il enfin. Plus jamais !

Pour elle, il avait essayé de ralentir la mer, de ralentir la mort…

— Donc, si je comprends bien, je dois vous perdre pour que vous ne me perdiez pas ?

Elle essaya de lui sourire.

Il essaya de lui rendre son sourire.

Aucun d'eux ne réussit.

Bessie tendit alors la main vers lui. Il fallait le rassurer.

— Parlez-moi d'elle, reprit-elle doucement. Parlez-moi de cette femme assez forte pour nous séparer…

La question de Bessie cloua Thomas sur place. Il lui tourna le dos. Il ne voulait pas voir cette expression de pitié dans ses yeux. Comment pouvait-elle croire qu'il avait aimé cette femme alors qu'il avait été soulagé, à sa mort…

Que dire d'Annabell ? Elle savait déjà tout ce qu'il y avait à savoir !

— Elle était… fragile. Elle était enceinte. Et elle est morte.

Il n'avait rien caché au sujet de sa femme. C'était ce qui se passait en lui qu'il ne voulait pas dévoiler.

— Vous me l'avez déjà dit, répondit Bessie. Vous m'avez laissé croire qu'elle était morte en accouchant.

Thomas lui fit face, estomaqué.

— Qui vous…

Il l'avait laissée seule chez lui, avec les serviteurs. N'importe qui aurait pu lui raconter… n'importe quoi !

Elle s'avança lentement vers lui, en s'appuyant sur le bord du matelas pour ne pas tomber.

— Il n'y avait pas que son corps de fragile, n'est-ce pas ?

— Que voulez-vous dire ?

— Elle ne savait pas blanchir le linge, nourrir vos troupes ou brasser la bière. Elle dansait bien, elle jouait du luth, mais elle était incapable de porter les responsabilités d'une épouse. Elle n'a jamais su accepter sa vie…

A chaque mot, à chaque pas, elle s'approchait de la vérité. En effet, Annabell avait été incapable de faire toutes ces choses ; elle avait toujours vécu dans un monde imaginaire.

Un monde dans lequel elle n'avait pas d'époux.

Bessie arriva lentement à sa hauteur et posa la main sur son bras. Elle s'y appuya, pour ne pas perdre l'équilibre.

— Elle est morte sur la plage, dans les sables mouvants, avoua-t-il.

Bessie resserra son étreinte et le secoua brutalement, l'obligeant à la regarder en face.

— Mais je ne suis pas morte, moi ! *Je ne suis pas morte !*

Sans prendre le temps de se demander ce qu'il faisait, il l'enlaça et l'embrassa passionnément. Elle lui rendit son baiser, encore et encore. Oui, cette femme-là serait assez forte. Elle serait même assez forte pour le sauver, lui…

Serait-il assez fort pour l'aimer à son tour ?

*
* *

Ils se retrouvèrent allongés dans le lit, nus, elle au-dessus de lui. Bessie sentait leurs corps se parler, se répondre. Ses longs cheveux caressaient le torse nu de Thomas. Leur danse d'amour paraissait étrange dans la pâle clarté de ce matin d'hiver. Leurs douleurs se mêlaient au plaisir. Leurs bras, leurs jambes, leurs visages se rencontraient au rythme de leur étreinte.

Peu importait. C'était peut-être étrange, mais leur désir les guidait, plus puissant que jamais. Elle ne le laisserait plus jamais s'éloigner d'elle…

Il pivota dans un gémissement, l'allongea sur le dos, et lui fit l'amour. Elle ne se contrôlait plus, s'ouvrait à lui, se cambra pour l'inviter au plus profond d'elle. La tête lui tournait, comme lorsqu'elle était enfant et qu'elle dansait en rond, les bras écartés en regardant le ciel, jusqu'à s'écrouler par terre.

Puis le plaisir l'emporta, toujours plus haut, plus loin, jusqu'à ce que, finalement, tout explose…

Autour d'eux, les vagues chantaient.

Lorsque Thomas s'éveilla de nouveau, il se rendit compte que Bessie ne paraissait pas gênée de ce qui venait de se passer entre eux, contrairement à Annabell. Et si elle pleurait, c'était de joie.

Il se laissa peu à peu envahir par ce bonheur nouveau et, heureux, il l'écouta parler en riant de la manière dont ils pourraient annoncer la nouvelle à Rob et Johnnie. Il parvenait presque à la croire, lorsqu'elle lui disait qu'elle l'emmènerait dans un univers où il n'y aurait ni passé ni présent, où rien ne viendrait briser leur bonheur…

— Peut-être, dit-elle, que je pourrais commencer par leur dire qu'on nous a forcés à nous fiancer.

— Crois-tu vraiment que cela les soulagera ?

Elle se tut un instant et réfléchit, son petit nez froncé.

— Peut-être pas, non, convint-elle. Dans ce cas, je leur dirai que je suis comme le premier des Brunson, que je retourne à la mer qui fut notre premier foyer.

Voilà que sa promise, si franche et si belle, devenait fantaisiste ! Cette fois, ce serait à lui de parler honnêtement.

— Je ne compte pas leur demander la permission de t'épouser, tu sais. Ni de dot.

Normalement, on ne concluait pas de mariage sans négocier de dot. Or, Thomas n'avait que faire du bétail des Brunson.

Mais Bessie fit non de la tête.

— Ils n'accepteront pas de faveur, Thomas.

— Dans ce cas, s'ils veulent vraiment m'offrir quelque chose de valeur, je leur demanderai de me promettre de ne pas entrer en guerre contre la volonté du roi.

A ces mots, elle perdit son sourire insouciant.

Il la prit alors dans ses bras et la serra contre lui. Jusqu'à ces derniers temps, il avait eu confiance en lui et s'était cru capable de résoudre n'importe quel problème. Quelle arrogance ! Le roi allait sans doute le considérer comme un Brunson, dorénavant, et le gouverneur anglais se défierait de lui. Mais, aux yeux de Bessie, le clan passait avant tout. Elle avait beau dire qu'elle l'aimait, pourrait-elle jamais concilier ses devoirs envers son clan et sa situation d'épouse ?

— Je sais ce que tu as sacrifié pour les tiens, dit-il doucement. Tu as fait tout ce que tu pouvais pour les protéger, même te fiancer avec moi…

Elle s'écarta de lui et riva son regard au sien.

Quelque chose d'étrange dansait dans ses yeux, quelque chose de profond et d'enfoui… Quelque chose qu'elle avait sans doute essayé de dissimuler, d'effacer de son esprit. Elle cilla, comme pour ravaler cette violente montée d'émotion, mais en vain. Soudain, elle fondit en larmes.

— Je ne l'ai pas fait pour mes frères, hoqueta-t-elle enfin en baissant la tête. Je l'ai fait pour *moi* !

Elle ne pouvait croire ce qu'elle venait de dire. Pourtant, c'était vrai.

Je l'ai fait pour moi.

Elle avait toujours tout fait pour se montrer forte, sans jamais penser à elle, à ce qu'elle voulait vraiment. Elle ne faisait pas de vagues, portait tous les fardeaux en silence, sans qu'on le lui demande. Elle avait même essayé de se persuader qu'aller à la cour, accepter son rôle d'otage, n'avait été qu'un sacrifice de plus.

En réalité, ce n'était pas le cas.

C'était une ruse, une feinte. C'était son secret ; le plaisir coupable de découvrir une vie qui n'était pas faite pour elle... Et voilà qu'elle l'avouait ! Elle n'avait pas pu le garder plus longtemps. Elle avait essayé d'obtenir ce qu'elle voulait, pour une fois, en pensant que cela ne pourrait causer de tort à personne. Finalement, elle avait causé la colère du roi, mis ses frères en danger, et s'était fiancée à un homme dont la loyauté n'allait certainement pas aux Brunson.

Or, elle ne se sentait pas coupable de cela. Elle culpabilisait parce qu'elle ne regrettait rien.

Incapable de dissimuler plus longtemps son amour pour lui, elle regarda de nouveau Thomas.

— C'est la vérité, ajouta-t-elle. Fais-en ce que tu voudras.

— Tu voulais m'épouser ? Tu n'as pas fait cela pour protéger ta famille ?

Elle acquiesça.

— Mais... pourquoi ? demanda-t-il.

Oui, pourquoi ? Ses frères l'avaient toujours protégée, bien sûr. Ils s'étaient élevés entre elle et les dangers du monde. Ils avaient tiré l'épée pour cela, mais jamais ils n'avaient tenu à elle comme cet homme, presque un inconnu, tenait à elle.

Bien sûr, il devrait sans doute tirer l'épée pour elle lui aussi. Il l'avait d'ailleurs déjà fait. Mais il avait aussi su voir autre chose. Lui seul s'était rendu compte qu'elle avait froid, qu'elle avait besoin d'un manteau l'hiver. Lui seul avait vu qu'elle remontait les couvertures sur elle pour dormir, et que son silence ne signifiait pas forcément qu'elle n'avait rien à dire.

Il attendait une réponse. Elle le regarda alors dans les yeux, calme et posée.

— J'ai voulu t'épouser parce que toi seul me traitais comme si je valais quelque chose.

Thomas l'embrassa, prêt à se perdre en elle de nouveau, prêt à espérer, mais on frappa à la porte.

Il reconnut la façon discrète de frapper de Hew.

— Entrez, dit-il après avoir tiré la couverture sur Bessie.

L'intendant ouvrit la porte, mais resta sur le seuil.

— Un messager vient d'arriver, messire, envoyé par le roi.

Voilà que la réalité venait s'immiscer dans ses rêves…

— Conduisez-le à mon cabinet. J'arrive dans un instant.

L'intendant acquiesça, puis referma la porte derrière lui, non sans avoir jeté un regard curieux à Bessie.

Un messager du roi, songea Thomas. Cela ne présageait rien de bon. Pour être là si vite, l'homme avait dû quitter Edimbourg avant même que le Parlement n'ait ratifié le traité !

Il se leva vivement et Bessie fit de même. Elle tendit la main vers sa robe, mais ce n'était plus qu'un chiffon poisseux de boue et de sel.

— Envoie-moi une servante avec une robe propre, dit-elle calmement.

Thomas voulut répliquer, mais elle le fit taire d'un geste assuré.

— Si le roi nous traîne dans les sables mouvants, nous ne serons pas trop de deux pour nous en sortir.

- Quelques minutes plus tard, ils rejoignaient le messager royal. Celui-ci tendit à Thomas un parchemin cacheté, et n'attendit pas qu'il l'ait ouvert pour parler.

— Ceci est l'annonce officielle que le roi a déclaré hors-la-loi tous les clans qui ne l'ont pas épaulé lors de la guerre contre le traître Angus.

Bessie se raidit.

— Votre souverain, poursuivit le messager, vous ordonne de vous saisir des chefs de ces familles et de les conduire à Edimbourg où ils seront pendus.

Je vous tiendrai pour responsable des agissements des Brunson, avait dit Jacques. A présent, il lui imposait de choisir.

Son roi.

Ou sa femme.

Chapitre 22

Bessie jeta un regard horrifié à Thomas. Qu'allait-il faire ?

Vous devez les conduire à Edimbourg où ils seront pendus.

A quoi pensait-il en cet instant ? Songeait-il seulement à remettre en question les ordres du roi ?

Et elle ? Que devait-elle faire face à un choix si cruel, son futur époux ou ses frères ?

Elle aurait dû se douter que cela finirait ainsi ! Elle s'était laissé emporter par la danse et l'amour ; par la joie… Comme si l'on pouvait choisir son plaisir plutôt que son devoir !

Pour John, au moins, le plaisir et la famille s'étaient rejoints en la personne de Cate, qui l'avait rendu à son foyer, et à lui-même. Mais John était un Brunson. Thomas, lui, était un Carwell, et ses devoirs de gouverneur faisaient partie de lui comme la vallée des Brunson faisait partie de Johnnie, de Rob ou d'elle-même.

Thomas restait muet.

— Dois-je apporter une réponse ? demanda finalement le messager.

— Quelle réponse peut-on donner à un roi ?

Thomas avait évité de répondre. Il n'avait pas pour habitude de mentir, mais il savait très bien dissimuler la vérité par d'autres moyens. Heureusement, le messager l'ignorait. Il acquiesça et se retira.

*
* *

La porte se referma, les laissant seuls et silencieux.

— Quand partons-nous ? finit par demander Bessie.

Elle devait à tout prix rentrer chez elle ; elle n'avait plus le choix, maintenant.

— *Nous* ne partons pas. N'as-tu pas entendu cet homme ? Tes frères ont été accusés de trahison. Tu serais en danger, auprès d'eux.

— Qu'aurions-nous à craindre ? Toi ?

Il prit fermement son visage entre ses mains. Son regard était aussi passionné qu'un baiser.

— Jamais !

Elle le dévisagea longuement. Elle voulait se souvenir de cet instant, se souvenir de lui en elle, la nuit d'avant…

— Je dois tout de même y retourner.

Quoi qu'il advienne, sa place était auprès de sa famille, et non seule dans ce château, à se morfondre.

— Et je te préviens, Thomas Carwell : je chevaucherai à tes côtés ou seule, mais je rentrerai auprès d'eux.

Il poussa un profond soupir en laissant retomber ses mains.

— Dans ce cas, nous partirons demain.

— Est-ce que tu essaieras de les amener au roi ?

Il n'avait aucune chance d'y parvenir, mais il était capable de mourir en essayant.

— Non, je vais tenter de… trouver un autre moyen.

Hélas ! la situation était plus dangereuse encore que des sables mouvants à marée montante. Et s'il ne s'en sortait pas, cette fois ?

Le voyage dura deux jours. Thomas avait emmené plus d'hommes que lors du mariage, un peu plus de deux mois auparavant. Ainsi, il pourrait se battre, si nécessaire.

Bessie chevauchait à son côté, en tête, pour s'assurer que ses frères la voient de loin et n'ouvrent pas le feu.

Incapable de réfléchir à quoi que ce soit, elle guidait son cheval d'une main absente. Elle ne pouvait que prier pour qu'une solution existe, et que Thomas la trouve à temps.

Elle avait confiance en lui pour une chose, au moins : il la rendrait à ses frères sans les attaquer. Du moins l'espérait-elle.

Dès qu'elle aperçut au loin la tour qu'elle connaissait si bien, elle comprit que quelque chose n'allait pas.

Une odeur âcre, portée par le vent, lui parvenait, et elle n'aimait pas cela.

Elle lança son cheval au galop et, derrière elle, entendit Thomas et sa troupe en faire autant.

Mais il était trop tard ; les attaquants étaient déjà repartis. Des bâtiments qui entouraient le fort, il ne restait que des décombres encore fumants.

Même la tour, dernière défense de la famille, était noire de suie, comme si les flammes, obstinées, l'avaient attaquée encore et encore.

Elle arriva la première à la porte et découvrit Rob debout sur le mur d'enceinte, plus grand et fort que jamais.

On l'appelait Rob le Noir depuis toujours, mais là, au milieu des ruines fumantes, il semblait plus sombre encore. On aurait pu croire que son fort avait été assailli par les flammes même de l'enfer et qu'il avait regardé le diable dans les yeux.

Il leva son arbalète et la pointa sur Thomas.

— Viens à l'intérieur, Bessie. Je vous préviens Carwell, si vous ou vos hommes faites un pas de plus, je vous envoie une flèche en travers de la gorge !

Quelques hommes se joignirent à lui, menaçants.

— Laisse-les entrer, Rob, dit fermement Bessie. Je me porte garante d'eux.

Heureusement, Rob obtempéra sans poser de questions.

***

Thomas prit son mal en patience pendant que Rob et ses hommes les désarmaient avant de les laisser franchir la grande porte — une prudence élémentaire… Enfin, il put entrer, sous la menace d'une lance, mais Bessie ne parut pas y prendre garde. Son foyer était réduit en cendres. L'air désemparé, elle s'agrippait au bras de son frère. Tous deux avançaient avec peine, comme s'ils avaient subi les mêmes dommages que leur maison.

Elle ne chercha pas de réconfort auprès de lui, son fiancé…

Les toits de chaume de la cuisine et des communs s'étaient effondrés ; les tables et les coffres étaient carbonisés.

Hagarde, elle explora les restes de la cuisine, autrefois sa fierté, son sanctuaire. Elle ramassa une jatte de cuivre noircie et des larmes lui montèrent aux yeux.

Elle les retint cependant et se tourna vers son frère, comme si elle comprenait brusquement ce qui venait de se passer.

— Est-ce que nous avons perdu…

Rob acquiesça.

— Jock l'Etrange est tombé, mais ils en ont perdu bien plus !

Thomas ne put s'empêcher de noter une pointe de fierté dans sa voix.

— Et où sont Johnnie et Cate ? demanda encore Bessie.

— Ils sont partis s'assurer qu'ils n'attaquent personne d'autre sur nos terres.

— C'était les Storwick ? s'enquit Thomas.

Si seulement ça pouvait être aussi simple… Pourvu que ce ne soient pas les hommes d'Acre ! songea-t-il.

Rob se tourna vers lui. Ils parlaient de guerrier à guerrier.

— Oui, dit-il. Mais ils n'étaient pas seuls. Je crois avoir

reconnu les couleurs des Graham et des Ruthledge. Il me semble aussi que les Acre étaient là.

Thomas jeta un regard désolé sur les décombres. Acre avait dû se joindre aux Storwick et envoyer quelques hommes. Lui aussi voulait se venger des Brunson…

Rob l'observait d'un air méfiant.

— N'aurai-je pas droit à des remontrances pour avoir combattu alors que la trêve est prononcée ?

— Non, répondit Thomas en cherchant comment amener la nouvelle. Ce qu'ils viennent de faire n'est plus considéré comme une offense.

Il vit la tristesse envahir un peu plus les yeux de Bessie. Il l'avait prévenue, mais le langage complexe du traité était resté assez abstrait pour elle. Maintenant, elle commençait à en comprendre les conséquences.

Mais Rob, lui, ne connaissait pas le prix de la paix négociée avec l'Angleterre.

— Que voulez-vous dire ? demanda-t-il. Vous êtes le gouverneur des Marches, et je connais nos lois, même si je ne les respecte pas toujours !

Thomas sentit sa gorge se serrer, comme si son corps ne voulait pas qu'il avoue sa défaite.

— Le nouveau traité autorise les Anglais à envahir nos terres s'ils considèrent que je ne rends pas la justice correctement.

— Et qu'en est-il de nous ? Avons-nous le même droit ? rétorqua Rob.

— Non.

Il n'y avait rien de plus à dire, rien qui puisse adoucir la brutalité des faits.

Soudain, Rob tourna contre lui la rage qu'il avait dû contenir depuis l'attaque.

— Et notre bon roi pense que nous allons rester tranquillement assis pendant que les Anglais nous massacrent à loisir ? Est-ce que c'est ça, votre justice, gouverneur ?

Non. Bien sûr que non ! Les Anglais n'admettraient jamais qu'un raid n'était qu'un raid. Ce serait toujours, à leurs yeux, une punition pour un crime, qu'il soit réel ou inventé pour servir leurs intérêts.

— Ce n'est pas ma justice, répondit Thomas, mais celle du gouverneur anglais.

— Tu l'as rencontré ! s'écria soudain Bessie, d'un air de mépris et d'incrédulité. Tu savais ce qu'il allait faire, et tu n'as rien dit !

— Non, je ne savais pas ! Il a menacé d'attaquer, mais il a promis de respecter la cérémonie de la trêve avant cela !

Oui... Comme il avait promis que les Anglais signeraient le traité qu'ils avaient négocié tous les deux. Tout ce que cet homme avait dit n'était que mensonges, demi-vérités.

Mais lui, avait-il fait mieux ?

Bessie dévisageait son fiancé, un homme dont elle était tombée amoureuse, et n'en croyait pas ses oreilles. Sa vie entière venait de tomber en poussière, aussi lamentable que les cendres à ses pieds.

— Le gouverneur anglais l'a dit, et tu l'as cru ? Comment as-tu pu lui faire confiance ?

Elle aurait voulu pouvoir découvrir une réponse dans les yeux de Thomas. Comment avait-elle pu croire qu'elle le connaissait ? Comment avait-elle pu lui faire confiance, alors qu'il avait déjà trahi sa famille ?

Ce serait si simple de pouvoir simplement l'accuser, le rendre responsable de ses malheurs et le haïr ! Malheureusement, elle ne pouvait s'y résoudre... Elle ne pouvait se fier à Thomas, certes, mais pouvait-elle seulement se fier à son propre jugement ?

Le corps ne ment pas...

Vraiment ?

Elle avait cru connaître cet homme, elle s'était persuadée

qu'il tenait à elle. Elle s'était aveuglée toute seule, jusqu'à en oublier qui elle était, quel était son devoir ! Et sa famille venait de payer cher pour son égoïsme.

Thomas plongea son regard dans le sien, franc, direct, comme s'il avait laissé tomber toutes ses défenses.

— Je n'aurais pas dû le croire sur parole, répondit-il posément, car ce n'est pas sa première trahison.

A ces mots, elle se figea. Elle pressentait ce qu'il allait dire. Elle avait toujours suspecté un secret honteux, même lorsqu'elle s'efforçait de croire le contraire pour soulager sa conscience.

Rob tira son épée et la pointa sur le torse de Thomas.

— Parlez.

Thomas resta très calme, la tête haute. Il s'adressa à elle comme s'ils étaient seuls.

— L'automne dernier, je menais des négociations secrètes avec le gouverneur anglais au sujet du traité, commença-t-il. Bessie, tu m'as tenu pour responsable de ce qui s'est passé, ce jour-là, et tu avais raison. Mon accord avec Acre était le suivant : il devait me livrer le meneur anglais d'un complot contre notre roi Jacques et, en contrepartie, il récupérait Willie Storwick ait commis.

Tout ce qu'elle avait craint, tout ce en quoi elle n'avait pas voulu croire était donc vrai ! Thomas avait laissé l'homme qui avait violé Cate s'enfuir !

Cependant, il ignorait ce crime, le plus odieux que Willie Storwick. Seules cinq personnes étaient au courant, et l'une d'elles était morte.

Elle chercha néanmoins à lui trouver des excuses.

— Mais, après cela, tu es venu avec nous, tu nous as aidés à le chasser ! dit-elle.

— Et nous ne l'avons jamais pris ! s'exclama Rob. C'est ce que Johnnie et moi pensions depuis le début : tu le mettais au courant du moindre de nos mouvements !

— Non, répondit Thomas, toujours de marbre. Ce n'était que du hasard.

— Ne lui fais pas confiance, Bessie, reprit Rob avec une pointe de mépris.

— Tu n'as aucune raison de me croire, en effet, mais je dis la vérité, répondit Thomas. J'ai dit à Acre qu'il pouvait avoir Willie Storwick ; je ne lui ai jamais dit qu'il pourrait le garder.

Bessie les regardait tour à tour. Qui disait la vérité ?

— Et vous étiez au courant du traité depuis le début, répliqua Rob. Vous saviez ce qu'ils avaient l'intention de faire.

— Non. Le traité qui a été signé n'a rien à voir avec l'accord que j'avais négocié. Tout ce que j'ai fait, je l'ai fait pour voir Angus pris et jugé. Je l'ai fait pour lui faire payer ce qu'il a fait subir à mon père !

Bessie surprit un éclair de compréhension dans le regard de Rob, mais l'épée qu'il pointait sur Thomas ne trembla pas.

— Et le roi, continua Thomas, avait le même but que moi. Du moins, était-ce ce qu'il prétendait.

Rob secoua la tête, comme si Thomas avait été le dernier des idiots.

— Les rois ne font que ce qu'ils veulent.

— Et maintenant, intervint Bessie, le roi a décidé d'accuser les Brunson de trahison et de les mettre hors-la-loi.

Elle ne se tourna pas vers Thomas, de peur de se laisser attendrir.

— Thomas doit te conduire à Edimbourg, avec Johnnie, pour y être pendus.

Pour la première fois, Rob sourit.

— Eh bien, c'est Carwell qui subira ce châtiment !

D'un coup, il le fit tomber à genoux. Désarmé dès son arrivée, Thomas était à sa merci.

Il alla chercher une corde et la noua autour du cou de Thomas.

Elle sentit soudain quelque chose frissonner au fond d'elle. Elle était de retour chez elle. Elle se tenait sur la terre des Brunson, entourée par leurs remparts et épaulée par son frère, chef de leur clan. Elle aurait dû se sentir elle-même de nouveau, une Brunson à part entière. Elle n'avait plus aucune raison de se demander ce qu'elle était, ni à qui sa loyauté devait aller…

Elle se tourna vers Rob qui attendait son soutien, mais posa sa main sur l'épaule de Thomas.

Il attrapa le bout de ses doigts et les serra fort entre les siens.

— Si tu veux le tuer, il faudra me pendre d'abord, dit-elle d'une voix ferme. Il est mon époux.

— Ton époux ?

Sous le choc, Rob lâcha la corde.

— Je vous la confie, gronda-t-il en se tournant vers Thomas, et voilà ce que vous lui faites ?

— Nous ne sommes que fiancés, protesta-t-il. Et je ne l'ai fait que pour empêcher le roi de la donner à un homme bien pire que moi.

Offusquée, Bessie ne put se retenir :

— Vraiment ? C'est tout ce que tu trouves à dire ?

Elle ne savait plus que croire ! Que voulait-elle, finalement ?

— Eh bien, reprit Rob, une fois qu'il sera mort, tu seras libérée de lui.

Elle retint son souffle. C'était la seule chose à faire. Elle aurait dû se sentir soulagée ; après tout, elle était une Brunson !

Or, elle ne se sentait pas soulagée à cette idée. Bien au contraire.

Lorsqu'elle avait quitté cette tour, elle avait pensé laisser derrière elle une vie monotone et immuable. Mais elle appartenait à ces collines éternelles qui jamais ne changeraient. Et la décision de Rob, la décision du clan, était claire. Carwell devait mourir.

Cependant, au fond d'elle, son cœur criait « non » !

Elle repoussa l'épée de Rob d'une main décidée.

— Tu ne le tueras pas, Rob. Il est mon époux.

Thomas se tourna alors vers elle.

— Tu n'as pas à faire cela, Bessie. Tu es de retour chez toi, comme je l'avais promis. Tu n'as pas besoin…

Elle secoua la tête. Elle ne pouvait pas revenir en arrière et faire comme si rien ne s'était passé.

— Je ne veux épouser que toi.

— Même après ce qui s'est passé ?

— Oui.

Elle l'aida à se relever et vit une joie indicible envahir ses yeux. Il voulut parler, mais elle posa un doigt sur ses lèvres. Il ne fallait rien dire, surtout pas maintenant…

Il la prit alors dans ses bras et l'embrassa.

Derrière elle, elle entendit Rob tempêter :

— Je ne vous donnerai jamais la permission de…

Nichée entre les bras de Thomas, elle se tourna alors vers lui.

— Je ne te demande pas de permission.

Rob leva de nouveau son épée, menaçant.

— Si tu fais cela, tu ne seras plus jamais une Brunson !

Oh si ! je le serai, songea-t-elle. *Je serai même plus que cela.*

Un jour, lorsqu'il tombera amoureux à son tour, il comprendra…

— Le roi m'a dit qu'il me tiendrait pour responsable des actes de Brunson, lança Thomas d'une voix forte. Je suppose que cela fait de moi un demi-Brunson…

Rob grimaça de dépit et Bessie ne put s'empêcher de se sentir désolée pour lui. Son pauvre frère… Son aîné, chef du clan. Il n'avait jamais connu d'autre vie que celle-là, n'avait jamais eu le choix. Personne ne l'avait jamais emmené loin de sa tour, contrairement à Johnnie et elle. Leurs voyages les avaient amenés à se poser des questions, tandis que lui pensait n'avoir que des certitudes. Qu'allait-il lui arriver, le jour où quelque chose viendrait interférer dans son univers immuable ?

Enfin, il baissa son épée.

— Pourquoi, Bessie ? Pourquoi nous abandonnes-tu pour lui ?

Elle regarda Thomas en souriant. Tout ce qu'elle avait toujours considéré comme rassurant dans sa vie avait été bouleversé depuis leur rencontre. Pourtant, elle était toujours là.

— Parce qu'il m'a appris à danser.

Le laird Thomas Carwell, gouverneur des Marches écossaises, n'amena pas les Brunson à Edimbourg pour qu'on les pendre.

Et il ne rencontra pas lord William Acre lors de l'annonce officielle de la trêve.

Au lieu de cela, tandis que le gouverneur anglais se tenait seul, dans la rue principale de Kershopefoote, le fort des Storwick, mal défendu, subit un raid des plus ravageurs. Hobbes Storwick, le chef de famille, fut enlevé et emmené quelque part, au-delà de la frontière. Personne ne sut où.

Tout ce que l'on savait était que le raid avait été conduit par les Brunson.

Et que les hommes de Carwell chevauchaient à leurs côtés.

Épilogue

Le château du bord de mer s'illuminait sous le soleil printanier. Quelques chardons commençaient à percer au pied des remparts. Au fil des jours, Bessie cessa d'espérer recevoir la moindre nouvelle de ses frères. Les Brunson et les Carwell avaient chevauché côte à côte, mais leur trêve n'avait été que temporaire.

Contrairement à la colère de Rob.

Thomas et elle attendaient. Ils savaient que le silence du roi ne durerait pas. Un jour ou l'autre, Jacques viendrait en personne les trouver.

Un jour ou l'autre, ils devraient se battre à nouveau.

En attendant, Bessie apprenait à connaître sa nouvelle maison et ses gens. Les serviteurs, eux, apprenaient à connaître leur nouvelle maîtresse. Elle se promenait toujours sur la plage, mais restait prudente et, parfois, elle observait la mer en se demandant si le premier des Brunson pensait souvent à sa famille, si lointaine, depuis sa tour au milieu des collines.

Un jour, alors que le printemps touchait à sa fin, Thomas vint se promener avec elle. Ils ne se décidèrent à rentrer au château que lorsque le ciel s'habilla d'écarlate et que le soleil commença à disparaître à l'horizon.

Sur le chemin du retour, elle murmura :

— J'ai quelque chose à te dire…

Thomas sourit. Comme son sourire était devenu ouvert

et insouciant, ces derniers temps ! Dans leur minuscule univers, au moins, ils ne connaissaient plus que la confiance…

— Quoi donc ?

Elle hésita un instant. Comment le dire ?

— Je suis enceinte.

Thomas frissonna.

— Tu en es sûre ? demanda-t-il, presque comme s'il espérait qu'elle se soit trompée.

— Oui.

Elle prit sa main et la serra fort.

— Thomas, reprit-elle doucement, ce n'est pas l'accouchement qui l'a tuée.

De nouveau, il sourit. Comment avait-elle si facilement compris sa peur ?

— C'est pour quand ?

— Pour l'automne, à la saison de la chasse. Quand la mer refroidira et que les vagues se gonfleront.

Il la serra soudain dans ses bras, passionnément, puis s'écarta presque aussitôt d'elle, comme s'il craignait de la blesser.

Elle l'attira de nouveau contre elle en riant.

— Tu peux m'étreindre tant que tu le veux, tu ne feras pas de mal au bébé.

— Tu devrais avoir quelqu'un à tes côtés…

Elle acquiesça.

— Je vais demander à Cate de venir.

— Est-ce qu'*il* l'autorisera ?

— Je l'espère.

Rob avait beau avoir accepté que Thomas chevauche avec lui, il ne lui avait pas pardonné pour autant.

Obstiné comme un Brunson. Voilà qu'elle redécouvrait le vrai sens de ces mots…

Thomas l'éloigna de lui, les mains sur ses épaules, et l'examina de la tête aux pieds, comme s'il cherchait à voir ce qui se cachait dans ses pensées et au fond de son corps.

— Est-ce que tu vas bien ? demanda-t-il.

Elle leva la main, comme une dame qui attend que son cavalier lui fasse un baisemain avant de l'inviter à danser.

— Assez bien pour danser une gaillarde.

Alors, au milieu du chemin, il salua et l'entraîna en dansant jusqu'au château, accordant ses pas au rythme des vagues.

Bessie Brunson partit à la cour
Pour sauver ses frères du roi
Et là, la fille des Brunson dansa
Comme l'écume danse sur la vague
Mais elle épousa l'un des Carwell
Et l'aima du fond du cœur
Cet homme, les Brunson ne s'y fiaient pas
Ils espéraient qu'elle s'en repentirait

Les Marches étaient une terre de clans et de querelles. Et cela continuerait ainsi pendant de nombreuses générations. Parfois, cependant, les querelles connaissaient d'étranges fins, comme Rob le Noir en fut témoin.

Mais cette chanson-là, gardons-la pour un autre jour.

À découvrir ce mois-ci

7 nouveaux romans dans la collection

Les Historiques

UN LORD POUR UNE SERVANTE

de Isabelle Goddard - n°622

Angleterre, 1817. Aurore a pris sa décision. Pas question d'accepter le mariage que son père lui impose et de sceller à jamais son destin avec un homme qu'elle n'aime pas ! Vite, elle doit s'enfuir pour Bath, où sa bienveillante grand-mère française saura la comprendre. Mais alors qu'elle tente de s'échapper par la fenêtre, elle manque de se rompre le cou ! Par miracle, un inconnu la rattrape. Un séduisant inconnu… bienvenu mais plutôt autoritaire, qui exige de l'escorter. Aurore se rebiffe. Prudence ! Après tout, elle ne sait rien de ce Gareth, qui se plaît en plus à entretenir un certain mystère autour de sa personne. Afin de ne compromettre ni son voyage ni sa réputation, Aurore décide alors d'un stratagème : elle se présente à Gareth comme une simple servante… Et lui, quel rang tient-il, exactement ?

L'ALLIANCE SAXONNE

de Carol Townend - n°623

Angleterre, 1066. Le jour où le chevalier breton Adam Wymark vient chercher sa promise, Cecily doit rassembler tout son courage. Comment lui dire qu'Emma a préféré s'enfuir plutôt que d'épouser un ennemi ? Désormais passée du côté des rebelles, l'inconsciente risque de s'attirer les foudres du roi Guillaume. Pour éviter des représailles, Cecily n'hésite pas longtemps : elle s'offre au Breton, acceptant de rentrer au domaine avec lui. Mais, outre le souci de préserver la paix entre son peuple et le roi, elle a une excellente raison de se soumettre à Adam — en tout cas de le lui laisser croire. Cette raison, précieuse, secrète, c'est un bébé. Un enfant né dans la clandestinité, qui passe pour le fils d'une servante, mais qui est en fait l'héritier de ces terres dont Cecily et sa famille ont été dépossédées. Et qu'elle va protéger coûte que coûte...

PASSION À LA COUR D'ECOSSE

de Blythe Gifford - n°624

Ecosse, 1528. Quand le roi lui a demandé de lui ramener l'un des nobles Brunson, Thomas n'imaginait pas revenir avec… une ingénue ! Lui, fier mâle écossais, chaperon à la cour d'une oie blanche, c'est un comble ! Mais, en dépit de son inexpérience des intrigues et des usages, la timide Bessie ne tarde pas à aiguillonner son cœur… et sa jalousie. Cette superbe jeune femme qui fait son entrée au bal, et que le détestable Sinclair dévore déjà du regard, est-ce bien la fille timide élevée au milieu de ses frères qu'il a escortée depuis sa province ? Même le roi est ébloui. Soudain, tout s'accélère : le roi parle mariage pour sceller l'entente entre la cour et le clan. Thomas enrage. Les frères de Bessie ne décoléreront pas quand ils apprendront cette union ! Il doit la protéger ! Un impérieux sentiment le pousse à contrer ces fiançailles...

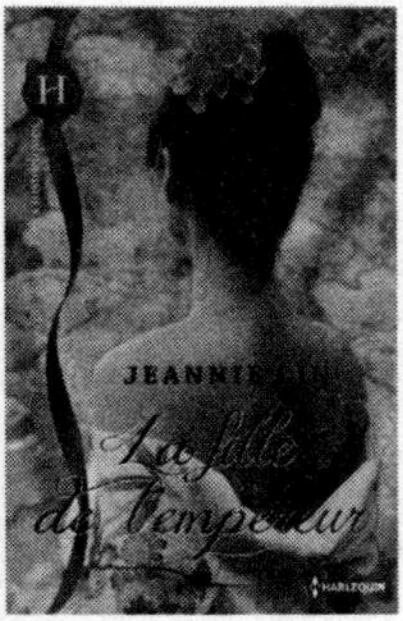

LA FILLE DE L'EMPEREUR

de Jeannie Lin - n°625

Chine, 759. Dans le palanquin nuptial qui la conduit à son fiancé, dissimulée aux yeux du commun des mortels, Ai Li verse des larmes de rage. Le noble seigneur de la guerre auquel on va l'unir est en fait un serpent qui complote contre l'Empire ! Si elle désobéit à la volonté de son père, elle risque la mort. D'un autre côté, comment se résoudre à l'humiliation d'épouser un traître ? Elle préfère encore fuir ! Avec l'aide d'un fidèle serviteur, elle organise un faux guet-apens qui lui permet d'abandonner son cortège nuptial. Un stratagème astucieux qui, cependant, la jette sur les routes de Chine où un nouveau danger l'attend — sa rencontre avec un guerrier aux cheveux d'or et aux yeux d'azur comme elle n'en a encore jamais vu. Tout les oppose, leur culture, leur langue, et surtout le rang social. Pourtant, tous deux sont des fuyards, des vagabonds malgré eux, et, au-delà, un désir interdit, irrépressible les aimante.

GENTLEMAN MALGRÉ LUI

de Bronwyn Scott - n°626

***Angleterre, début du XIX*ᵉ.** Alixe enrage. Son père l'a surprise dans la bibliothèque en compagnie de Merrick Saint Magnus, et s'est imaginé le pire ! Comme si elle pouvait s'intéresser à ce détestable individu qui se vante d'avoir toutes les femmes à ses pieds !... Mais elle a eu beau protester, son père craint pour sa réputation. A présent, il demande réparation à Merrick : pour se racheter, celui-ci devra faire d'Alixe la coqueluche de la saison ! Lui inculquer le bon goût, les codes pour briller en société et surtout… lui enseigner l'art de la séduction, afin qu'elle se trouve un mari ! Alixe, qui n'aime rien tant que l'étude et la tranquillité, refuse de se prêter à la mascarade d'un pareil défi ! Seulement, Merrick n'est pas disposé à échouer dans sa mission. Pas étonnant puisque, s'il échoue, le père d'Alixe est formel : c'est lui-même qui devra épouser Alixe et renoncer alors à sa chère liberté !

LA CITADELLE AUX SECRETS

de Joanne Rock - n°627

Bretagne, 1300. Passionnée par son métier de tisserande, Elysia déplore de devoir renoncer à son indépendance pour épouser lord Saint-Siméon, le vieux barbon auquel son père l'a promise. Mais le soir même des noces, Saint-Siméon décède dans la chambre nuptiale et Elysia se retrouve veuve avant même d'avoir été dûment mariée. Pourtant, peu désireuse d'obtenir une annulation qui risquerait de la placer de nouveau sous le joug d'un homme, Elysia laisse croire à Conon, le neveu et héritier de Saint-Siméon, que l'union a bel et bien été consommée

UNE DUCHESSE IDÉALE

de Jacqueline Navin - n°628

Quand, à la mort de son frère, le duc de Strathmere se retrouve en charge de ses deux nièces orphelines, l'effroi le saisit. Se sentant incapable d'assumer seul pareille responsabilité, il décide de convoler très vite et arrête son choix sur une jeune personne éminemment convenable. Belle et réservée, cette dernière, c'est sûr, fera une parfaite duchesse. Alors, pourquoi ne peut-il s'empêcher de lui préférer la très imparfaite gouvernante de ses nièces, que son rang lui interdit à jamais d'épouser ?

A paraître le 1er juin 2014

HÉRITIER DE CASTONBURY PARK

e Carol Mortimer – n°629

ngleterre, Derbyshire, 1816. Les guerres napoléoniennes ont cruellement frappé
famille du duc de Rothermere, et privé la lignée de ses plus beaux fleurons : Jamie,
iéritier en titre, a disparu en Espagne ; Edward, le plus jeune fils, est tombé à
'aterloo. Ravagé par le chagrin, le vieux duc vit désormais en reclus et Castonbury
ark, son domaine autrefois magnifique, se délite avec lui… Lily se désole : elle a
eau n'être que la fille adoptive du pasteur, une orpheline insignifiante, elle a grandi
Castonbury et connu sa splendeur. Si bien qu'elle redoute le retour annoncé du
ouvel héritier. Lord Gilles Montague… Qui pourrait faire confiance à cet homme
ui n'a vécu que pour son bon plaisir, sur les champs de bataille et dans un lit ? Qui
ourrait nourrir l'espoir qu'il redore son titre et fasse renaître Castonbury de ses
ndres ? Sans compter qu'au côté du futur duc, il faudrait une épouse exceptionnelle,
ne lady. Or Gilles est bien connu pour n'aimer que les filles...

ROMISE AU CHEVALIER

e Carol Townend – n°630

retagne et Angleterre, 1067. Dans quelques jours, Rozenn sera mariée à jamais.
lessire Richard a demandé sa main. Le noble chevalier saxon souhaite l'épouser,
le, une simple tisserande… Cet immense honneur devrait combler ses désirs bien
ı-delà de ses espérances, et occuper toutes ses pensées. Pourtant, sur la longue
ute qui la rapproche chaque minute davantage de son fiancé, elle sent monter
elle une confusion à laquelle elle ne s'attendait pas. En lui volant un baiser, son
corte a fait vaciller la sage jeune femme qu'elle était et semé le trouble dans son
eur. Car Ben représente pour elle bien plus qu'un simple compagnon de route : il
t son tendre ami d'enfance, celui dont le charme léger éclaire ses souvenirs et son
istence... Aurait-il des sentiments pour elle ? Leur douce amitié serait-elle sur le
int de prendre un tour dangereusement passionnée ? Jamais encore elle n'avait
é y songer. Et surtout pas à l'heure où pour elle, le destin semble scellé...

EUX CŒURS REBELLES

e Blythe Gifford – n°631

cosse, 1529. Fille unique du chef de clan, Stella Storwick n' a jamais transigé
ec le devoir. Aussi, lorsqu'elle apprend que son père est retenu prisonnier par
urs ennemis, elle ne songe plus qu'à le libérer. Et quel meilleur stratagème que
s'introduire clandestinement sur leurs terres ? Quitte à voir les murs de la
rteresse se refermer définitivement sur elle et devenir à son tour captive du clan
nni. Au mépris des risques qui la guettent, Stella se jette avec bravoure dans
gueule du loup, et parie sur l'espoir qu'en déguisant son identité et en jouant
intelligence, elle n'attirera l'attention de personne… Mais à sa propre surprise,
st elle, qui est attirée par quelqu'un comme un papillon fou par la lanterne...

Rob le Noir, le chef du clan en personne, cet homme charismatique et solitaire qu inspire le respect, la fascine aussitôt. Si seulement il ne posait pas sur elle ce regards brûlants qui la troublent malgré elle et qu'elle ne sait comment interpréter La soupçonne-t-il ou bien… la désire-t-il ? Face à cet ennemi bouleversant et qu'ell devrait haïr, Stella frissonne…

LA PERLE ET LE FEU
de Jeannie Lin – n°632

Chine, 759. Loin de la cour, Suyin pensait goûter la paix d'une vie soulagée de se obligations de concubine... Hélas, est-il écrit que jamais elle ne trouvera de répit Tandis qu'une révolte gronde et menace de secouer l'Empire, voilà que le puissan gouverneur Li Tao vient l'arracher à son refuge. Il lui ordonne de se soumettre su l'heure à sa protection et prétend l'escorter jusqu'à son palais où elle sera, dit-il à l'abri des dangers... Mensonge ! Pourquoi cet homme redoutable, qu'elle n'a fai que croiser à la cour, se soucierait-il soudain de sa sécurité ? Folle d'inquiétude Suyin se demande quel secret d'Etat il imagine lui faire avouer, quelles faveurs i espère obtenir d'elle sous la menace… Mystérieux, ténébreux, aussi influent qu troublant, Li Tao pourrait faire d'elle tout ce qu'il veut.

POUR LA MAIN D'UNE HÉRITIÈRE
de Bronwyn Scott – n° 633

Angleterre, 1834. La réputation du comte Ashe Bevedere n'est plus à faire. Au rigoureux devoirs familiaux, il a toujours préféré l'art de la séduction et les plaisir découverts au cours de ses voyages en Italie. Pas une femme, à Londres, qui n rêverait d'épicer la saison par quelque étreinte passionnée entre les bras de c débauché. Pas une, vraiment ? Si. La seule à laquelle il ne peut renoncer. La seul qu'il doit impérativement faire succomber. Genevra Ralston. Celle à qui le vieu Bevedere, lassé des frasques de son fils, a confié par testament le domaine familia Pour récupérer son héritage, Ashe n'a pas d'autre choix que d'amener Genevra dan son lit et devant l'autel. Certes, la perspective d'un mariage contrarie terriblemen le libertin qu'il est. Mais… derrière son regard pur et son teint de porcelain Genevra n'a rien de commun avec celles qu'il a l'habitude de séduire : libre et sûr d'elle, elle refuse le joug d'un époux, et promet de lui tenir tête. Une résistance qu à vrai dire, n'est pas pour lui déplaire...

LE MAÎTRE DE KINLOCH
de Joanne Rock – n° 634

Angleterre et Ecosse, 1292. C'est avec méfiance que Leonora, une jeun Anglaise, assiste à l'arrivée au château paternel de Dillon Campbell, un chef d clan écossais venu avec ses frères entamer des pourparlers de paix avec deu représentants du roi. Sa chambrière ne lui affirme-t-elle pas depuis toujours qu les Highlanders sont de vrais sauvages ? Contrariée de devoir accueillir pareil barbares, elle se montre peu aimable, et Dillon Campbell, dont les parents ont ét tués par les Anglais, n'est pas plus amène. Mais la situation dégénère vraimen quand les sbires du roi, brisant la trêve, font prisonniers les frères de Campbel Fou de rage, ce dernier enlève Leonora et la séquestre dans sa forteresse d Kinloch...

Composé et édité par les

éditions HARLEQUIN

Achevé d'imprimer en Italie (Milan)
par Rotolito Lombarda
en mars 2014

Dépôt légal en avril 2014